Sauerlandkrimi & mehr

Umschlaggestaltung: Birgit Beißel
Umschlagfoto: Adelheid Prünte
Satz: Noch & Noch, Balve
Druck: Clausen & Bosse, Leck

Zweite Auflage 2007
ISBN 978-3-934327-06-1

Kathrin Heinrichs

# Totenläuten

Sauerlandkrimi & mehr

Blatt-Verlag
Menden

Ähnlichkeiten zu realen Orten sind gewollt.
Personen und Handlung des Romans dagegen
sind frei erfunden. Bezüge zu realen Menschen
wird man daher vergeblich suchen.

◇

*Stephan hat heute ein rotes Gewand angehabt. Wegen Palmsonntag. Eigentlich steht ihm Grün besser, denn das passt zu seinen Augen. Aber Stephan kann sich das nicht aussuchen, die Farben richten sich nach dem Kirchenjahr. Und an Palmsonntag ist eben Rot dran, auch wenn ihm Grün deutlich besser steht. Es bringt seine grünen Augen zum Leuchten, sage ich immer. Und es betont sein braunes, struppiges Haar. Das macht ihn so jung.*

*Stephan ist jünger als ich. Neun Jahre. Aber das macht nichts. Denn ich selbst habe auch immer jugendlich gewirkt. Das machen die langen Haare. In meinem Alter tragen die meisten Frauen sie ja kurz. Aber ich, ich trage sie lang. Wie ein junges Mädchen, hat meine Mutter immer gesagt. Meine Mutter. Gott hab sie selig.*

*Eben habe ich mich gefragt, wie lange wir jetzt schon ein Paar sind, Stephan und ich. Vielleicht länger als wir uns eigentlich kennen. Es gibt eben eine Bestimmung, die immer schon da ist. Und wenn man sich dann trifft, dann ist das wie ein Blitzschlag. So war das auch bei Stephan und mir – Liebe auf den ersten Blick. Ich sah Stephan in der Einführungsmesse und wusste: Der ist es. Das ist der Mann, auf den du 51 Jahre lang gewartet hast. Und Stephan hat ebenfalls auf mich reagiert. Er hat mich angeschaut. Erst mein Gesicht. Dann wurde er verlegen und hat schnell auf meine Schuhe geblickt. Ich hatte die hellblauen Stiefelchen an. Weil ich weiß, dass Hellblau mir hervorragend steht. Ich sähe aus wie ein Engel, hat meine Mutter immer gesagt, wenn ich Hellblau getragen habe. Und Stephan gefiel es auch. Er hat mir dann wieder in die Augen geschaut und gelächelt. Stephan kann lächeln … In dem Moment wusste ich: Wir sind füreinander bestimmt. Aber Stephan ist eben katholischer Priester. Da darf man ja nicht mit einer Frau. Da darf man ja nicht einmal daran denken! Und Stephan hängt an seinem Beruf. Deshalb will er sich noch nicht zu uns bekennen. Er braucht noch etwas Zeit. Und ich muss weiter warten. Warten, bis Stephan endlich so weit ist. Bis dahin lebe ich von unseren Zeichen. Ja, Stephan sendet mir Zeichen. Wo immer wir uns sehen. Heute zum Beispiel in der Messe hat er eine Predigt gehalten, die genau auf uns passte. Es ging um die zwölf Jungfrauen, die sich für den Herrn bereit gemacht haben. Stephan hat zweimal in meine Richtung geblickt und dabei gelächelt. Ich verstehe seine Botschaften. Und natürlich habe ich zurückgelächelt. Ganz vorsichtig natürlich. Ich möchte ihn ja nicht in Verlegenheit bringen. Ich weiß, dass ich warten muss, auch wenn es schwerfällt. Oh ja, es fällt manchmal schwer. Wenn ich nur an die Frauen aus dem Ort denke, wie sie sich bei jeder Gelegenheit auf Stephan stürzen.* Herr Pfarrer hier, Herr Pfarrer da. – Hat der Herr Pfarrer denn überhaupt schon etwas Warmes gegessen? – Oh, er hat einen Witz gemacht, der Herr Pfarrer. – Nun setzen Sie sich doch erst einmal und atmen Sie durch!

*Ich kannte dieses Gehabe ja gar nicht vorher. Ich war ja früher nicht so viel unter Leuten. Erst seitdem es Stephan in meinem Leben gibt, gehe ich zu den ganzen Veranstaltungen hin: Erntedankfest, Frauenkaffee, Adventsbasar. Und überall dieses Gescharre um Stephan. Fürchterlich. Aber er muss natürlich gute Miene machen zu dem ganzen Theater. Nur manchmal, dann sieht er mich so an. So ernst, so verzweifelt, dann erkenne ich, dass er es nicht mehr lange aushält. Aber zum Glück weiß er, dass er sich auf mich verlassen kann. Dass ich warte. Ich warte auf ihn, ich warte!*

# 1

„Immer noch nicht aufgestanden, der Herr Pfarrer." Ommma saß am Fenster. Wie immer saß sie am Fenster. Denn von dort hatte man den besten Blick auf das zentrale Geschehen im Dorf. Auf das Pfarrhaus schräg gegenüber und auf die weiß getünchte Dorfkirche, die durch einen gemütlich-runden Kirchplatz mit dem Pfarrhaus verbunden war. Sogar auf den oberhalb gelegenen Friedhof konnte man blicken. Obwohl durch eine hohe Hecke geschützt, lugten doch einige Kreuze keck darüber hinweg, als ob sie auf das Geschehen unterhalb zu spähen schienen.

„Will wohl wieder bis mittags schlafen, unser Pastor."

Ich stellte die Flasche Mineralwasser hin, die Ommma verlangt hatte, und versuchte einen Einwand. „Heute ist doch Montag", wandte ich ein, „haben da nicht die Pastöre ihren freien Tag?"

„Freier Tag", schnaubte Ommma, „gab's früher gar nicht."

Ich sparte mir jeden weiteren Kommentar. Die betagte Dame am Fenster hatte ein festes Weltbild – und darin hatten Geistliche mit einem Anrecht auf Privatsphäre nun wirklich keinen Platz.

„War ja auch gestern den ganzen Tag nicht da!", posaunte Ommma weiter, während sie von ihrem Stuhl aufstand und ein Glas aus dem Schrank nahm. „Nach der Messe war er plötzlich weg. Wer weiß, wo der sich wieder herumgetrieben hat."

„Soviel ich weiß, ist der Mann nicht nur für eure Gemeinde zuständig", versuchte ich es jetzt doch noch ein weiteres Mal. „Inzwischen gibt es schließlich einen Pastoralverbund. Kein Wunder, dass er viel unterwegs ist."

„Pastoralverbund!", tönte Ommma. „Gab's früher gar nicht!"

Diskussionen mit Ommma waren nicht wirklich erquicklich. Das hatte ich in den letzten Tagen sehr schnell gelernt. Und die drei Tage waren nur der Anfang gewesen! Meine Frau Alexa war mit Kindern und Eltern immerhin zwei ganze Wochen im Urlaub. Blieben noch exakt elf Tage, die ich mit Ommma ausharren musste. Und elf Tage mit Ommma konnten verdammt lang werden. Das ahnte ich schon jetzt.

Ursprünglich hatte ich die Vorstellung geradezu verlockend gefunden: Zwei Wochen Schulferien ohne Familie, in denen ich mich ohne schlechtes Gewissen ganz und gar auf meine Arbeit stürzen konnte. Da hatte ich es doch gerne in Kauf genommen, nebenbei ein wenig nach Ommma zu sehen. Im Gegenteil: Es war mir sogar besonders reizvoll erschienen, im Haus meiner Schwiegereltern auf dem Lande zu wohnen, um in Ruhe und Einsamkeit meine zwei Stapel mit Deutschklausuren korrigieren zu können. Das Problem war nur: Es war nicht ruhig und einsam. Schließlich gab es ja Ommma.

„Und essen tut er auch nicht regelmäßig!" Ich tauchte wieder auf. Sprach Ommma über mich?

„Der alte Pfarrer hat immer im Krankenhaus gespeist", Schwiegeromas Ton war bissig. „Aber das machen ja die jungen Priester heut' nicht mehr. Er geht häufig auswärts essen, heißt es. Oder er kocht selbst."

Ommma sagte das, als sei dieser Sachverhalt in der katholischen Kirche ein ähnliches Vergehen wie die Nichteinhaltung des Zölibats.

„Nun, er muss es ja selbst wissen", Ommma formte ihren Mund so spitz, dass er aussah wie eine Sahnespritze. „Jedenfalls müsste er nicht so viel einkaufen, wenn er im Krankenhaus äße. Der schleppt ja Kisten ins Haus, als würde er wöchentlich umziehen. Aber kein Wunder – so viel Besuch, wie der kriegt!"

„Na, wunderbar", wagte ich eine Bemerkung. „Endlich mal ein Pfarrhaus mit offener Tür!"

„Ach, da ist er ja endlich", Ommma war jetzt wieder mit all ihrer Aufmerksamkeit draußen auf dem Kirchplatz. Die Frau war 88! Doch wenn es darauf ankam, konnte sie sehen, welche Farbe Pastors Socken hatten. Aber gut, in der klerikalen Berufsgruppe war die Farbvariation ja auch nicht allzu groß.

„Er will sich bald ein neues Auto kaufen", unterhielt mich Ommma weiter. „Hat Schneiders Lisbeth gesagt. Er hat sich nach der Messe lange mit Rudi über Autos unterhalten. Hoffentlich nimmt er etwas Vernünftiges."

„Was ist denn vernünftig?", fragte ich, obwohl ich mich inzwischen bis zur Zimmertür vorgearbeitet hatte. Ommmas Autogeschmack interessierte mich wirklich. Immerhin hatte ich bis gerade gar nicht gewusst, dass sie überhaupt einen hatte.

„Auf jeden Fall nicht dieses ausländische Dingen, das er jetzt fährt. Ich verstehe das gar nicht", Ommma gab wegen der Dringlichkeit der Aussage für einen Moment ihren Beobachtungsposten auf und drehte sich zu mir um. „Dabei kriegen die doch Prozente, wenn sie einen VW kaufen. Die Geistlichen, meine ich jetzt."

„Tatsächlich?"

„Versteh ich einfach nicht", Ommma schüttelte erneut den Kopf, „warum er dann mit dieser Baguettebeule herumfährt."

Baguettebeule! Immerhin hatte Ommma mich an diesem Vormittag zum Schmunzeln gebracht. Jetzt konnte ich mich gutgelaunt meinen Klausuren zuwenden.

„Moment mal!"

Ich sah mich noch einmal um. Ommma war jetzt noch näher ans Fenster gerutscht und starrte zur Kirche hinüber. „Warum kommt der denn plötzlich aus der Kirche gerannt?"

Ich stutzte und machte einen Schritt ins Zimmer hinein.

„Da ist doch etwas passiert", stotterte Ommma aufgeregt. „Sonst würde der doch nicht so laufen!"

Ich trat neben meine Schwiegeroma und warf einen Blick hinüber zur Kirche. Das Portal stand weit auf. Darüber hinaus konnte ich gerade noch erkennen, wie der schwarz gekleidete Pastor ins Pfarrhaus hastete.

Ommma hatte recht. Drüben musste etwas passiert sein.

## 2

Im Nachhinein frage ich mich oft, warum ich geradewegs zur Kirche und nicht zum Pfarrhaus gelaufen bin. Vielleicht war es das offenstehende Portal der Kirche, das mich anlockte, oder aber es war reine Intuition, die mich im Bruchteil einer Sekunde diese folgenschwere Entscheidung fällen ließ. Ich war außer Atem, als ich endlich die Kirche betrat, die, wie ich mich bis heute erinnere, in gespenstisch blaues Licht getaucht war. Ein einziger Blick zeigte mir, dass es hier nichts gab, was einen im Entferntesten hätte beunruhigen können. Kein Vandalismus, keine Einbruchsspuren, nichts. Ich begann gerade, mich ein wenig zu entspannen, als ich plötzlich auf die halboffene Tür im Altarraum aufmerksam wurde – die Tür zur Sakristei.

Ich weiß, dass ich einen Augenblick stutzte – dass ich überlegte, ob ich mich durch den bloßen Anblick des rennenden

Pfarrers in etwas hineingesteigert hatte. Deutlich verlangsamt stieg ich dann doch die zwei Stufen zum Altarraum hinauf. Ein schwacher Duft von Weihrauch umfing mich, als ich den Kopf in die Sakristei hineinschob. An einer Schrankwand nahm ich ein rotes Priestergewand wahr. Aber auch hier nichts, was das Verhalten des Priesters erklärt hätte. Ich wollte mich gerade zurückziehen, als ich ein Klappern vernahm. Ein Schritt in den Raum hinein und ich erkannte, dass es eine weitere Tür gab – zum Kirchturm, nahm ich an. Vorsichtig zog ich sie auf. Ein kleiner Flur, ziemlich dämmrig. Trotzdem konnte ich zwei weitere Türen erkennen, von denen die eine wieder nur angelehnt war. Vorsichtig trat ich näher und drückte die Tür auf. Es war dunkel, nur ein winziges Fensterchen spendete etwas Licht. Eine steinerne Wendeltreppe führte in steilen Windungen nach oben. Ich suchte nach einem Lichtschalter, fand aber keinen. Ratlos sah ich mich im Dämmerlicht um, bis ich plötzlich ein Stück weiter oberhalb auf den Treppenstufen etwas Dunkles liegen sah. Vorsichtig trat ich ein paar Stufen nach oben.

Es muss ein plötzlicher Lichteinfall gewesen sein. Ein Sonnenstrahl, der sich durch das verstaubte Turmfenster gekämpft hatte. Jedenfalls starrten mich auf einmal zwei Augen grauenvoll an. Oder besser: Sie starrten durch mich hindurch. Zwei stahlblaue Augen – weit aufgerissen, aber völlig gebrochen – so, als wäre der Mensch, zu dem sie gehörten, Millionen Kilometer entfernt. Der Anblick traf mich derartig, dass ich zurücktaumelte, bis ich mit dem Rücken zum Geländer zu stehen kam. Mein Herz klopfte wie wild. Ich schloss die Augen und versuchte ruhig zu atmen. Es dauerte eine unendlich lange Zeit, bis es mir möglich schien, die Augen wieder zu öffnen. Doch kaum war das geschehen, wurde mein Blick magisch angezogen von dem grausigen Fund. Der Tote lag mit dem Kopf nach unten und sein Nacken war dabei so nach hinten überstreckt, dass das verzerrte Gesicht den Betrachter anzuschauen schien. Ich wandte mich mit Schaudern ab, allein schon, um nicht länger die gewaltige Blutlache zu sehen, die sich unter dem Kopf gebildet hatte und die noch zwei Stufen weiter nach unten getropft war. Dunkelrot war das Blut, schon fest geworden, geronnen.

Vergeblich versuchte ich, einen Gedanken zu fassen. Ein Toter. In der Kirche. Nun, vielleicht konnte man wenigstens sagen, dass dieser Mensch Gott im Sterben sehr nahe gewesen war.

„Wie kommen Sie hierher?" Eine Stimme ließ mich vor Schreck zusammenfahren. Gleichzeitig erfüllte plötzlich elektrisches Licht das Treppenhaus. Ich fuhr herum. Der Pastor stand am Fuße der Treppe – so bleich, dass er mit der Leiche durchaus mithalten konnte. Sein braunes Haar war zerwuselt und der Mann schwitzte wie verrückt.

„Ich – ich habe Sie aus der Kirche laufen sehen", versuchte ich zu erklären und wunderte mich selbst, dass meine Stimme funktionierte, „und da dachte ich – also, ich hatte den Eindruck, dass Sie – also, dass irgendetwas nicht stimmt."

Während ich den Geistlichen betrachtete, kam mir ein Gedanke. Der Pastor war weggerannt. Woher wusste ich eigentlich, dass er nicht für diese Tragödie verantwortlich war?

„Ich wollte die Krankenkommunion aus der Sakristei holen", haspelte der Pastor, als hätte er meine Gedanken erraten. „Und dann hörte ich im Flur ein Klappern – die Tür zum Kirchturm war auf", er schluckte trocken, bevor er weitersprach, „und dann, dann lag da plötzlich der Gierse."

„Gierse?"

„Ein Mitglied des Kirchenvorstands." Der Priester wandte sich ab. Ich hatte den Eindruck, er hatte mit Übelkeit zu kämpfen.

„Vielleicht gehen wir besser nach draußen", schlug ich vor. „Hier können wir wohl eh nichts mehr tun."

Der Pastor nickte. Dann drehte er ab.

## 3

Draußen ging es besser. Nicht nur der Pastor schien sich zu erholen, auch mir tat die Morgenluft gut. Wir waren stillschweigend gemeinsam über den Kirchplatz gegangen und dann am Bruchsteinmäuerchen vorm Pfarrhaus stehen geblieben.

„Wie lange dauert das wohl, bis die kommen?“, fragte der Pastor und warf nervös einen Blick auf seine Uhr.

„Wo haben Sie denn angerufen?“, erkundigte ich mich. „Die 110 oder die 112?“

„Bei der Polizei“, antwortete der Pastor, „aber dort haben sie gesagt, dass auf jeden Fall auch ein Rettungswagen kommt. Außerdem haben die direkt nachgefragt, ob ich schon etwas angefasst habe.“ Er machte eine Pause, bevor er weitersprach, und sah mich dabei aufmerksam an. „Meinen Sie, die Polizei – wie soll ich sagen – denken Sie, die machen eine große Sache daraus? Ich meine ...“

„Zunächst wird ja nur ein Streifenwagen kommen“, antwortete ich sachlich. „Und bei Verdacht auf Fremdverschulden wird letztendlich an die Mordkommission weitergeleitet.“

„Aha“, sagte der Pfarrer und sah mich irritiert an. Mir fiel auf, dass er grüne Augen hatte, stechend grüne Augen. Schließlich schüttelte er den Kopf. „Nein, nein“, sagte er. „An Fremdverschulden glaube ich nicht. Diese Treppe ist erwiesenermaßen gefährlich. Die Stufen schmal und zudem sehr hoch. Womöglich ist auch das Geländer nicht ordnungsgemäß. Ich will gar nicht daran denken, ob wir vielleicht Ärger kriegen, weil irgendwelche Bauvorschriften nicht eingehalten sind.“

„Sie sind der Pfarrer hier?“, erkundigte ich mich, obwohl ich es ja ziemlich genau wusste.

„Oh!“ Der Pastor streckte mir die Hand entgegen. „Ich hab mich gar nicht vorgestellt. Stephan Olbrecht. Ja, ich bin der Pfarrer – inzwischen seit guten zwei Jahren.“

„Vincent Jakobs“, stellte ich mich vor. „Der Schwiegersohn der Schnittlers dort drüben.“ Ich zeigte auf Alexas Elternhaus. Dabei entging mir nicht, dass Ommma immer noch am Fenster saß. Ich konnte mir ausmalen, dass sie gerade vor Neugier zerging. „Meine Schwiegereltern sind im Urlaub. Ich wohne so lange hier, um ein Auge auf die Oma der Familie zu werfen.“

Der Pastor blickte jetzt ebenfalls hinüber zum Haus. „Muss man ein Auge auf sie werfen?", fragte er, und eine feine Linie umspielte seinen Mund, die ein Lächeln geworden wäre, wenn wir unter etwas glücklicheren Umständen zusammengestanden hätten „Ich hatte den Eindruck, sie ist es, die ein Auge auf alles wirft."

„Da ist sicher etwas dran."

Wir schwiegen eine Weile. Der Pastor wippte jetzt unruhig auf seinen Zehenspitzen herum. „Die lassen sich ja Zeit", murmelte er nervös. „Aber um noch einmal auf dieses Fremdverschulden zurückzukommen. Was meinen Sie denn? Sie haben doch auch gesehen, wie Manfred Gierse da lag. Das ganze Blut ..."

„Es sah nicht nach einem gewöhnlichen Sturz aus", stellte ich fest.

Der Pastor sah mich ernst an. „Da haben Sie recht, wobei das ja dann ...", Olbrecht wandte nun den Blick ab und starrte nachdenklich auf das Steinmäuerchen. „Das wäre ja dann – das wäre Mord! In unserer Gemeinde! Und es würde bedeuten ..."

Weiter kam der Pfarrer nicht. Das Martinshorn riss ihn aus seinen Gedanken. Keine halbe Minute später rauschte ein Rettungswagen auf den Kirchplatz. Unmittelbar darauf folgte der Notarztwagen. Olbrecht wurde jetzt sehr aufgeregt.

„Er liegt im Kirchturm", rief er zwei- oder dreimal und hastete zum Gotteshaus hinüber.

„Aber allzu sehr beeilen müssen Sie sich nicht", warf ich nüchtern ein, als die Sanitäter mit ihren Koffern vorbeistürmten. „Der Mann ist tot. Daran gibt es wirklich überhaupt keinen Zweifel."

## 4

Die Polizei ließ ziemlich lange auf sich warten. In der Zwischenzeit sollte ich dafür sorgen, dass niemand den Kirchturm betrat. Der Notarzt hatte mich darum gebeten, als er nach dem ersten

Blick auf den Toten zum Auto gegangen war, um etwas zu holen. Wie gut seine Idee war, wurde klar, als sich schon nach etwa zwei Minuten an der Kirchtür etwas tat. Ich war noch rechtzeitig dort, so dass ich eine ältere Frau vom Eintreten abhalten konnte.

„Was ist denn heute los in der Kirche?“ Die Frau war um die Siebzig und hatte einen Fellbesatz am braunen Mantel. „Heut’ ist doch keine Messe, oder?“

„Nein, nein, es ist keine Messe“, beeilte ich mich zu sagen. Dabei ließ ich den Türknauf der Eingangstür nicht los. „Hier findet gerade eine Untersuchung statt. Das Betreten der Kirche ist im Moment leider nicht möglich.“

„Eine Untersuchung?“ Die Dame beäugte mich misstrauisch. Sie schien meine Autorität als Türsteher in Frage zu stellen. Außerdem war ihrem Blick zu entnehmen, dass es so etwas wie eine Untersuchung in dieser Kirche während der letzten siebzig Jahre nicht gegeben hatte und dass sie es für kein gutes Zeichen hielt, dass man jetzt damit anfing.

„Ja, eine Untersuchung“, sagte ich hohl und umklammerte weiter den Türknauf.

„Was wird denn untersucht?“ Die Dame warf einen Blick zu den Fahrzeugen auf dem Kirchplatz hinüber. „Oder besser: wer?“

„Das weiß ich leider nicht“, redete ich mich heraus im vollen Bewusstsein, dass ich gerade am Türknauf einer Kirche hing und trotzdem ohne Gnade log. „Es ist auch mehr so eine allgemeine Untersuchung.“

„Eine allgemeine Untersuchung?“ Die Dame zögerte einen Augenblick. Wahrscheinlich überlegte sie, ob sie einem Wildfremden wie mir Glauben schenken konnte. Dann drehte sie ab, wandte sich aber schon nach drei Schritten wieder um. „Wer sind Sie überhaupt?“, setzte sie in einem unwilligen Ton nach.

„Vincent Jakobs.“ Ich bemühte mich, das so zu sagen, als wären jetzt alle Fragen geklärt.

„Jakobs“, wiederholte die Dame. Ihr Blick sagte, dass es diesen Namen im Dorf nicht gab. Ebenfalls seit siebzig Jahren nicht. Und so, wie sie mich jetzt musterte, musste sich das auch in Kürze nicht ändern.

„Ja, dann", sagte sie.

„Genau", erwiderte ich bestimmt, und die Dame zog ab. Zwar blickte sie sich noch zweimal um, aber sie ging. Als sie etwa zwanzig Meter entfernt war, wagte ich es, wieder ins Innere der Kirche zu treten. Ich hörte Geräusche aus der Sakristei, und plötzlich kam mir das Bild des Toten erneut in den Sinn. Mehr noch: Es tauchten Details in meinem Kopf auf, von denen ich vorher nicht geahnt hatte, dass ich sie überhaupt wahrgenommen hatte. Stoppelkurzes, blondes Haar zum Beispiel. Ja, der Mann im Kirchturm hatte sehr kurzes, blondes Haar gehabt, das jetzt von Blut getränkt war. Ich versuchte mich zu konzentrieren und überlegte, was er angehabt hatte. Eine schwarze Jacke, war ich mir plötzlich sicher. Die Hose? Dazu fiel mir nichts ein. Aber zu seiner Statur. Er war muskulös gewesen, nicht allzu groß, aber kompakt. Ich versuchte mir den Mann lebend vorzustellen, doch sobald ich mich bemühte, blendeten sich die seltsam entrückten Augen dazwischen. Ich wurde erst abgelenkt, als mein Blick auf eine Stellwand fiel, die im hinteren Bereich der Kirche aufgestellt war. Ich ging darauf zu und las die Anschläge, die daran angebracht waren. Die Katholische Frauengemeinschaft lud zu einem Vortrag unter dem Titel „Hilfe, mein Mann wird Rentner". Ein weiterer Zettel wies auf einen Bibelkreis hin. Dann gab es einen Spendenaufruf wegen einer anstehenden Kirchenrenovierung. Das war interessant. Mein Schwiegervater hatte mir einmal erzählt, dass die alte Bruchsteinkirche hier im Dorf zu klein geworden und – bis auf den Glockenturm – abgerissen worden war. Überaus optimistisch hatte man dann in den Fünfzigern diese deutlich größere, hallenartige Kirche errichtet, die für heutige Verhältnisse allerdings auch nicht mehr zeitgemäß war: Der Altarraum kilometerweit von den Kirchenbänken entfernt und in einer Weise erhöht, dass der Pastor schier über der Gemeinde schwebte. Mein Blick wanderte an den Wänden empor. Das Gemäuer wirkte tatsächlich schwer renovierungsbedürftig. Nicht nur ein neuer Anstrich war nötig. Einige Stellen sahen so feucht aus, dass hier und da sogar der Putz abblätterte. Wahrscheinlich war auch das Dach völlig im Eimer. Am schlimmsten war der Zustand im rechten Teil, dort wo, wie ich beim Näherkommen feststellte, eine weitere Schautafel aufgestellt war. „Unsere Kommunionkinder", stand in bunten Lettern zuoberst. Darunter ein gewaltiges Schiff aus aufgeklebter Pappe, in dessen Bullaugen Kinderfotos eingearbeitet waren. „Unterwegs zu Gott" prangte auf dem Segel. Außerdem war ein blauer Matrose auf dem Schiff zu sehen – oder vielmehr eine Matrosin, denn sie trug einen dunkelblauen Rock. Statt eines gemalten Gesichtes hatte auch sie ein kleines Foto verpasst bekommen – *Mit euch im Boot,* stand darunter, *Elisabeth Vollmer, eure Gemeindereferentin.* Den Pastor konnte ich nirgends entdecken. Vielleicht befand er sich gerade in der Kajüte.

Dann plötzlich ein Geräusch an der Eingangstür. Ich fuhr herum. Ein junges Mädchen trat in die Kirche und sah sich irritiert um. Sie hatte dunkles, lockiges Haar und eine gesunde Gesichtsfarbe, als sei sie mit dem Fahrrad gekommen; an der Hand trug sie eine Leinentasche.

„Tach", sagte sie, als sie mich sah. „Ist etwas passiert? Ich meine nur, weil da unten der Krankenwagen steht."

Es wurde Zeit, dass endlich die Polizei kam und den Tatort absperrte. Ich war als Securityservice nicht besonders gut geeignet.

„Ein Unfall", erklärte ich, während ich auf das Mädchen zuging. Diesmal sparte ich mir das Gerede von 'allgemeinen Untersuchungen'.

„Ein Unfall?" Das Mädchen blickte alarmiert.

„Ja, da ist jemand gestürzt." Ich gab mir trotzdem Mühe, alles möglichst vage zu halten. Gleichzeitig versuchte ich, das Alter des Mädchens zu schätzen. Elfter Jahrgang, vermutete ich aus meiner Schulerfahrung heraus. Sechzehn oder siebzehn vielleicht.

„Wo denn?" Das Mädchen schien geradewegs in irgendeine Richtung laufen zu wollen, wusste allerdings nicht so recht, wohin.

„Drüben im Kirchturm", erklärte ich ruhig, „aber ich glaube, es wäre nicht gut, die laufenden Untersuchungen zu stören."

„Untersuchungen? Wer ist denn gestürzt?" Das Mädchen ließ die Leinentasche fallen. Als sie auf den Boden traf, rutschte ein Heft mit Noten heraus.

„Wer?", wiederholte ich stupide. „Nun, ich bin nicht von hier, ich war nur zufällig …"

Weiter kam ich nicht. Das Mädchen war schon losgerannt. Ich stürmte hinterher, aber sie war verdammt schnell und nicht mehr einzuholen.

„Ines", hörte ich den Pastor sagen. Sein Blick zeigte eine Mischung aus Überraschung und Entsetzen. „Wie kommst du …?"

„Papa ist gestern Abend nicht nach Hause gekommen", stieß das Mädchen hervor. Es versuchte sich an Olbrecht vorbei nach oben zu drängeln. Der aber hielt es an den Oberarmen fest.

„Ist er das?" Das Mädchen kreischte jetzt nur noch.

„Beruhige dich, Ines, beruhig dich erst mal."

„Ist das Papa?" Das Mädchen war jetzt tränenüberströmt und völlig außer sich.

Olbrecht warf mir einen fragenden Blick zu.

„Ist das Papa?"

„Ja", sagte der Pastor schließlich. „Er ist die Treppe hinuntergestürzt."

„Aber … aber … deshalb kann er doch nicht …?"

„Er ist tot", sagte Olbrecht.

Gott sei Dank fing er das Mädchen noch rechtzeitig auf.

## 5

Ich hörte es, als ich mich gerade durch die Trauben von Zaungästen hindurchbewegt hatte – bestimmt dreißig oder mehr Menschen, die den Notarzt und die inzwischen eingetroffenen Polizeiwagen auf dem Kirchplatz wahrgenommen hatten und nun dort warteten, um nur nichts zu verpassen. Sie standen da, redeten miteinander und schauten mich, als ich aus der Kirche trat, halb verstohlen, halb erwartungsvoll an. Trotzdem sprach mich niemand an, weil ich letztlich doch ein Fremder war, von dem man bestenfalls wusste, dass er zu Schnittlers gehörte. Allerdings wusste ich dieses sauerländische Verhalten diesmal sehr zu schätzen, da es mir erlaubte, mich schnell aus dem Staube zu machen. Und gerade, als ich fast die Schnittler'sche Haustür erreicht hatte, da hörte ich sie. Die tieftönende Glocke, die ihr trauriges, dunkles Lied zu singen begann. Es war anders als das Läuten, das morgens die Leute aus dem Bett warf und dann noch einmal mittags und abends erklang. Verglichen hiermit war das normale Läuten geradezu fröhlich.

Das gibt es also noch, dachte ich, während ich stehen blieb und andächtig lauschte. Hier auf dem Dorf gibt es das noch, das Totenläuten.

Als ich das Haus betrat, wurde mir plötzlich bewusst, was ich Ommma angetan hatte. Ommma hatte den Krieg miterlebt, Ommma hatte früh ihren Mann verloren und die Kinder allein durchgebracht. Trotzdem war ich mir sicher: Die letzten Stunden gehörten zu den schwersten in ihrem Leben. Am Fenster zu sitzen, während in unmittelbarer Nähe unsagbar Spannendes passierte – ein aufgelöster Pfarrer – das Auftauchen von Polizei-, Rettungs- und Notarztwagen – hektisches Treiben, das auf das Allerschlimmste schließen ließ – all das war für Ommma, die es mit ihren 88 Jahren nicht mehr allein die Treppe nach unten schaffte, die größte Bewährungsprobe ihres Lebens gewesen.

„Was ist passiert?" Die Frage hallte durchs ganze Haus, sobald ich nur einen halben Schritt über die Türschwelle getan hatte. Ommmas Tonfall war nicht frei von Vorwürfen. Immerhin hätte ich zwischendurch mal ins Haus kommen und Bericht abstatten können.

Wenn auch Ommma kiebig war, so freute sich wenigstens Walter, als ich zurückkam. Walter ist unser Hund. Leider hatte ich ihn Alexa nicht auch noch aufs Auge drücken können. Daher verbrachte Walter die Tage mit Ommma und mir. Während ich dem braunen Mischling den Kopf tätschelte, überlegte ich, wie Ommma meine Neuigkeiten aufnehmen würde.

Ob ich ihr die Wahrheit besser häppchenweise einlöffeln sollte?

„Was ist passiert?“, fragte Ommma noch einmal mit fester Stimme, etwas ungeduldiger jetzt. Kurzerhand entschied ich mich für die Wahrheit am Stück.

„Manfred Gierse ist tot. Du wirst ihn sicher kennen. Er war im Kirchenvorstand.“

„Manfred?“ Ommma starrte mich zunächst ein paar Sekunden lang fassungslos an, bevor sie sich wie benommen auf eine Truhe sinken ließ. „Tot? Aber warum?“

Warum? Was für eine Frage!

„Er ist die Turmtreppe hinuntergestürzt“, sagte ich.

„Gestürzt?“ Ommma hatte inzwischen sämtliche Gesichtsfarbe verloren. „Einfach so?“

„Gute Frage. So weit ist man noch nicht. Aber die Treppe ist ziemlich gefährlich, wie ich selbst gesehen habe.“

„Der Manfred!“ Ommma blickte wie betäubt vor sich hin.

„Kennst du ihn gut?“

„Ob ich ihn gut kenne?“ Ommma stutzte kurz. „Gierses Manfred kennt jeder. Das ist einer, der immer mittenmang ist. Einer, der Verantwortung übernimmt. Der sich zuständig fühlt.“

„Er hat eine Tochter, habe ich erfahren.“

„Nicht nur eine. Er hat zwei.“ Ommma reagierte nach wie vor benommen.

„Hast du sie mal kennen gelernt?“

„Wen meinst du? Die Töchter?“ Ommma warf mir einen fahrigen Blick zu. „Von denen hat er mir bestimmt eine halbe Stunde lang vorgeschwärmt, als er mal hier war.“

„Er war hier?“

„Vor ein paar Wochen, jaja.“

„Warum? Hatte das einen besonderen Grund?“

„Er hatte ein paar Fragen“, murmelte Ommma abwesend. „Wegen des Bestands. In der Kirche. Das Lagerbuch sei an einigen Stellen unvollständig, sagte er. Und ich kenne mich ja mit den alten Sachen aus. Die jungen Leute wissen ja so vieles gar nicht mehr.“ Ommma schüttelte den Kopf. „Aber dass er jetzt tot ist. Und dann auf so tragische Weise." Plötzlich schoss ihr Kopf hoch. „Aber der Pastor hat doch nichts damit zu tun?"

„Der Pastor?" Ich war ehrlich erstaunt. „Wie kommst du denn darauf?"

„Na, weil er eben aus der Kirche gerannt ist. Und weil er …"

„Ja?"

„Na, wegen dieser ganzen Baugeschichte."

„Wegen welcher Baugeschichte?"

Ommma sah mich einen Augenblick irritiert an, als könne sie nicht begreifen, dass ich von nichts eine Ahnung hatte. Dann sagte sie: „Ach, ist nicht so wichtig."

„Oh doch", widersprach ich. „Meinst du die anstehende Kirchenrenovierung? Und hat es damit zu tun, dass dieser Gierse Mitglied im Kirchenvorstand war?"

„Ja. Nein. Ein bisschen." Ommma wand sich. Jetzt stand sie sogar mühsam von der Truhe auf und hätte sicher am liebsten die Biege gemacht.

„Moment", kam ich ihr zuvor. „Eine Tasse Kaffee wäre nicht schlecht. Damit dein Kreislauf wieder in Schwung kommt."

Eine Viertelstunde später lag Walter zufrieden auf seiner Decke, und Ommma und ich saßen gemeinsam am Esstisch und schlürften unser heißes Getränk. Ich hatte Ommma überzeugen können, dass man an Tagen wie diesen auf warme Mahlzeiten verzichten und sich stattdessen ausnahmsweise mit Schnittchen behelfen durfte.

„Was ist jetzt mit der Baugeschichte?", bohrte ich nach, als ich sicher war, dass Ommmas Gesundheit auch durch den Schock keinen Schaden genommen hatte. Vielmehr bestätigte sich mein Eindruck, dass sie nicht sehr leicht zu beeindrucken war – nicht einmal durch eine Leiche. Immerhin biss sie gerade in ihr zweites Schinkenbrot.

„Es war nur so ein Gedanke."

„Dann teil ihn mit mir!"

Ommma sah mich irritiert an. Sie schien zu überlegen, ob ich etwas Unanständiges gesagt hatte.

„Es ist so", setzte ich ein, um ihr die Entscheidung abzunehmen. „In ungeklärten Todesfällen wie dem von Manfred Gierse ermittelt die Polizei. Das ist üblich, um sicherzustellen, dass kein Fremdverschulden vorliegt." Ommmas Blick war wiederum ein wenig verständnislos. „Mord", setzte ich daher stakkatoartig nach, „Totschlag. Du verstehst? Dieser Fall wird an die Kriminalpolizei weitergegeben werden. Und dann ermittelt unter Umständen auch mein Freund Max in der Sache. Max Schneidt – vielleicht kennst du ihn noch. Er war auf unserer Hochzeit."

„Aber vielleicht ist es ja gar kein *Fall*", versuchte es Ommma mit nur ein ganz klein wenig Schinken im Mund. „Vielleicht ist Manfred tatsächlich nur die Treppe hinuntergestürzt."

„Das mag sein", bestätigte ich. „Und wenn es so ist, wird die Polizei das sicher bald herausfinden. Wenn es aber anders ist, dann ist es wichtig, was in der letzten Zeit hier im Dorf so passiert ist." Ich blickte Ommma erwartungsvoll an. „Zum Beispiel, was diese Baugeschichte angeht."

„Inzwischen ist, glaube ich, wieder alles bereinigt", wiegelte Ommma ab. „Der Streit liegt doch schon einige Wochen zurück. Die haben sich längst wieder vertragen, Manfred und der Pastor."

„Aber vor ein paar Wochen war das anders", versuchte ich mein Glück erneut.

„So kann man das auch nicht sagen."

Ich verdrehte innerlich die Augen. Ommma nahm doch sonst kein Blatt vor den Mund. Aber das hier gestaltete sich wirklich überaus mühsam.

„Eigentlich bestand der Streit gar nicht zwischen Manfred und dem Pastor, sondern zwischen dem Pastor und Ignaz Köster."

„Wer ist denn Ignaz Köster?"

„Den kennst du nicht?" Am liebsten hätte ich losgebrüllt. Ich wohnte nicht in Renkhausen! Ich wusste nicht, wer vor achtundvierzig Jahren Schulten Änne geheiratet hatte. Ich wusste auch nicht, wo sich nach dem zweiten Weltkrieg das Waldschwimmbad befunden hatte. Ich wusste nicht einmal, wer Ignaz Köster war!

„Nein", sagte ich ganz ruhig. „Leider nicht. Wer ist Ignaz Köster?"

„Ein Architekt." Ommma biss jetzt beherzt in ihr drittes Schinkenschnittchen. Es würde ein Minütchen dauern, bis sie wieder in der Lage war zu sprechen. Ich wartete geduldig.

„Ein Architekt", wiederholte ich, als der Moment gekommen schien. „Der Architekt, der die Baumaßnahme für die Kirche ausführen soll?", spekulierte ich, um Ommmas Redefluss ein wenig anzuheizen.

„Nein, eben gerade nicht", widersprach Ommma vehement. „Sonst hat ja immer der Köster alles gemacht. Den Kindergarten vor ein paar Jahren zum Beispiel oder den Umbau des Pfarrhauses, bevor der neue Pastor gekommen ist. Aber als es jetzt um die Renovierung der Kirche ging ..."

„Ja?", fieberte ich Ommmas Lippen entgegen.

„Da wollte der neue Pastor plötzlich eine Ausschreibung machen. Und bei dieser Ausschreibung hat dann ein anderer den Auftrag gekriegt."

„Wer ist der Glückliche?"

„Ein Stertmann. Oben aus der Siedlung, wo die Zugezogenen wohnen." Ich wusste, welche Straße sie meinte.

„Der hat auch das Haus von der Homberg-Tochter geplant", erklärte Ommma. „Außerdem hat er sich das neue Baugebiet in Gerlingsen gesichert. Aber wenn er sich da mal nicht verspekuliert hat! Der Grund dürfte einiges gekostet haben und jetzt – jetzt ist das Interesse gering, weil den Leuten das Gebiet zu weit außerhalb liegt."

„Der neue Architekt hat also den Kirchenauftrag bekommen", resümierte ich, „darüber wird dieser Köster alles andere als froh gewesen sein."

„Das kann man wohl sagen. Es heißt, er war stinksauer. Jahrelang hat er für die Kirche hervorragende Arbeit geleistet und plötzlich ist er nicht mehr gut genug, hat er bei der Sitzung des Kirchenvorstands geflucht."

„Und inwiefern ist jetzt Manfred Gierse beteiligt?"

„Nun, der saß ja mit im Kirchenvorstand", erklärte Ommma und hielt für einen Moment sogar den Rest ihres Schinkenbrots zurück. „Anfangs hat er sich für Köster ausgesprochen. Ist ja auch kein Wunder. Manfred ist Bauunternehmer und hat seit Jahren mit Köster eng zusammengearbeitet."

Ich hob die Augenbrauen. Gierse war Bauunternehmer. Das gab dem Ganzen eine ganz neue Note.

„Trotzdem hat sich der Kirchenvorstand auf diese Ausschreibungsgeschichte eingelassen", erklärte Ommma jetzt weiter. „Und als man sich dann tatsächlich für diesen Stertmann entschieden hat, hat Ignaz Köster das als glatten Verrat aufgefasst."

„Speziell, was Manfred Gierse anging."

„Ganz genau. Manfred hat sich angeblich mehrfach um eine Aussprache bemüht, aber Köster hat verlauten lassen, dass er mit einem wie ihm kein Wort mehr wechseln wolle."

„Puh!" Ich lehnte mich zurück. Ommma schien zu überlegen, ob sie nun ihrem Schinkenbrot den Rest geben sollte. Dann entschied sie sich dagegen.

„Der arme Pastor", sagte sie.

„Wieso 'der arme Pastor'?"

„Immer hat er solchen Stress am Hals." Ich schluckte den Einwand hinunter, dass Ommma noch vor ein paar Stunden bemängelt hatte, der Kerl bliebe den ganzen Vormittag im Bett.

„Dabei ist er so ein Netter." Nun war es für mich an der Zeit, zu einem Schinkenbrot zu greifen.

„Wie ich nur fragen konnte, ob er damit zu tun hat. Nur, weil er so panisch aus der Kirche gerannt ist. Dabei könnte doch jemand wie er niemals …" Dann sah mir Ommma plötzlich unvermittelt in die Augen. „Er hat doch nichts damit zu tun, wonnich?"

Prompt verschluckte ich mich an meinem Schinkenbrot.

„Natürlich nicht", beeilte ich mich zu sagen. „Manfred Gierse ist bereits gestern Abend gestorben. Das vermutete jedenfalls der anwesende Arzt. Und du hast doch selbst gesagt, dass sich der Pastor gestern wieder irgendwo herumgetrieben hat."

„Na, Gott sei Dank", sagte Ommma. Dann steckte sie den Rest ihres Schnittchens in den Mund. „Der wird schon wissen", versuchte sie durch eine Menge an Brot, Butter und Schinken zu sagen, „der wird schon wissen, warum er so viel unterwegs ist."

## 6

Ich freute mich sehr, Max zu sehen. Er ist ein echter Freund, seitdem wir uns bei meiner Ankunft im Sauerland kennengelernt haben. Im übrigen verkörpert Max für mich die sauerländische Mentalität auf eine besonders sympathische Art. Max macht nicht viele Worte. Er ist ein ruhiger, ja manchmal geradezu wortkarger Mensch, allerdings mit einem ganz eigenen Sinn für trockenen Humor. Außerdem ist er verlässlich, er steht zu seinen Ansichten und lässt sich nicht durch irgendwelchen Firlefanz irritieren. Das einzige Problem an Max ist, dass ich ihn inzwischen viel zu selten sehe. Daher freute ich mich umso mehr, als mein Kumpel gegen halb vier bei Schnittlers vor der Tür stand. Ommma hielt noch Mittagsschlaf. Jedenfalls nahm ich das an. Vielleicht saß sie aber auch die ganze Zeit an ihrem Fenster, um gegenüber nichts zu verpassen. Auf jeden Fall hatten Max und ich zunächst mal das Esszimmer für uns.

„Warst du schon mal hier?", fragte ich meinen Kumpel, der sich aufmerksam umsah.

„Nee, bislang nicht." Max betrachtete interessiert die Menge an Geweihen, die die Wände zierten. Schwiegervater hatte speziell seit seinem Ruhestand ganze Arbeit als Jäger geleistet. Als Walter angestürmt kam, beugte Max sich nach unten und kraulte dem Hund ausgiebig den Bauch.

„Willst du einen Kaffee?"

„Gern", sagte Max sparsam. Er hatte abgenommen und blass sah er aus. Hoffentlich hatten wir bald mal Gelegenheit, in Ruhe miteinander zu sprechen.

„Ich hab lange nichts von dir gehört", rief ich aus der Küche, während ich zwei Tassen und die Kaffeekanne zusammenstellte.

„Ich hatte viel zu tun", hörte ich Max sagen, als ich das Esszimmer mit einem Tablett betrat. „Wir sind unterbesetzt und wenn viel ansteht, macht man so viele Überstunden, dass man drei Leben haben müsste, um sie jemals abzufeiern." Ich stellte das Tablett ab, goss uns beiden eine Tasse ein und ließ mich dann auf der Eckbank nieder, wo ich am liebsten saß.

„Aber die Überstunden sind nicht der Punkt", Max räusperte sich, bevor er weitersprach. „Der Punkt ist das, was man tagtäglich erlebt. Letzte Woche hatte ich in einer Schule zu tun. Sechzig Kilometer von hier, ländliche Struktur. Also wirklich nicht das Schlimmste unter der Sonne." Max hatte sich etwa drei Löffel Zucker in seine Tasse gefüllt und rührte jetzt seit geraumer Zeit, um das entstandene Sumpfgelände ein wenig zu durchmischen.

„Ein Typ hatte mit seiner fünfzehnjährigen Freundin Schluss gemacht. Daraufhin hat das Mädchen gemeint, wenn eine andere ihren Ex angucke, dann schlage es sie tot." Max machte eine Pause, bevor er fortfuhr: „Inzwischen ist sie von der Schule geflogen."

„Nur wegen der Drohung?", wollte ich wissen.

„Nein, weil sie es tatsächlich versucht hat." Max sah mich herausfordernd an. „Sie hat eine Mitschülerin achtmal mit dem Kopf gegen die Wand geschlagen, bevor ein Lehrer sie stoppen konnte. Das Opfer hat einen Schädelbruch und liegt noch immer im Koma."

Ich stellte meine Tasse beiseite.

„Manchmal ist es heftig", meinte Max. „Aber sonst geht's mir gut." Mein Kumpel versuchte einen gequält-fröhlichen Gesichtsausdruck aufzulegen, was ihm nur mäßig gelang. „Weiß Alexa schon Bescheid?", wechselte er das Thema.

„Nein, ich hab sie nicht erreicht. Wir telefonieren meistens abends, tagsüber hat sie in der Regel ihr Handy nicht an." Ich war noch immer abwesend. Schließlich versuchte ich meine Gedanken zu verdrängen und wandte mich mit einer Frage an

Max. „Könnt ihr schon etwas sagen? Ich meine, ob Fremdverschulden im Spiel war?"

Max hielt den Kopf schief. Ich wusste, was das bedeutete. Er durfte mir natürlich nichts erzählen und überlegte, ob er es trotzdem tun sollte.

„Ich halte den Mund", ermunterte ich ihn. „Außerdem habe ich dir auch ein paar Informationen zu bieten, die mir eine meiner Top-Mitarbeiterinnen zugespielt hat."

Max wägte ab und gab sich schließlich geschlagen. „Eindeutig ist bislang nur die Todesursache. Gierse ist mit dem Hinterkopf mehrfach und sehr heftig auf die Steinstufen geknallt. Die Frage ist, ob das durch einen einfachen Sturz, also ein banales Abrutschen, zustande gekommen sein kann. Der Arzt meint, das sei wohl eher unwahrscheinlich."

„Wann ist denn der Todeszeitpunkt? Der Notarzt hat auf gestern Abend getippt. Hat sich das bestätigt?"

Max rieb sich die Augen. „Jaja, gestern Abend, zwischen zehn und zwölf. Aber du weißt ja, wie das ist. Solange der Tote nicht obduziert ist, keine Garantie."

„Was macht man um diese Zeit in der Kirche?", wollte ich wissen. „Genauer noch, im Kirchturm?"

„Das ist genau die Frage", Max unterdrückte ein Gähnen. „Seine Familie wusste von nichts. Gierse wollte zum Kegeln, hat er gesagt. Dort ist es in der Regel spät geworden. Seine Frau ist deshalb früh ins Bett gegangen. Sie hat sein Ausbleiben erst am Morgen bemerkt."

Ich runzelte die Stirn. Die Tochter kam mir in den Sinn. Und wie sie reagiert hatte.

„Hat sich die Familie denn heute Morgen keine Sorgen gemacht? Ist die Polizei benachrichtigt worden?"

„Doch, schon, Gierses Frau hat sich auf der Wache in Hesperde gemeldet. Und vorher hatte sie schon herumtelefoniert. Ihr Mann ist tatsächlich beim Kegeln gewesen, aber gegen zehn Uhr abgehauen. Was dann passierte, steht in den Sternen." Max' Stimme wirkte fahrig, ganz anders als sonst. Ob er wirklich nur müde war? Ich war mir nicht sicher.

„Heute Morgen ist seine Tochter in die Kirche gekommen", überging ich mein seltsames Gefühl. „Weißt du das schon?"

„Ja, das hat uns der Pastor erzählt. Angeblich war die Mutter in heller Aufregung, nachdem sie das Ausbleiben ihres Mannes entdeckt hatte. Trotzdem hoffte man immer noch auf eine natürliche Erklärung. Dass er jemanden aus dem Dorf getroffen hatte, dass er versackt war und auf irgendeinem Wohnzimmersofa übernachtet hatte."

„War er für solche Eskapaden bekannt?"

„Nun, reingespuckt hat er ins Glas offenbar nicht. Auf jeden Fall hat man weiterhin auf das berühmte gute Ende gehofft. Und deshalb hat Mutter Gierse ihre Tochter zum Orgelüben in die Kirche geschickt. Zur Ablenkung quasi."

„Wo sie dann prompt ihren toten Vater gefunden hat."

Max nickte und lehnte sich zurück. „Die entscheidende Frage ist: Was ist nach dem Kegeln passiert?"

„Ich nehme an, das fand bei Schulte statt?"

Max nickte. Schulte war der einzige Gasthof im Dorf. Er lag nur einen Steinwurf vom Haus der Schnittlers entfernt und bildete zusammen mit der Grundschule und den Kirchengebäuden das Zentrum des Ortes. Hier wurde Hochzeit gefeiert, Beerdigungskaffee abgehalten und auch gekegelt.

„Wenn Gierse in der Kneipe war", überlegte ich, „musste er dann auf dem Heimweg an der Kirche vorbei?"

„Eigentlich nicht. Er ist also ganz bewusst zur Kirche gegangen."

„Und wie ist er hineingekommen?", wollte ich wissen. „Die Kirche wird doch in der Nacht bestimmt abgeschlossen sein. Selbst hier auf dem Dorf."

„Stimmt", brummte Max. „Tagsüber ist die Kirche geöffnet, abends jedoch wird von der Küsterin abgeschlossen. So auch am Sonntag, wie die Dame schwört. Gierse hatte aber trotzdem Zugang zur Kirche, denn er besaß einen Schlüssel."

Ich war erstaunt. „Als Mitglied des Kirchenvorstands?"

„Auch, aber vor allem als Bauunternehmer, der in Kürze mit den Arbeiten beginnen sollte."

„Gierse hat den Auftrag zur Renovierung bekommen?"

„Wundert dich das, wenn er im Kirchenvorstand sitzt und noch dazu der einzige Bauunternehmer im Ort ist?"

„Öh, jein", antwortete ich mit Blick auf das, was Ommma mir am Mittag erzählt hatte. „Auf jeden Fall hat er mit seinem Schlüssel die Kirche aufgeschlossen?"

„Wir haben keinen Schlüssel bei ihm gefunden. Aber vielleicht hat er ihn abgelegt. Irgendwo in der Kirche. Dann wird er sich sicher noch finden. Der Erkennungsdienst ist ja immer noch vor Ort." Max drehte seine Tasse zwischen den Fingern. Es trat eine kurze Stille ein.

Dann stellte ich die Frage, die mir schon länger durch den Kopf ging. „Warst du dabei, als den Gierses die Todesnachricht überbracht worden ist?"

Max nickte. „Die Ehefrau ist völlig zusammengebrochen. Wir mussten einen Arzt rufen. Mit ihr zu reden, war praktisch überhaupt nicht drin."

„Habt ihr sonst noch irgendwelche Befragungen gemacht?"

Max grunzte. „Hey, wie lange sind wir jetzt hier? Zwei Stunden? Maximal drei. Wir sind mit den Ermittlungen noch ganz am Anfang."

Ich nickte.

„Obwohl", warf Max ein, „mit dem Wirt im Gasthaus Schulte haben wir bereits geredet. Er hat uns bestätigt, dass Gierse um zehn das Lokal verlassen hat, weil er am Montag früh raus musste."

„Doch anstatt nach Hause zu gehen, hat er sich dann noch eine Kirchenbesichtigung gegönnt?"

„Hm, das ist gar nicht so abwegig. Gierse konnte feiern, aber arbeiten konnte er angeblich auch. Vielleicht ist ihm irgendetwas eingefallen, was die Renovierung der Kirche betraf. Weiß der Geier – wie die Dachsparren liegen oder wo man den mobilen Aufzug an der Rinne befestigen könnte. Deshalb hat er eben nachgeguckt, auch wenn's schon nach zehn war."

„Meinst du, er hat seine Besichtigung im Dunkeln betrieben?"

Max sah mich erstaunt an. „Warum fragst du?"

„Weil das Licht aus war, als ich die Leiche gesehen habe. Angenommen es war nicht der Pastor, der es nach Auffinden der Leiche ausgeknipst hat, dann gibt es zwei Möglichkeiten: Entweder Gierse ist im Dunkeln im Turm herumgetapert –"

„– oder jemand hat anschließend das Licht ausgemacht, um keine Aufmerksamkeit zu erregen." Max sann dem Gedanken einen Moment nach, als plötzlich sein Handy klingelte. Er wühlte seine Jackentasche durch, die er über den Stuhl gehängt hatte, warf einen Blick auf das Display und nahm an.

„Ja, ich komm jetzt rüber", sagte er nach einer kurzen Weile. „Was die Befragung ergeben hat?" Max sah mich mit einem Gesichtsausdruck an, der mich zum Lachen brachte. „Erzähl ich gleich. Bis dann."

„Äh, ich hab wohl die Befragung vergessen", sagte er, nachdem er das Gespräch beendet hatte. „Ist dir noch etwas aufgefallen?"

Ich fasste kurz zusammen, wie Ommma und ich den Pastor beobachtet hatten, wie ich dann in die Kirche gerannt war und meine Entdeckung gemacht hatte.

„Und jetzt noch das Wichtigste: die Undercover-Informationen, die ich dir versprochen habe." Kurz und bündig berichtete ich von der Architektengeschichte. Max hörte aufmerksam zu. Zwischendurch holte er sogar einen Notizblock heraus und schrieb etwas auf.

„Das muss ich gleich sofort im Kollegenkreis besprechen", sagte Max, als ich geendet hatte. „Die Sache mit diesem Köster hat uns der Pastor nämlich glatt verschwiegen." Max steckte seine Notizen weg. Dann stand er auf und nahm seine Jacke.

„Sehr verdächtig", schwadronierte ich. „Was meinst du, ist er der Mörder?"

„Im Zweifelsfall immer", sagte Max lächelnd. „Geistliche haben ja meistens etwas zu vertuschen."

„Ich nehme an, du denkst an eine heimliche Liebschaft."

„Von der Manfred Gierse Wind bekommen hat."

„So dass er ihn kurzerhand aus dem Weg räumen musste." Ich klopfte Max freundschaftlich auf die Schulter. „Ist doch immer schön, wenn man einen Fall so schnell aufgeklärt hat."

Max grinste spöttisch und machte sich auf den Weg die Treppe hinunter. Unten angekommen wurde er plötzlich wieder ernst.

„Wir müssen noch mal in Ruhe sprechen", sagte er, ohne mich anzuschauen.

Auf einmal war ich mir sicher, dass Max' Blässe nicht nur mit seiner Arbeit zusammenhing. Da gab es noch etwas. Etwas, das ihn persönlich betraf.

„Gern."

„Ich melde mich", sagte mein Freund, als ich ihn an der Haustür entließ. Nach ein paar Metern drehte er sich noch einmal um und winkte. Allerdings nicht in meine Richtung, sondern eher nach schräg oben rechts.

Ommma war also auf. Wenn sie denn überhaupt geschlafen hatte.

## 7

Zuerst hörte ich das Klimpern. Geldmünzen. Erst später nahm ich die Gestalt vorm Zigarettenautomaten wahr. Es war an der Gaststätte Schulte, nur noch wenige hundert Meter vom Haus meiner Schwiegereltern entfernt. Walter zog an der Leine. Offensichtlich wollte er die Gestalt näher unter die Nase nehmen.

„Ach, Sie sind das!"

Jetzt fuhr ich doch zusammen. Die große Gestalt trat einen Schritt vor und war nun im Schein der Straßenlaterne zu erkennen. Stephan Olbrecht, der Pastor.

„Auf Hunderunde?" Er deutete auf Walter, machte aber keine Anstalten, ihn zu streicheln oder ihm sonstwie näher zu kommen. Ein Tierfreund auf Entfernung, nahm ich an.

„Ja, um die Zeit muss er noch einmal raus."

„Wo ich Sie schon treffe, Sie könnten mir nicht zufällig ein wenig Geld wechseln? – Oder leihen?“ fügte er mit einem Hauch von Scham hinzu. „Meine letzte Zigarettenschachtel liegt vier Jahre zurück. Ich hatte keine Ahnung, wie teuer das Zeug inzwischen ist.“

Ich kramte in meinen Hosentaschen, wo sich tatsächlich ein Eurostück fand.

„Verstehen Sie es als Dauerleihgabe!“

„Vergelt's Gott.“ Olbrecht warf das Geld ein und zog die Klappe heraus. Ich versuchte sein Alter zu schätzen, was speziell bei der Dunkelheit nicht ganz einfach war. Ein bisschen älter als ich, vermutete ich, Mitte Vierzig vielleicht. Olbrecht hatte das, was ich unter Alexas Protest immer die klassisch sauerländische Statur nenne: großgewachsen, Stiernacken, breites Kreuz. Auch hatte er ein paar Kilo zu viel, war dabei aber nicht unattraktiv. Kein Typ, bei dem man vermutete, dass er mangels Alternativen Priester geworden war.

„Gehen wir das Stück zusammen?“ Der Pfarrer steckte die Zigarettenschachtel vorerst in die Tasche.

„Gern“, erwiderte ich und zog Walter mit. „Frau Gierse hatte einen Zusammenbruch, hörte ich.“

„Die Drähte glühen schnell“, bemerkte der Priester. „Aber Sie haben recht. Die Nachricht hat sie umgehauen. Sie genauso wie die Tochter, Ines. Beide sind inzwischen in ärztlicher Behandlung. Im schlimmsten Fall wird der Doktor sie heute Abend sogar noch ins Krankenhaus verfrachten.“

„Ines ist nicht das einzige Kind, hörte ich.“

„Nein, da gibt es noch eine weitere Tochter. Annabell. Wenn mich nicht alles täuscht, studiert sie in Münster. Innenarchitektur oder etwas in der Art.“

„Wie alt war der Gierse eigentlich?“

„Ich hab's eben nachgeschaut. Genau wusste ich es auch nicht. Vierundfünfzig ist er, vor zwei Wochen geworden.“

Wir gingen eine Weile schweigend nebeneinander her. Plötzlich jedoch bellte der Hund und zog in eine Richtung. Um genau zu sein, war er ganz aus dem Häuschen. Der Pastor sah mich fragend an. Im Gebüsch, das über mehrere Meter die Hauptstraße säumte, knackte ein Ast. Ich blieb angespannt stehen. Einen Moment lang hatte ich das Gefühl, einen Schatten zu sehen. Dann aber konnte ich nichts mehr erkennen. Ich lauschte eine Weile angestrengt in den kühlen Abend hinein. Nichts war mehr zu hören.

„Ein Eichhörnchen vielleicht", flüsterte der Pfarrer. Dann schien ihm etwas anderes im Kopf herumzugehen. „Vielleicht war es aber auch – ", er brach unvermittelt ab, „ach, vergessen Sie's!"

Ich stutzte, sagte aber nichts. Schweigend gingen wir weiter, bis wir am Haus meiner Schwiegereltern anlangten. Auch Olbrecht hatte jetzt nur noch wenige Meter zu gehen.

„Danke noch mal für den Euro", sagte er. „Kann ich ihn vielleicht mit einem Glas Rotwein gutmachen?"

Ich zögerte einen Augenblick. Was hielt mich auf? Ommma war sicher im Bett, mit Alexa hatte ich nach dem Abendessen ausführlich telefoniert, und arbeiten würde ich auch nicht mehr. Ein Glas Rotwein war also wirklich nicht schlecht.

„In Ordnung", sagte ich. Länger als eine Sonntagspredigt würde das Ganze sicher nicht dauern. Und vielleicht würde mir der Pastor ja sogar noch stecken, wen er spätabends im Gebüsch vermutet hatte.

## 8

Pfarrer Olbrecht hatte seinen ganz eigenen Stil. Im Flur ein paar Emaille-Reklameschilder aus den 50er Jahren, die einen gewagten Kontrast bildeten zu einem antiken Kirschbaumschrank. Im Wohnzimmer zog eine Serie abstrakter Aquarelle den Blick auf sich. Vor einem fast wandgroßen Werk in Schwarz mit einem einzelnen orangeroten Streifen am rechten Rand blieb ich rat- und ahnungslos stehen.

„Interessant, nicht wahr?", sagte der Priester, während er eine Flasche Rotwein heranholte.

„Interessant, durchaus", bestätigte ich tonlos.

„Das Bild zeigt die Offenbarung", erklärte Olbrecht, während er den Korkenzieher in die Flasche hineindrehte.

„Ich war mir nicht ganz sicher", erwiderte ich. „Zunächst habe ich gedacht, es könnte auch die Menschwerdung sein."

Insgeheim fragte ich mich, ob die Werke wertvoll waren. Und wie viel ein Pfarrer im Monat verdiente.

Der Geistliche schien übrigens ein wenig das Chaos zu lieben. Hier und da stapelten sich Bücher und Zeitungen – das Ambiente erinnerte mich wohlig an meine Studentenzeit in Köln.

„Ich hoffe, er ist jetzt nicht zu kalt", sagte Olbrecht, während er den Wein in zwei Gläser einfüllte. Ich ließ mich derweil in einem Ledersessel nieder, sorgte dafür, dass sich Walter zu meinen Füßen breitmachte, und nahm mir dann Zeit, Olbrecht noch einmal zu mustern. Er trug Schwarz, ganz klar, aber nicht das klassische Priesteroutfit mit Kalkleiste am Hals, sondern schwarze Jeans und Wollpullover, darunter blitzte ein weißes T-Shirt hervor.

„Zum Wohl", sagte der Pastor jetzt, während er auf dem Sofa Platz nahm. Ich griff nach meinem Glas, trank zwei Schluck und lehnte mich dann in meinem Sessel zurück. Der Wein war genau richtig. Nicht zu warm und nicht zu kalt.

„Soll ich Ihnen mal etwas sagen", meinte der Priester unvermittelt, während er mich mit seinem stechenden Blick aufmerksam ansah. „Berufsbedingt habe ich ja nun wirklich häufig mit Toten zu tun. Aber das, was ich heute gesehen habe, das war etwas anderes."

„Mir geht es genauso", stimmte ich zu. „Ehrlich gesagt bin ich schon häufiger auf Mordfälle gestoßen. Und jedes einzelne Bild hat sich unauslöschlich in mein Gedächtnis eingebrannt. Heute ist ein weiteres hinzugekommen, das von Manfred Gierse."

Olbrecht sah mich fragend an. „Ich habe mich schon heute Morgen gewundert, dass Sie sich in Sachen Notruf so gut auskennen. Sie haben berufsbedingt damit zu tun, nehme ich an?"

„Nein, überhaupt nicht", widersprach ich. „Ich bin Lehrer. Es scheint eine besondere Art von Zufall zu sein, dass ich es immer wieder mit Morden zu tun bekomme."

„Seltsam", sagte Olbrecht mit gerunzelter Stirn.

„Ja, das ist es", stimmte ich zu. „Andererseits hat man auch Miss Marple nie gefragt, warum sie andauernd über Leichen stolperte."

„Miss Marple", Olbrecht lachte laut auf. „Da haben Sie recht. Andererseits sind Sie aus Fleisch und Blut und keine erfundene Romanfigur."

Ich lächelte.

„Nun", Olbrecht seufzte gehaltvoll. „Noch habe ich ja die Hoffnung nicht ganz aufgegeben, dass sich Gierses Tod als tragischer Unfall entpuppt."

„Auch wenn Sie dann ein Problem wegen der Bauvorschriften bekommen?"

„Lieber ein Problem wegen der Bauvorschriften als einen Mord in der Kirchengemeinde", Olbrechts Stimme wurde schärfer. „Ist Ihnen eigentlich bewusst, was es bedeutet, wenn Manfred Gierse tatsächlich umgebracht wurde? Ich meine – " Olbrecht suchte nach Worten, „man kann doch nicht automatisch davon ausgehen, dass es sich bei dem Täter um einen gänzlich Unbekannten handelt. Jemanden, der ihm aufgelauert hat, um sich sein Portemonnaie unter den Nagel zu reißen. Und wissen Sie, was das impliziert?" Olbrecht blickte mir fest in die Augen. „Es impliziert, dass ich den Täter höchstwahrscheinlich kenne. Dass er womöglich meiner eigenen Pfarrgemeinde entstammt. Dass ich ihm im schlimmsten Fall am vergangenen Sonntag die Kommunion in die Hand gelegt habe."

„Das könnte sein", stimmte ich zu.

„Die Vorstellung ist grauenerregend", sagte Olbrecht und sackte tiefer in seine Couch. Wir schwiegen ein Weilchen.

„Entscheidend ist, warum Manfred Gierse spätabends noch in der Pfarrkirche war", ging ich das Thema neu an. „Wohl kaum, um die gute Aussicht zu genießen."

Olbrecht richtete sich jetzt wieder auf. „Dafür gibt es möglicherweise eine Erklärung. Vielleicht haben Sie gehört, dass Gierse in der Kirche für die anstehenden Bauarbeiten verantwortlich war. Und er war ein Arbeitstier. Vielleicht wollte er etwas nachmessen oder er –"

„Die Variante kenne ich schon", unterbrach ich. „Nur: Warum hatte er dann keinen Schlüssel dabei?"

„Tja, wenn ich das wüsste", Olbrecht sank wieder in sich zusammen. „Aber vielleicht war die Kirche offen. Manchmal passiert das. Aus Versehen, meine ich jetzt. Unsere Küsterin ist nicht mehr die Jüngste. Vielleicht glaubte sie, sie hätte den Schlüssel herumgeschlossen, hat es aber in Wahrheit vergessen."

„Sie meinen, Gierse hatte spätabends die spontane Idee, in der Kirche etwas zu untersuchen, testete einfach mal aus, ob jemand aus Versehen die Kirche offengelassen hatte – und tatsächlich: jemand hatte aus Versehen die Kirche offengelassen?"

„Wäre bei Miss Marple nicht passiert, was?", fragte Olbrecht aus den Tiefen des Sofas heraus. „Aber gut", schöpfte er neuen Mut, „vielleicht ist das wahre Leben ja bekloppter als das, was Agatha Christie in ihrem Hirn geschaffen hat." Der Pastor trank sein Glas aus und schenkte sich sofort nach. Ich selbst winkte ab, mein Glas war noch halbvoll.

„Wer hat Gierse den Auftrag gegeben?", wechselte ich abrupt das Thema.

Der Priester war sofort hellwach. „Warum fragen Sie das?"

„Weil es mich interessiert. Ich habe gehört, dass es Ärger gab, weil diesmal nicht der gängige Architekt den Auftrag bekam. Und ich habe auch gehört, dass der alteingesessene Architekt deshalb einen Brass auf Gierse hatte."

„Das stimmt", Olbrecht rieb sich die Stirn. „Ich habe auf einer Ausschreibung bestanden und der Kirchenvorstand hat sich nach einigem Zögern darauf eingelassen."

„Hatten Sie etwas gegen den alten Architekten?"

„Nein, überhaupt nicht", Olbrecht wehrte ab. „Ich wollte nur mehrere Vorschläge sehen. Natürlich habe ich selbst eine Menge Ideen, was man aus der Kirche machen könnte. Aber trotzdem erhoffte ich mir von einer Ausschreibung besonders inspirierte Planungen. Wobei mir natürlich klar war, dass ich mir mit diesem Verfahren den Zorn von Ignaz Köster zuziehen würde", Olbrecht nahm einen Schluck. „Und auch Manfred Gierse hat mich damals heftig kritisiert. Man sei schließlich immer zufrieden gewesen mit Kösters Arbeit und ich brächte nur Unruhe in die Gemeinde. Nach einiger Zeit konnte ich ihn dann allerdings doch von meiner Idee überzeugen – was mir bei den anderen Mitgliedern des Kirchenvorstandes schon Wochen vorher gelungen war. Übrigens wollte ich diese Ausschreibung auch, damit alle Architekten eine reelle Chance hatten und man uns nicht nachsagen konnte, wir hätten gekungelt."

„Wie viele Anbieter waren im Rennen?"

„Drei haben einen Entwurf abgegeben", antwortete Olbrecht. „Köster war leider nicht dabei. Das Ganze war ihm zu blöd. Am Ende hat Holger Stertmann das Rennen gemacht, ebenfalls ein Architekt aus dem Ort. Oder besser: Er wohnt hier im Ort. Sein Büro liegt allerdings einige Kilometer entfernt."

„Aber Köster hat Ihnen bis heute nicht verziehen, nehme ich an?"

„Das kann man so sagen. Um genau zu sein, ist er inzwischen aus der Kirche ausgetreten."

„Und Gierse machte er ebenfalls Vorwürfe?"

„Er warf ihm so eine Art Brudermord vor. Jahrelang hatte Gierse von Köster Aufträge bekommen. Köster meinte wohl, Gierse wäre undankbar und habe über Nacht die Fronten gewechselt, hin zu einem jüngeren Architekten, der ihm in Zukunft die Existenz erhalten sollte."

„Brudermord", wiederholte ich nachdenklich. „Das ist interessant. Und dieser Köster? Wie schätzen Sie ihn ein?"

„Auf jeden Fall nicht als Mörder!", stieß Olbrecht hervor. „Denken Sie das bloß nicht! Dass all das, was ich Ihnen jetzt erzählt habe, irgendwie mit Gierses Tod zusammenhängt!"

„Natürlich nicht", beeilte ich mich zu sagen. „Auch, wenn Sie eben selbst zugestanden haben, dass der Mörder womöglich Ihrem direkten Umfeld entstammt."

Olbrecht sah mich mit dem ihm eigenen, stechenden Blick an, sagte aber nichts.

„Auf jeden Fall können Sie sich keine Kungelei nachsagen lassen", versuchte ich, an das Gespräch anzuknüpfen.

„Wenn Sie wüssten", Olbrecht ließ sich erneut ins Sofa zurückfallen. Sein Weinglas geriet dabei gefährlich ins Schwanken. „Nach der Ausschreibung ging es erst richtig los."

„Wegen dieses anderen Architekten?"

„Genau!" Olbrecht hatte die Augen geschlossen. Erst das Klingeln des Telefons schreckte ihn auf. Etwas umständlich erhob er sich und ging hinüber zu einem Sekretär, auf dem ein schnurloser Apparat stand.

„Warum?", fragte ich schnell, bevor er das Gespräch annahm.

„Warum?" Olbrecht griff schon nach dem Hörer. „Holger Stertmann ist ein alter Schulfreund von mir."

## 9

Als Olbrecht mit dem Telefon nach draußen gegangen war, konnte ich mich von der Überraschung erholen.

„Nein, nein, das ist noch zu früh", hörte ich ihn im Flur sagen, während ich Walter den Kopf kraulte. „Ich möchte das jetzt eigentlich nicht diskutieren." Dann Schweigen. „In Ordnung, von mir aus machen wir's so. Ich melde mich dann." Olbrecht verabschiedete sich, dann kam er zurück.

„Die geschätzte Vorsitzende unseres Pfarrgemeinderates", sagte er, während er den Hörer zurück in die Vorrichtung steckte. Mir entging sein genervter Unterton nicht.

„Gibt's Ärger?", konnte ich mir eine Nachfrage nicht verkneifen.

„Nicht direkt", wich Olbrecht aus. „Noch Wein?" Ich lehnte ab. Olbrecht selbst füllte wieder sein Glas. Noch während er da stand, sah er mich plötzlich unvermittelt an. „Darf ich Sie etwas fragen?" Er versuchte zu lächeln, aber es gelang ihm nicht recht. „Glauben Sie an Gott?"

„Ob ich an Gott glaube?“ Die Frage kam etwas überraschend. Ich sah Olbrecht irritiert an. Inzwischen merkte man dem Pastor den Rotwein deutlich an. Das Telefonat mit der Dame vom Pfarrgemeinderat hatte er mit Anstand über die Bühne gebracht, aber er war angetrunken, zweifellos. Nun schien er sich plötzlich entschieden zu haben, nicht länger auf meine Antwort zu warten, denn er ließ sich wieder in seine Couch fallen.

„Wissen Sie, was kürzlich in der Zeitung stand?“ Olbrecht tippte einen Stapel Zeitungen an, der neben ihm auf einem Tischchen abgelegt war. „Ein Priester in Dänemark hat mit Sechzig gestanden, dass er nie im Leben an Gott geglaubt hat. Er hat seinen Beruf sehr gemocht, aber an Gott geglaubt hat er nie. Er hat ausgesagt, man habe ihn auch nie danach gefragt.“ Olbrecht lachte schallend. „Ist das nicht schrill?“ Dann hielt er jäh inne und sah mich wieder sehr stechend an. „Ist das nicht unglaublich traurig?“

„Und? Glauben Sie an Gott?“, wagte ich zu fragen. „Nur, damit Sie nicht bis Sechzig warten müssen, bevor es jemand wissen will.“

„Oh ja, ich glaube an Gott“, Olbrecht trank wieder aus seinem Glas. „Allerdings“, der Pastor zögerte einen Augenblick, „allerdings weiß ich nicht immer, ob mein Beruf viel mit diesem Glauben zu tun hat.“

„Ich verstehe nicht recht.“

Olbrecht musste sich mittlerweile beim Sprechen gehörig konzentrieren. „Wissen Sie, warum ich Priester geworden bin?“

„Wie sollte ich?“

„Genau, weil ich diesen Glauben weitergeben möchte.“ Der Pastor setzte sich jetzt plötzlich sehr aufrecht hin, als wolle er durch seine Haltung die Dringlichkeit dessen, was er sagte, unterstreichen. „Weil ich durch mein ganzes Leben bezeugen möchte, wie großartig die Liebe Gottes ist.“

„Aha“, sagte ich – wohlwissend, dass dies keine angemessene Reaktion war. Olbrechts Augen flackerten plötzlich wie Feuer. Und ich spürte durch allen Rotwein hindurch, dass dieser Mann eine Gabe hatte. Die Gabe, andere Menschen zu überzeugen, indem er selbst mit allem, was er hatte, zu seiner Überzeugung stand.

„Wissen Sie nur, was das Problem ist?" Olbrechts Stimme schwankte. „In meinen Tagen ist dafür überhaupt kein Platz. Ich hetze innerhalb des Pastoralverbundes von einem Gottesdienst zum nächsten. Mir obliegt es, Kindergartengruppen zu schließen und ein nicht vorhandenes Gemeindevermögen zu verwalten. Ich darf schlichten, wenn zwei Mütter sich streiten, ob der Verkündigungsengel beim Krippenspiel Flügel tragen darf, und reibe mich an der Frage auf, ob der Familiengottesdienstkreis zu Erntedank die Kirche mit Konservenbüchsen ausstatten darf, obwohl die kfd-Frauen bereits für das klassische Ensemble von Gemüse-, Obst- und Getreidedeko gesorgt haben. Ich will sagen: Meine Arbeit besteht darin, mich mit irgendwelchem Kleinscheiß oder unseligen Verwaltungsaufgaben herumzuschlagen, während für die eigentliche Verkündigung so gut wie keine Zeit bleibt. Dabei haben wir ganz andere Probleme. Für wen spielt denn Gott überhaupt noch eine Rolle? Auch hier auf dem sauerländischen Lande geht nicht einmal mehr ein Fünftel der Katholiken überhaupt zur Sonntagsmesse. Selbst wenn Jugendgottesdienst stattfindet, ist außer den ausführenden Jugendlichen so gut wie keiner unter Zwanzig zu sehen. Die Kirche geht den Bach runter! Nur leider ist das überhaupt niemandem klar. Das Totenläuten hat eingesetzt. Nur rund um Renkhausen hat das noch keiner gemerkt. Man erfreut sich weiterhin an weißen Kleidern und hofft, dass der Pastor beim Frauenkarneval den Anton aus Tirol macht."

Erschöpft lehnte sich der Pfarrer zurück. Der Todesfall in seiner Gemeinde machte ihm ganz schön zu schaffen. Dann beugte er sich plötzlich vor und goss sich den Rest aus der Weinflasche ein. Sofort ging er los, um eine neue zu holen. Er tat sich etwas mit dem Korken schwer, aber nach zwei, drei Minuten hatte er es schließlich geschafft und füllte sein Glas nun vollständig nach.

„Und dann immer dieses Gemecker!" variierte er dabei das Thema. „Den einen bin ich zu konservativ, die anderen beschweren sich, weil ich nicht täglich für die Einführung von Priesterinnen demonstriere. Manche finden mich zu volkstümlich, andere zu intellektuell." Olbrecht stellte die Flasche zur Seite. „Manfred Gierse hat mir allerdings immer die Stange gehalten. Wenn ich angegriffen worden bin, dann hat er immer gesagt: 'Man kann es nicht allen recht machen. Das geht einfach nicht'." Olbrecht nahm jetzt sein Glas in die Hand und drehte es langsam, was ihm motorisch schon nicht mehr ganz leicht fiel. Ich hatte das Gefühl, dass es eine Frage der Zeit war, wann sich der rote Inhalt über das Sofa ergießen würde.

„Gierse hat mir immer den Rücken gestärkt", insistierte Olbrecht. Einen Moment lang fragte ich mich, warum der Pastor das so sehr betonte. „Zum Beispiel, wenn es um meinen Lieblingsfeind ging." Der Pfarrer stellte endlich sein Glas ab und sah mich eindringlich an. Ich richtete mich darauf ein, dass der Abend noch lange nicht vorbei war.

## 10

„Hartwig Bongard", sagte Olbrecht und schloss die Augen. Im schlimmsten Fall schlief er mir jetzt noch ein. Er hatte mehr als eine Flasche Rotwein quasi alleine getrunken. Allerdings konnte er sich dafür noch relativ gut artikulieren.

„Hartwig Bongard hat früher auf dem Katasteramt gearbeitet", erklärte Olbrecht nun. „Inzwischen ist er pensioniert. Das macht die Lage nicht unbedingt leichter. Denn seit Hartwig Bongard pensioniert ist, macht er nicht nur seiner Frau das Leben zur Hölle, sondern leider auch mir." Olbrecht legte eine kleine Pause ein, in der er seine Sitzposition auf dem Sofa leicht korrigierte.

„Hartwig Bongard schreibt ein Buch", fuhr Olbrecht anschließend fort. „Ein Buch über die christlichen Bräuche des Sauerlandes, wie er es nennt. Sie wissen schon: die Kreuztracht in Menden, Passionsspiele in Hallenberg, Fronleichnamsprozessionen auf dem Lande, der Brauch des Rärtelns vor den Ostertagen –"

„Das kenne ich nicht", warf ich ein.

„Rärteln?", fragte Olbrecht überrascht. „So nennt man es, wenn jetzt in den Kartagen die Messdiener mit kleinen hölzernen Rattergeräten durchs Dorf ziehen, um das Glockengeläut zu ersetzen. Aber zurück zu Hartwig Bongard. Seine Leidenschaft ist dieses heimatgeschichtliche Werk, dessen bahnbrechende Wichtigkeit ich, so würde es Bongard formulieren, auch nicht im Geringsten erkannt habe. Können Sie sich vorstellen, dass dieser Mann zu Beginn meiner Amtszeit fast täglich vor der Tür stand, um mit mir die ursprüngliche Bedeutung des „Stoht-op-Singens" in Warstein zu besprechen?" Olbrecht schüttelte den Kopf. „Verklickern Sie mal einem übermotivierten Heimatforscher, dass der Pastoralverbund sich nicht in der Lage sieht, sein sechshundertvierzig Seiten starkes Buch zu finanzieren, für das der Verfasser natürlich keinen herkömmlichen Verlag gewinnen konnte!" Der Pfarrer versuchte sich abzuregen.

„Ich bin es so leid", sagte er. „Aber seitdem Bongard weiß, dass die Pfarrgemeinde sein Werk niemals drucken lassen wird, ist alles nur noch schlimmer geworden. Gut, er steht mir zwar nicht mehr täglich vor der Tür, aber dafür hat er sich darauf verlegt, die Gemeinde gegen mich aufzubringen und Beschwerdebriefe nach Paderborn zu schreiben. Aber auch da hat Manfred Gierse mich immer gestützt."

Schon wieder eine Liebeserklärung. War der Pastor einfach nur emotional aufgerührt oder hatte er hinter seinen Beteuerungen etwas zu verbergen?

„Sprechen solche Leute wie dieser Bongard nicht in der Regel für sich?", überging ich die Gierse-Bemerkung. „Wenn die Gemeinde mit Ihnen zufrieden ist –"

„Wenn die Gemeinde zufrieden mit mir ist!" Olbrecht lachte spöttisch. „Wenn ich das schon höre! Die Gemeinde!" Olbrechts Gesicht bekam plötzlich einen anderen Zug. Wo vorher noch spöttelnder Zynismus dominiert hatte, entstand nun eine Linie echter Bitterkeit. „Warten Sie, ich zeig Ihnen mal was!“ Der Priester stand auf und verließ das Zimmer. Ich merkte, dass er leicht schwankte. Es dauerte ein paar Minuten, dann kam Olbrecht zurück. In den Händen ein paar Papiere, die er jetzt umständlich sortierte.

„Das hier ist auch die Gemeinde“, sagte er schließlich und reichte mir eines der Blätter. Ich nahm das Schreiben und begann zu lesen.

*Herr Pfarrer Olbrecht,*
*es ist nicht in Ordnung, wie sehr Sie sich einer Dame Ihrer Gemeinde in besonderem Maße zuwenden. Ist Ihnen nicht bewusst, wie sehr Sie damit Ihrem Ruf und Ansehen schaden? Frau Andrea Stertmann ist eine verheiratete Frau, wenngleich Ihnen das offenbar nicht immer in angemessener Weise bewusst ist. Wie auch immer – sollten Sie Ihr Verhältnis nicht umgehend in moralisch unbedenkliche Bahnen lenken, sehen wir uns gezwungen, eine Meldung bei Ihren Vorgesetzten vorzunehmen!*

Wie zu erwarten, war keine Unterschrift hinterlassen. Ich drehte das Blatt um. Nichts. Dann sah ich mir das Geschriebene näher an. Eine Standardschrift aus einem Standardcomputerprogramm. Nichts Auffälliges.

„Haben Sie eine Ahnung, wer ihn geschrieben hat?“, wollte ich wissen.

„Im Normalfall hätte ich natürlich auf Bongard getippt, aber Bongard hat einen anderen Stil. Er hätte solch ein Schreiben direkt zum Bischof geschickt. Außerdem verfügt er nicht über einen PC. Zumindest hat er seine sechshundertvierzig Seiten starke Forschungsarbeit auf einer antik anmutenden Schreibmaschine verfasst.“ Olbrecht lächelte gequält.

Ich gab dem Pastor das Blatt zurück. „Wer ist denn die Erwähnte?“

„Wer die Erwähnte ist?“ Olbrecht sortierte das Blatt zwischen die anderen. „Die Sache ist hanebüchen. Stertmann, verstehen Sie nicht? Der Name ist heute schon einmal gefallen. Holger

Stertmann – mein Schulfreund. Andrea Stertmann ist seine Frau." Olbrecht schnaubte. „Ist es nicht schön, dass man uns Priestern alles zutraut? Sogar, dass wir etwas mit der Frau unseres besten Freundes anfangen?"

Ich antwortete nicht.

„Natürlich habe ich viel Kontakt zu der ganzen Familie. Himmelherrgott, nicht zuletzt habe ich mich deshalb in diesen Pastoralverbund beworben. Weil ich wusste, dass Holger sich hier niedergelassen hatte. Es war für mich ein glücklicher Zufall, dass die Stelle hier frei wurde, als ich mich gerade neu orientieren musste. Verdammt noch mal, ist es verboten, als Pastor private Kontakte zu haben?" Olbrecht schaute mich ärgerlich an. Es kam mir fast vor, als habe ich den Brief geschrieben.

„Ist irgendetwas dabei, wenn wir zusammen Doppelkopf spielen? Oder wenn ich dort abends auf ein Bier vorbeischaue? Aber eins kann ich Ihnen sagen. Ich habe nicht vor, mich durch einen solchen Scheißbrief in meinen Gewohnheiten beeinflussen zu lassen. Egal, wer ihn geschrieben hat."

„Sie haben also wirklich keine Ahnung?", bohrte ich nach.

Olbrecht grunzte. „Zwischenzeitlich habe ich mal auf Isolde Buschhaus getippt, was eine denkbar harmlose Variante wäre. Aber davon bin ich jetzt ab."

„Isolde Buschhaus?"

„Eine Frau, die mich – sagen wir – verfolgt."

„Verfolgt?"

„Nun ja, wie soll ich sagen? Sie ist hier in Renkhausen immer um mich herum. Sie kommt in jede Messe, zu jeder Veranstaltung. Und dabei starrt sie mich die ganze Zeit an."

„Hoppla!" Ein Verdacht stieg in mir auf.

„Einmal ist sie sogar bei mir im Garten herumgeturnt, gerade, als hier im Haus eine Besprechung des Kirchenvorstands stattfand."

„Der Fall ist also allgemein bekannt."

„Die große Welle ist eigentlich schon verschwappt. Nach der Gartenaktion ist die Sache in den Gremien zur Sprache gekommen. Jemand hat Frau Buschhaus daraufhin angesprochen und versucht, sie zur Räson zu bringen. Um genau zu sein, wurde ihr mit Hausverbot gedroht, wenn sie sich nicht vernünftig benimmt."

„Und das hat gewirkt? Oder hockt sie gelegentlich doch noch spätabends im Gebüsch, um einen Blick auf Sie zu erhaschen?"

Ausnahmsweise wich Olbrecht meinem Blick aus. „Sie kommt weiterhin zu allen Veranstaltungen. Aber hier am Haus hat sie sich nicht mehr blicken lassen, und Telefonanrufe bekomme ich auch nicht mehr. Insofern ist Gierse erfolgreich gewesen."

„Gierse?", wiederholte ich überrascht. Olbrecht biss sich auf die Lippen.

„Gierse hat sich der Sache angenommen. Er hat in Ruhe mit ihr gesprochen, ihr aber auch ganz klar ihre Grenzen aufgezeigt."

„Haben Sie das der Polizei gesagt?"

„Sie ist einfach eine sehr einsame Person", wich der Pastor meiner Frage aus. „Ich halte sie für völlig ungefährlich."

„Aber sie hat eine Mission", warf ich ein.

„Manfred Gierse war mit mir einer Meinung, dass –" Olbrecht wurde vom Klingeln der Haustür unterbrochen. Walter hob blitzschnell den Kopf, der Pfarrer sah mich fragend an.

„Halb zwölf", sagte er. „Wer kommt denn jetzt noch vorbei?"

„Hartwig Bongard", vermutete ich. „Mit einer Frage zur Marienverehrung im östlichen Hochsauerland."

Olbrecht konnte über meine Bemerkung nicht lachen. Fahrig schob er die Papiere zusammen und steckte sie unter einen Stapel mit Zeitungen.

„Ich geh dann jetzt mal", sagte ich, als der Pfarrer aufstand.

„Moment!" Olbrecht hob die Hand. „Ich will nicht als Angsthase erscheinen, aber gestern um diese Zeit ist fünfzig Meter von hier ein Mord passiert. Deshalb wäre ich Ihnen dankbar –"

„In Ordnung", unterbrach ich ihn. „Dann mache ich in der Zwischenzeit schon mal den Hund scharf."

# 11

„Stephan!“ Eine aufgeregte Frauenstimme war im Flur zu hören. „Ich habe noch Licht bei dir gesehen, da wollte ich kurz vorbeischauen. Danke, dass du mir auf die Box gesprochen hast.“

„Schön, dass du kommst“, Olbrechts Stimme klang ein wenig gequält. Vielleicht, weil er wusste, dass ich im Hintergrund saß.

„War es sehr schlimm? Ich kann das alles noch nicht fassen mit Gierse.“

Ich hörte, wie Olbrecht die Dame mit einem knappen Bericht zu beruhigen versuchte. Es dauerte zwei, drei Minuten, dann schien er sich endlich an mich zu erinnern „Komm erst mal rein!“, hörte ich ihn sagen. „Ich habe gerade Besuch.“

Ein Moment des Erstaunens schwappte aus dem Flur ins Wohnzimmer. Dann trat eine Frau ein, Mitte – Ende Dreißig, schätzte ich. Sie trug eine dicke Strickjacke, die selbstgestrickt aussah. Darunter steckte eine zierliche Person, nicht klein, aber unglaublich dünn. Auch ihr Gesicht war mager. Es wurde eingerahmt von einem braunen Pagenschnitt. Was mir jedoch am meisten ins Auge fiel: Die Frau wirkte völlig humorlos.

Walter wollte aufstehen, ich hielt ihn jedoch am Halsband zurück. Intuitiv suchte ich dabei aus den Augenwinkeln den Finger der Besucherin nach einem Ehering ab.

Der Pastor ergriff die Initiative. „Darf ich vorstellen? Elisabeth Vollmer, unsere Gemeindereferentin.“ Hupps, falsch geraten. Nicht Andrea Stertmann stand vor mir, sondern die Matrosin, die mit den Kommunionkindern an Bord war. Anhand des winzigen Passfotos an der Stellwand hätte ich sie nie im Leben wiedererkannt.

„Und das ist Herr Jakobs, ein – sagen wir – kurzfristiger Nachbar.“

„Ich möchte wirklich nicht länger stören“, versuchte ich es erneut, während ich aufstand und Elisabeth Vollmer die Hand schüttelte.

„Das tun Sie nicht, im Gegenteil." Olbrecht warf mir einen Blick zu, den ich nicht deuten konnte. Brav und folgsam setzte ich mich wieder hin.

„Elisabeth, trink ein Glas Rotwein mit uns", sprach Olbrecht jetzt aufgeräumt seine Mitarbeiterin an.

„Nein, lass mal!" Elisabeth Vollmers Stimme klang resolut. „Ich muss ja noch fahren. Und du selbst …" Die Gemeindereferentin führte den Satz nicht zu Ende.

„Besondere Tage erfordern besondere Maßnahmen", erklärte der Pastor. „Ich habe Herrn Jakobs gerade in die Abgründe dieser Gemeinde geführt", Olbrecht ließ sich in seine Couch fallen. „Und damit meine ich erstaunlicherweise nicht unseren Toten."

Elisabeth Vollmer schaute irritiert, nahm aber ebenfalls Platz – wenn man das so nennen kann, wenn jemand stocksteif auf der vordersten Kante eines Stuhls zu sitzen kommt.

„Vielleicht interessieren sie dich ja auch", polterte Olbrecht weiter drauflos. „Ich habe vor etwa zwei Wochen einen anonymen Brief bekommen." Der Pastor kramte jetzt etwas unkoordiniert in den Zeitungen herum. Endlich hatte er das Schreiben gefunden. „Hier, Elisabeth. Lies und hab Spaß!"

Elisabeth Vollmer nahm den Bogen mit ernster Miene in Empfang und begann zu lesen. Sie nahm sich viel Zeit. Schließlich aber reichte sie Olbrecht den Brief zurück.

„Und? Was sagst du?" Olbrecht legte das Blatt vor sich auf den Couchtisch.

„Ich bin etwas enttäuscht." Die Gemeindereferentin verschränkte die Arme vor der Brust.

„Enttäuscht?"

„Du redest immer von guter Zusammenarbeit. Warum hast du mir dann nicht früher davon erzählt?"

Ich rutschte unwohl tiefer in meinen Sessel. Ich fühlte mich eh schon fehl am Platz, aber dass ich jetzt auch noch einem existentiellen Personalstreit beiwohnen sollte, überstieg mein persönliches Maß.

„Ich wollte dem Mist nicht zu viel Beachtung schenken", rechtfertigte sich Olbrecht. „Ein anonymer Brief! Durch so etwas lasse ich mich doch nicht aus dem Konzept bringen."

„Aha." Elisabeth Vollmer schmollte. Olbrecht sah sie eine Weile lang an. Dann schien ein Stimmungswechsel stattzufinden. Schließlich beugte er sich vor. „Es tut mir leid, Lisa", sagte er sanft und ziemlich angetrunken.

Elisabeth Vollmer schwieg erneut. Ich war mir sicher, sie überdachte genau, wie sie jetzt reagieren sollte. Schließlich hatte sie sich entschieden. „Vielleicht sollten wir zunächst eines klären. Ist an den Spekulationen irgendetwas dran?"

Ich sah, wie Olbrecht schluckte. Er hatte alles erwartet, aber nicht diese Frage. Sein Gesicht färbte sich rot. „Meinst du das im Ernst?"

„Stephan, jetzt sei nicht so naiv!" Interessanterweise schienen die beiden vergessen zu haben, dass ich anwesend war. „Du hockst andauernd mit Andrea Stertmann zusammen. Du kannst dir doch denken, dass das zu Gerede führen kann."

„Dass *was* zu Gerede führen kann?" Olbrecht war jetzt stinksauer.

„Naja, zum Beispiel wart ihr alleine im Kino, Andrea Stertmann und du."

Olbrecht ließ sich gegen die Rückenlehne fallen. „Weil Holger nicht konnte! Er wurde im Büro aufgehalten. Ist das so schlimm?"

„Und sie hat einen Schlüssel zu deiner Wohnung!"

„Um meine Blumen zu gießen, wenn ich im Urlaub bin!"

„Stephan, versteh mich nicht falsch!" Elisabeth Vollmer wechselte plötzlich die Tonart, was ihr nicht ganz leicht fiel, da ihre Stimme von Natur aus eher schrill klang. „Du weißt, dass ich hundertprozentig hinter dir stehe. Ich versuche nur einfach zu begreifen, was Leute veranlasst, solche Briefe zu schreiben."

„Verdammt, ja, es tut mir leid." Olbrecht sank in sich zusammen. „Es ist alles zu viel. Es tut mir leid, Elisabeth. Ich hätte dich viel früher ins Vertrauen ziehen sollen."

Elisabeth Vollmers Gesicht war jetzt von einem gnädigen Lächeln überzogen.

„Ist schon in Ordnung“, sagte sie ruhig, und ich sah ihr an, dass sie ihm gern über den Arm gestrichen hätte.

Olbrecht schenkte ihr ein flüchtiges Lächeln. „Zwischenzeitlich hab ich mal gedacht, dass der Brief von Isolde Buschhaus kommen könnte. Geschrieben also nicht aus moralischen Bedenken, sondern weil sie mich für sich allein haben will.“

„Isolde Buschhaus?“ Elisabeth Vollmer hob die Augenbrauen. „Die hab ich schon ganz aus meinem Gedächtnis verdrängt.“

„Oder Bongard. Allerdings verfügt der nicht über einen PC, wohingegen die Buschhaus den Computerkurs bei der kfd mitgemacht hat.“ Olbrecht schob den Brief wieder zwischen die anderen Unterlagen. „Aber wahrscheinlich hast du recht. Er kommt aus einer ganz anderen Ecke – von einer stinknormalen Person, die der Meinung ist, ein katholischer Priester solle nicht mit einer Frau allein ins Kino gehen.“ Unvermittelt ließ sich Olbrecht zum hundertsten Mal an diesem Abend gegen die Rückenlehne seines Sofas fallen. „Was für ein Tag!“

„Was für ein Tag“, bestätigte ich und erhob mich aus meinem Sessel. „Ich verlasse Sie jetzt mal.“

Auf dem Weg zur Haustür kamen wir an seiner Jacke vorbei. Die Zigarettenschachtel lugte ein klein wenig heraus. Olbrecht hatte sie offenbar völlig vergessen.

„Danke“, sagte er lächelnd, während er mir die Haustür aufhielt. Obwohl er angetrunken war, hatte er immer noch ein sehr gewinnendes Lächeln. Vielleicht war diesem Lächeln auch Isolde Buschhaus erlegen. Und wer weiß, wer noch alles, dachte ich, als ich das Haus endlich verließ.

◇

*Stephan geht es nicht gut. Das konnte ich sogar im Dunkeln erkennen. Er wirkt ganz aufgewühlt. Dabei hat er schon genug um die Ohren. Von allen Seiten wird er bedrängt. Aber gut, er wird sich beruhigen. Wird einsehen, dass Gierse nicht umsonst gegangen ist. Dass es einen Sinn hatte! Denn Gierse hat viel Leid angerichtet. Wenn ich nur an seinen Besuch zurückdenke. Als er mir mit Hausverbot gedroht hat, falls ich Stephan weiter zur Last falle. Der weiß doch nichts! Zur Last fallen! Der weiß doch nichts über Stephan und mich! Gierse hat gesagt, wenn ich weiter um Stephans Grundstück herumschleiche, werde man Konsequenzen daraus ziehen. Und der Auftritt im Garten sei auch mein letzter gewesen. 'Der Auftritt im Garten'! Woher sollte ich wissen, dass Stephan noch arbeiten musste? Es war an meinem Geburtstag. Frau Menke hatte mir eine Flasche mit Aufgesetztem gebracht. Den habe ich probiert, und dann kam mir plötzlich die Idee, ihn mit Stephan zu teilen. Es war schließlich mein Festtag, auch wenn Stephan davon so recht noch nichts wusste. Es war ein Sommerabend und so kam mir der Gedanke, ein Picknick wäre schön. Ich habe also mein schönstes Kleid angezogen, das von Mutter, das Tanzkleid, das sie bei ihren Auftritten trug. Dazu meinen Hut, den hellblauen mit den Sommerblumen drauf. Dann habe ich einen Korb gepackt und bin mit dem Fahrrad zu ihm hin. Allerdings stand ein Auto auf dem Kirchplatz und so wollte ich erst mal sehen, ob es passend für ihn ist. Ich bin also hintenrum ums Haus, durch den Garten, um vorsichtig durchs Fenster zu schauen. Aber das war nicht so einfach. Alles war voller Gestrüpp. Ich habe mir ganz schrecklich die Arme zerkratzt. Stephan hat ja keine Zeit, sich auch noch um den Garten zu kümmern. Der Arme kommt ja so schon kaum durch. Auf jeden Fall bin ich im Schutz der Dämmerung ans Fenster gepirscht, aber als ich endlich nah genug dran war, schaltete sich plötzlich ein Bewegungsmelder ein. Unzählige Augen starrten nach draußen und jemand riss die Terrassentür auf. Ich war so verschreckt, dass ich zu zittern anfing.*

*Dann kam Stephan nach draußen und blickte mich mit großen Augen an. Ich sah ihm an, dass er im Zwiespalt steckte, deshalb ging ich ganz vorsichtig zwei Schritte auf ihn zu. „Stephan", sagte ich schließlich, und ich sah, dass er sich kaum zurückhalten konnte. Dann kamen zwei weitere Leute heraus, und es zeigte sich, dass der komplette Kirchenvorstand zu Gast war. Eine Sitzung wahrscheinlich, genau an meinem Geburtstag.*

*„Frau Buschhaus", sagte einer der Männer schließlich. „Was machen Sie denn hier?"*

*„Picknick", habe ich gesagt und weiter auf Stephan geschaut.*

*„In meinem Garten?", hat der gefragt.*

*„Wir können auch woanders hingehen", habe ich mühsam über die Lippen gebracht. Stephan hat einfach nur weitergestarrt. Vielleicht hat er erst später den tieferen Sinn meiner Worte erkannt. Auf jeden Fall hat er dann gemeint, man sei mitten in einer Besprechung und habe jetzt keine Zeit. Deshalb bin ich gegangen, denn ich wollte Stephan nicht unnötig in Verlegenheit bringen. Ich weiß ja, dass er noch Zeit braucht. Er ist noch nicht so weit, sich der Sache zu stellen. Er ist so jung. So unerfahren noch. Da ist es nicht leicht, zu seinen Gefühlen zu stehen. Noch dazu, wenn alle um einen herum sind. Aber die werden sich wundern. Stephan hat die erste Kette durchtrennt. Gierse ist tot. Es wird nicht mehr lange dauern, dann werde ich die zweite zerschlagen.*

## 12

Ich musste in der Hölle gelandet sein. Denn die Stimme, die ich hörte, konnte nur von einem Höllenwächter stammen – oder besser: von einer Höllenwächterin.

„Schlafen ist ja gesund!", hörte ich den schrillen Tonfall durchs ganze Haus. „*Wer arbeitet, dem ist der Schlaf süß*. Steht ja auch schon in der Bibel."

Ich überlegte, ob ich die Augen aufschlagen sollte, entschied mich dann aber dagegen. Ich wollte gar nicht wissen, was mich in der Hölle erwartet.

„Macht ja auch nichts, dass ich noch nicht gefrühstückt habe. Macht ja nichts. Ich bin ja schon alt. Ich lebe ja eh nicht mehr lange."

Ich presste noch immer die Augen zusammen. Die Höllenwächterin hatte einen Namen. Und den kannte ich gut.

„Vielleicht bin ich ja morgen schon tot. Ist ja nicht schlimm, wenn ich dann heute nicht mehr gefrühstückt habe. Ist ja vielleicht sogar besser. Für die Aufbahrung, meine ich jetzt."

Ich gab mich geschlagen und öffnete die Augen. Ommmas Kapriolen hatten eine neue Stufe erreicht.

„Ich komme schon!", brüllte ich in einem Tonfall, der Wut und Verzweiflung ausdrücken sollte. Das hätte ich nicht tun sollen. Denn noch ehe ich zu Ende gesprochen hatte, öffnete sich mit Foffo die Tür.

„Na endlich!", sagte Ommma und knipste das Licht an. Wegen der plötzlichen Helligkeit hielt ich mir die Hand vor die Augen. War es nicht auch Saulus so ergangen, als ihm ein Bote Gottes begegnet war? Sicher war: Wenn Ommma ein Bote Gottes war, dann hatte der Allmächtige speziell in meinem Fall die absolute Härtetruppe entsandt.

„Was ist denn los?", fragte ich genervt.

„Ich habe noch nicht gefrühstückt", antwortete die Botin schrill und obendrein ziemlich profan.

„Das hörte ich bereits", zischte ich wütend durchs Zimmer.

„Außerdem brauche ich Hilfe", schob Ommma unbeeindruckt hinterher. „Beim Aufsetzen einer Traueranzeige."

„Einer Traueranzeige?" Jetzt war ich hellwach. Manfred Gierse tauchte auf und alles, was am Vortag passiert war. „Warum eine Traueranzeige? Hast du Manfred Gierse denn so gut gekannt?"

„Wieso Manfred Gierse?" Ommmas Stimme klang ungeduldig. „Es geht um mein eigenes Ableben."

Verständnislos starrte ich Alexas Großmutter an. Die stand trotzig im Türrahmen. Sie hatte ihren Pullover falsch herum angezogen, aber ansonsten hatte sie alles ganz gut im Griff. Ich setzte mich auf.

„Hast du Pläne, von denen ich nichts weiß?"

„Ich bin 88. Da kommt man nicht umhin, an sein Ende zu denken." Da konnte ich nicht widersprechen. Trotzdem interessierte es mich, warum die Sache gerade morgens um acht solch eine Dringlichkeit hatte.

„Man muss ja an alles Mögliche denken."

„Natürlich", stimmte ich zu und erwog, mich wieder in mein Kissen fallen zu lassen.

„Und dabei brauche ich deine Hilfe! Denn wie heißt es so schön in der Bibel: *Was du dem geringsten deiner Brüder getan hast, das hast du mir getan.*"

Ommma strahlte mich an. Als ich an ihr vorbeiging, warf ich einen Blick zur Zimmerdecke. Wenn es tatsächlich einen Gott gab, musste er zweifellos eine Menge Humor haben. Sonst würde er Leute wie Ommma doch gar nicht erfinden.

## 13

„Im Gesicht war er ganz blau."

„Und das Blut vom Aufschlag soll bis zur Tür geflossen sein. Die ganze Treppe hinunter und dann noch unter der Tür her. Das muss man sich mal vorstellen. Solch einen Blutverlust kann man beim besten Willen nicht überleben. Rein theoretisch schon nicht."

„Und praktisch schon gar nicht."

Das Niveau des Gesprächs war wegweisend. Keiner hatte Ahnung, aber alle zerrissen sich das Maul. So auch hier im Lebensmittelladen, den ich nach meiner Hunderunde aufgesucht hatte.

Zwei Frauen debattierten an der Wursttheke lautstark mit dem Inhaber Herrn Roseck. Als eine der Damen mein Eintreten bemerkt hatte, murmelte sie etwas. Die andere drehte sich daraufhin neugierig zu mir um.

„Na, da haben wir ja den Experten", versuchte Herr Roseck das Gespräch in etwas weniger tuschelnde Bahnen zu lenken.

Wir kannten uns schon ein wenig. Herr Roseck hatte bei meinem ersten Besuch unverhohlen gefragt, ob ich der Mann von Schnittlers Alexa sei.

„Experte – wieso?", gab ich mich unwissend.

„Wir sprechen gerade über den schrecklichen Unfall im Kirchturm", erklärte Roseck fachmännisch. „Da waren Sie doch dabei, woll?" Während er mit mir sprach, versuchte er, von einer riesigen Schinkenwurst die Pelle abzuziehen, um einer seiner Kundinnen ein paar Scheiben zu schneiden.

„Also das nun wirklich nicht", bestritt ich energisch. „Ich bin nur dazugekommen. Eigentlich hat der Pastor den Toten entdeckt."

„Ach ja, der Arme", sagte die eine der Damen jetzt. „Dem Guten bleibt aber auch gar nichts erspart."

Die Sprecherin verfügte über etwas, das ich immer eine Betonfrisur nenne. Eine Dauerwelle, die mit zwei Dosen Haarspray in ein durch nichts zu veränderndes Gebilde geformt worden war. Wahrscheinlich konnte man damit in die Sauna gehen, ohne auch nur den Hauch einer Verschiebung zu riskieren.

„Wo er jetzt in der Karwoche sowieso so viel Stress hat", sagte nun die andere der beiden Damen. Offensichtlich ging sie zu demselben Friseur. Ihre Haarpracht unterschied sich von der ersten nur in der Farbe. Allerdings trug sie dazu eine ungewöhnliche Brille. Ein hellgrünes Modell mit schwarzen Streifen am Steg, für dessen Existenz an dieser Frau es eigentlich nur zwei Erklärungen gab. Entweder hatten sich ihre Kinder bei der modischen Beratung einen Scherz erlaubt oder die Arme hatte sich alleine entschieden und war bei der Auswahl blind wie ein Maulwurf gewesen.

„Ja, das kommt wirklich unglücklich zusammen", bestätigte nun wieder die erste. „Gründonnerstag, Karfreitag, die Ostertage – das hat er ja alles noch vor der Brust."

Mir lag auf den Lippen, dass Manfred Gierse den Zeitpunkt seines Todes tatsächlich etwas umsichtiger hätte wählen können. Ein Tag in den Sommerferien hätte dem Herrn Pfarrer sicherlich viel besser gepasst.

„So kann's gehen", steuerte nun Herr Roseck bei. „Der Manfred. Wie soll die Familie nur ohne ihn klarkommen?" Ich rechnete es dem Lebensmittelhändler hoch an, dass wenigstens er nicht den Blick für das eigentliche Opfer verlor.

„Wie soll *das Dorf* ohne ihn klarkommen?", hob die bebrillte Dauerwelle an. „Manfred hat vieles angestoßen – das Kriegsmahnmal, die Kirchenrenovierung, den neuen Spielplatz ... Er hat sich so engagiert. Das gibt es heutzutage ja kaum noch." Ihre Partnerin nickte zustimmend, während Herr Roseck die Schneidemaschine für seine Fleischwurst anwarf.

„Wenn ich da an die jungen Leute denke", setzte die Brillenträgerin fort, „die haben doch nur noch ihre eigenen Sachen im Kopf."

„Das war früher anders", bestätigte ihre Freundin. „Ich weiß noch, wie wir damals die Caritas aufgebaut haben."

„Aber die jungen Frauen heute haben ja gar keine Zeit mehr, die arbeiten ja allesamt."

„Und dann wundern sie sich, wenn sie mit ihren Kindern nicht klarkommen."

Ich nutzte die Gelegenheit dieses gehaltvollen Dialogs, um ein paar Waren in einen Einkaufskorb zu packen.

„Stimmt es eigentlich, dass die Polizei richtige Ermittlungen aufgenommen hat?", wechselte die brillenlose Dauergewellte plötzlich das Thema. Sie warf mir dabei einen flüchtigen Blick zu. Offensichtlich hoffte sie, dass ich etwas beitragen konnte.

„Das ist wohl so üblich", erwiderte ich lapidar, während ich mich für zwei Becher Joghurt entschied.

„Unvorstellbar", die hellgrün Bebrillte schüttelte den Kopf. „Gerade Manfred. Wo er ein so feiner Kerl war."

„Und auch so eine gute Ehe führte", ergänzte die andere. „Ich glaube ja übrigens überhaupt nicht, was die Leute sagen." Die Sprecherin legte einen Blick auf, der unmissverständlich klar machte, dass sie Tratsch und Klatsch verabscheute. „Dass bei den beiden auch nicht immer alles zum Besten stand, meine ich jetzt."

„Bei Manfred und Hildegard, meinst du?" Ihre Begleiterin legte entsetzt die Hand auf den Mund.

„Ich will nichts gesagt haben", wehrte die andere ab. „Es wird ja so viel erzählt. Auch mit den polnischen Schwarzarbeitern, das halte ich für ausgemachten Unsinn. Gut, man wundert sich manchmal, was am Ende doch an solchen Geschichten dran ist, aber bei Manfred ..."

„Wobei er ja nicht überall beliebt war", die Brillenträgerin hob gekonnt eine Augenbraue. „Mit Ignaz Köster, das hat ihm schon der ein oder andere übelgenommen."

„Oder mit der Frau Wagner", ergänzte die andere. „Dass ihr als Erzieherin gekündigt worden ist, das können manche Leute überhaupt nicht verstehen. Und dafür soll sich ja gerade Manfred besonders eingesetzt haben."

„Wobei ich das richtig fand. Es gibt Dinge, die gehen einfach nicht, und dazu gehört auch –"

Die Dame stockte, da plötzlich die Ladentür zu hören war.

„Na, das ist ja eine Überraschung", trompetete Herr Roseck. Er hatte von der Wursttheke aus den besten Blick auf den Eingang. Wir fuhren alle gleichzeitig herum. Stephan Olbrecht betrat den Verkaufsraum. Im weißen Hemd, eine schwarze Baskenmütze auf dem Kopf, das strahlende Leben.

„Der Herr Pfarrer", riefen die beiden Betonfrisuren annähernd synchron.

„Haben Sie sich erholt von all der Aufregung?", schloss die Brillenträgerin mit besorgtem Gesicht an. „Wir sprachen eben noch darüber, welchen Belastungen Sie derzeit ausgesetzt sind."

„Danke, mir geht es ganz gut", antwortete Olbrecht und lächelte zurück.

„Tatsächlich?" Die andere Dame blinzelte den Geistlichen an. „Ich kann es mir kaum vorstellen. An Ihrer Stelle hätte ich ja kein Auge zugetan."

Ich schmunzelte in mich hinein. Wenn man wusste, wie viel Rotwein der Pastor am vergangenen Abend getrunken hatte, machte man sich um Schlafstörungen bei ihm so richtig keine Sorgen.

„Man erzählt sich ja, die Polizei ermittle in Sachen Mord“, ging es jetzt an der Damenfront weiter, „eine ganz schreckliche Vorstellung, finden Sie nicht?“

„Allerdings“, antwortete Olbrecht und griff sich ein Pfund Kaffee. „Aber vielleicht warten wir zunächst einmal die weiteren Ermittlungen ab.“

Schon stand der Pastor an der Kasse und war bereit zu bezahlen. Ich selbst stellte mich mit meinen paar Sachen hinter ihm an. Herr Roseck kam sofort angestürmt, um den Herrn Pfarrer bloß nicht warten zu lassen.

„Oh, jetzt habe ich glatt noch etwas vergessen“, meinte Olbrecht, als Roseck den Kaffee schon eingetippt hatte. „Vier Scheiben Gouda hätte ich noch gern.“

„Aber gern doch“, Herr Roseck stürmte sofort los. Die beiden Damen gaukelten derweil vor, sich auf ihre Einkäufe zu konzentrieren.

„Haben Sie denn gut geschlafen?“, fragte Olbrecht mich in verhaltenem Ton, während er auf den Käse wartete.

„Wie man's nimmt“, antwortete ich. „Die Träume endeten heute Morgen abrupt, als meine Mitbewohnerin mich mit ihrem Sterben konfrontierte.“

„Im Ernst?“ Olbrecht sah mich mit besorgter Miene an.

„Bislang nur theoretisch. Sie können die Sterbesakramente also noch ein Weilchen im Schrank lassen. Aber meine Schwiegeroma will auf alles gefasst sein. Daher werden wir uns heute der Planung ihres Ablebens widmen.“

„Aha.“ Olbrecht schien mit seinen Gedanken schon woanders. „Schön, dass Sie gestern Abend noch mitgegangen sind. Auch, wenn ich etwas – “ Olbrecht zögerte, „– etwas angeschlagen war.“ Der Pastor lächelte gequält. „Ganz so frustriert bin ich normalerweise nicht. Im Gegenteil. Im Grunde bin ich mit meinem Leben sehr zufrieden.“

„Das freut mich zu hören“, konnte ich noch sagen, bevor Herr Roseck zurückkam.

„Passen Sie nur weiter gut auf sich auf!“, krähte die Brillenlose, als der Pastor sein Wechselgeld einsteckte. Sie spähte dabei über ein Regal mit Konservenbüchsen hinweg.

„Vielen Dank, Frau Kaufmann, für Ihre guten Wünsche.“ Er schickte den Damen noch sein unvergleichliches Lächeln, nickte Herrn Roseck und mir zu und war bereits im nächsten Moment aus dem Geschäft.

„Man merkt es ihm an“, sagte die Betonfrisur namens Kaufmann, während ich meine Waren bezahlte. „Keine Frage, man merkt es ihm an.“

„Und dennoch hat er immer diese herzliche Art“, schwärmte die andere und bewegte jetzt erstmalig ihren Einkaufswagen ein paar Zentimeter fort.

„Die hat er“, Frau Kaufmann legte seufzend eine Dose Erbsen in ihren Korb. „Und ich glaube das auch nicht, was immer mal wieder erzählt wird. Ihr wisst schon, das mit der jungen Frau Stertmann.“

„Was meinen Sie?“ Meine Stimme klang schärfer, als ich eigentlich gewollt hatte. Frau Kaufmann sah mich erschrocken an.

„Ach nichts“, druckste sie dann herum. „Und ich glaub das auch gar nicht.“

„Was glauben Sie nicht?“ Ich weiß nicht, warum. Aber ich wollte nicht lockerlassen. Aus den Augenwinkeln sah ich, wie sich Herr Roseck vor Verlegenheit wand.

„Na, dass die beiden ein Verhältnis haben.“ Es war die andere Dame, die mit der Brille, die jetzt zur Hilfe kam. Immerhin brachte sie die Sache endlich auf den Punkt.

„Ein Verhältnis“, wiederholte ich. „Keiner glaubt es, aber trotzdem wird darüber gesprochen?“

„Nun ja, vielleicht ist ja doch etwas dran“, murmelte Frau Kaufmann und funkelte mich an.

Ich sagte nichts mehr, sondern schmunzelte nur noch still in mich hinein. Verwunderlich eigentlich, dass der Pastor bislang erst einen einzigen Brief zum Thema Stertmann erhalten hatte. Mögliche Absender gab es sicher viele.

# 14

„Bist du sicher, dass sie zu Hause ist?" Max sah zu Marlene hinüber, die ihrerseits gedankenverloren aus dem Seitenfenster in die sauerländische Landschaft starrte.

„Wenn nicht, fahren wir ins Krankenhaus. Ist ja nicht weit bis nach Hesperde."

„Vier Kilometer", ergänzte Max. Manchmal konnte er seine alte Taxifahrermentalität nicht verleugnen. Er sah aus den Augenwinkeln, dass seine Vorgesetzte in sich hineingrinste.

„Aber wenn du mich fragst, ist sie zu Hause." Marlene kramte jetzt in ihrer Tasche herum. „Man wird alles getan haben, um sie zu Hause zu lassen. Glaub mir, so viel Erfahrung hab ich inzwischen. Am besten trauert es sich in den eigenen vier Wänden."

Max schluckte. Manchmal zeugten Marlenes Worte von einer geradezu erschreckenden Distanz. Max wusste, dass die nötig war, wenn man diesen Job länger machte. Trotzdem befremdete es ihn ein ums andere Mal, wenn Marlene so sprach.

Als sie bei den Gierses angekommen waren, parkte Max den Wagen hinter dem 300er-Diesel-Mercedes, der neben dem Wohnhaus stand. Er wusste, dass der Wagen dem Toten gehört hatte. Es würde also niemanden stören, wenn er hier parkte.

„Na dann", sagte Marlene, während sie die Tür öffnete.

„Marlene?" Max war einfach sitzen geblieben und starrte durch die Windschutzscheibe nach draußen. „Können wir reden?"

Marlene ließ die Tür, wie sie war, und verharrte in ihrer Bewegung. „Nein, Max, das können wir nicht. So haben wir es abgesprochen, und daran halte ich mich auch."

„Aber es ist völlig verrückt. Warum machst du alles so furchtbar kompliziert?" Max wandte sich jetzt doch Marlene zu. Sie aber schaute ihn nicht an, sondern blickte nach draußen. Sie war verkrampft, konnte Max erkennen, sie war furchtbar verkrampft. Gern hätte er ihr über die Schulter gestreichelt.

„Können wir wenigstens heute Abend – ?"

„Max!" Marlenes Stimme war unmissverständlich. „Ich leite eine Mordkommission. Wir ermitteln in einem nicht gerade einfachen Fall. Ich will sagen: Wir benötigen unsere volle Konzentration. Kannst du das verstehen?"

„Natürlich", sagte Max. Dann löste er seinen Sicherheitsgurt und öffnete die Tür.

Nachdem Marlene geklingelt hatte, dauerte es eine Weile, bis sich drinnen etwas regte. Endlich tauchte am Fensterchen neben der Haustür ein verschwommenes Gesicht auf, ein paar Sekunden später drehte sich der Schlüssel in der Haustür. Eine junge Frau öffnete. Sie hatte glattes, blondes Haar, das in einem perfekten Schnitt um ihr Gesicht gelegt war. Ihre verweinten Augen bildeten dazu einen harten Kontrast.

„Sind Sie von der Polizei?", fragte sie noch vor jeder Begrüßung.

„Genau, Marlene Oberste von der – " begann Marlene, wurde aber jäh unterbrochen.

„Meiner Mutter geht es nicht gut", sagte die junge Frau in einer Schroffheit, die man ihrem zarten Gesicht kaum zugetraut hätte.

„Sie sind eine Tochter von Herrn Gierse?" Marlene tat, als hätte sie den Tonfall gar nicht bemerkt.

„Annabell Gierse, ganz recht. Aber, wie ich schon sagte, meiner Mutter geht es nicht gut."

„Das können wir gut verstehen", Marlene sprach freundlich, aber bestimmt. „Dennoch sind wir gezwungen, bestimmte Fragen zu klären. Das geht nur mit der Hilfe Ihrer Mutter, wie Sie sich vielleicht denken können."

„Ich glaube nicht, dass Sie einen zweiten Nervenzusammenbruch bei meiner Mutter verantworten möchten." Annabell Gierse verschränkte die Arme vor der Brust. „Außerdem ist sie völlig apathisch, seitdem sie vom Arzt ein Beruhigungsmittel bekommen hat."

„Frau Gierse, um eins klarzustellen: Beim Tod Ihres Vaters handelt es sich unter Umständen um einen Mord. In solchen

Fällen ist es wichtig, möglichst schnell mit der Aufklärung zu beginnen. Deshalb –"

„Mein Vater ist gestürzt!", rief Annabell Gierse erregt. „Himmel, warum können Sie das nicht einfach so hinnehmen?"

„Weil es Hinweise gibt, die gegen einen Unfall sprechen." Marlene Oberste musste sich inzwischen Mühe geben, ihren ruhigen Tonfall zu halten. „Aber vielleicht sollten wir das nicht hier draußen auf der Straße besprechen."

Jetzt zog Annabell Gierse die Tür weiter auf. Dennoch trug ihr Gesicht einen drohenden Ausdruck. „Aber bitte nehmen Sie Rücksicht!"

Die Tochter des Hauses führte sie ins Wohnzimmer, in dem sie schon gestern kurz gewesen waren. Max nahm einmal mehr den seltsamen Grünton der Couchgarnitur wahr. Auf dem Wohnzimmertisch brannte allerdings heute eine dicke, weiße Kerze, die im Raum eine fast andachtsvolle Atmosphäre verbreitete.

„Setzen Sie sich bitte", sagte die Gierse-Tochter jetzt. „Ich gehe mal nach oben und schau nach meiner Mutter. Aber versprechen kann ich Ihnen nichts."

Weder Max noch Marlene setzten sich hin. Doch während Max am Fenster stehen blieb, stromerte Marlene im Zimmer herum und blickte sich um. Ist sie wirklich so, schoss es Max durch den Kopf, als er seine Chefin beobachtete. Und wenn ja, wie konnte sie diese Züge vereinen? Die kühle, sachliche Hauptkommissarin und die weiche, zärtliche Frau, die er vor drei Tagen in seinen Armen gehalten hatte. Fast kam es ihm vor, als habe er es in Wahrheit mit zwei Personen zu tun. Er war überrascht gewesen, dass Marlene ein so großes Problem darin sah, mit einem Kollegen eine Beziehung zu beginnen. Ihm selbst wäre es egal gewesen, mit dem Gerede der Kollegen leben zu müssen. Aber Marlene sah das anders. Und mehr noch: Die Art und Weise, wie Marlene damit umging, traf ihn mit unheimlicher Wucht. Ihre Professionalität im Umgang mit ihm, ihre scheinbare Unberührtheit, wenn er sie darauf ansprach, haute ihn um. Und demütigte ihn, denn er wurde das

Gefühl nicht los, dass er sie um ein Vielfaches mehr liebte als sie ihn.

Marlene blieb jetzt an einem Regal mit Bilderrahmen stehen. Sie nahm eins der Fotos in die Hand.

„Das ist auf der Silberhochzeit", sagte plötzlich eine Stimme. Marlene fuhr herum und auch Max hatte einen Schrecken gekriegt. Es stand jemand im Zimmer, die andere Tochter, die, die sie schon gestern kurz gesehen hatten.

„Wann war die?" wolle Marlene wissen.

„Letztes Jahr im August." Max sah, wie das Mädchen schluckte. Es strich sich das dunkle Haar aus dem Gesicht.

„Darf ich fragen, wie alt Sie sind?" Marlene stellte das Bild auf das Regal zurück und wandte sich jetzt ganz dem Mädchen zu.

„Sechzehn. Aber nicht mehr lange."

Max sah einen Anflug von Lächeln auf Marlenes Gesicht. „Du spielst Orgel, habe ich gehört. Machst du das schon lange?"

„Zwei Jahre. Vorher habe ich allerdings viele Jahre Klavierunterricht gehabt. Dann Keyboard. Jetzt pauke ich für das C-Examen."

„Das C-Examen?"

„Das ist so eine Qualifikation, damit man in der Kirche spielen darf." Das Mädchen zog ein Taschentuch aus der Tasche und putzte sich die Nase.

„Wollen wir uns setzen?", schlug Marlene vor. „Wir warten auf deine Mutter."

Tatsächlich nahm das Mädchen in einem der Sessel Platz. Marlene setzte sich ihm gegenüber, Max selbst ließ sich auf einem der Holzstühle nieder.

„Ich weiß nicht, ob sie kommen kann", sagte das Mädchen. „Es geht ihr nicht gut. Sie hat die ganze Nacht geweint und nicht geschlafen."

„Das kann ihr keiner verdenken", Marlene knöpfte ihren Mantel auf. „Und wie geht es dir?"

Sofort stiegen dem Mädchen die Tränen in die Augen. Es dauerte einen Moment, bevor es anfing zu sprechen. „Ich vermisse ihn so. Papa. Dass er nicht mehr da ist und dass er nie wiederkommt, das kann ich überhaupt nicht begreifen." Das Mädchen konnte sich nur mir Mühe zurückhalten. „Und dann geht mir auch dieses Bild nicht aus dem Kopf. Wie er da lag. Mit offenen Augen. Ich wäre wohl besser nicht hingegangen, sagt Bella."

„Bella ist deine Schwester, nicht wahr?"

„Ja, Annabell. Und ich heiße Ines." Das Mädchen zog sein Taschentuch heraus. Es dauerte eine Weile, bis es sich die Nase geschnäuzt hatte. Dann sah es Marlene plötzlich unverwandt an. „Haben Sie schon etwas herausgefunden? Ich meine, wie das Ganze passiert ist?"

„Noch nicht sehr viel, leider", gab Marlene unumwunden zu. „Aber umso wichtiger ist es jetzt, mit allen zu sprechen. Mit wem hatte dein Vater am Sonntag Kontakt? Hat jemand angerufen? Wollte er sich mit jemandem treffen?"

„Also glauben Sie tatsächlich, dass Papa umgebracht wurde?" Ines war das Entsetzen ins Gesicht geschrieben.

„Sagen wir mal so. Wir können es nicht ausschließen. Und solange das der Fall ist, werden wir unsere Ermittlungen fortführen müssen."

„Egal, auf wessen Kosten", hörte Max nun eine andere Stimme.

Annabell kam zurück. Sie hatte ihre Mutter am Arm und führte sie vorsichtig ins Wohnzimmer herein. Hildegard Gierse sah denkbar schlecht aus. Kalkbleich, mit glasigen Augen und wacklig auf den Beinen. Die attraktive, chic gekleidete Frau, die sie am Tag zuvor kennengelernt hatten, war über Nacht alt geworden. Fast kam es Max so vor, als sei sie in den letzten zwölf Stunden geschrumpft.

„Frau Gierse", Marlene erhob sich aus ihrem Sessel. „Wir wissen es sehr zu schätzen, dass Sie uns ein paar Minuten schenken wollen. Glauben Sie mir, ich kann mir vorstellen, wie Sie sich fühlen."

Hildegard Gierse sah Marlene einen Augenblick an. Max hatte den Eindruck, sie wollte etwas sagen. Trotzdem kam ihr kein Wort über die Lippen. Stattdessen setzte sie sich hin.

„Ich hol dir ein Glas Wasser", sagte Annabell und machte sich auf in die Küche. Marlene sah Max einen Moment lang an. Der zog prompt seinen Block aus der Tasche.

„Frau Gierse, wir würden gern mit Ihnen allein sprechen."

„Das ist unmöglich!" Annabell kam aus der Küche geschossen. „Sie sehen doch, wie es meiner Mutter geht."

„Trotzdem ist es nicht üblich …", versuchte es Marlene.

„Dann rufe ich den Arzt", Annabell Gierse verschränkte trotzig die Arme.

Max machte sich auf Marlenes Reaktion gefasst. Jetzt würde ein Donnerwetter folgen. Umso erstaunter war er, als seine Chefin ein paar Sekunden lang zwischen den Gierse-Frauen hin- und herblickte. „Ganz wie Sie wollen!", sagte sie dann. Max hätte nicht überraschter sein können. Das war eine Strategie, die er noch überhaupt nicht kannte. Annabell ging wieder in die Küche zurück.

„Frau Gierse", begann Marlene jetzt, „ich sagte schon zu Ihrer Tochter, dass wir auf Ihre Informationen angewiesen sind, um uns ein Bild vom Geschehen zu machen."

Frau Gierse sagte nichts. Sie wirkte tatsächlich etwas apathisch.

„Sprechen wir zunächst einmal über den Sonntag", schlug Marlene vor. „Wäre es möglich, dass Sie uns berichten, wie Ihr Tagesablauf am Sonntag war – oder besser: wie der Tagesablauf Ihres Mannes war?"

In diesem Moment kam die ältere Tochter mit dem Glas Wasser zurück und gab es ihrer Mutter direkt in die Hand. Die trank begierig ein paar Schluck und stellte es dann ganz langsam auf dem Tisch ab.

„Am Sonntag", flüsterte sie. Man hörte es kaum. Alle schwiegen und warteten.

„Wir waren morgens in der Messe."

„Aha", Marlene klang erleichtert. Sie hatte wohl erwartet, dass der Ehefrau des Toten kein einziges Wort zu entlocken war.

„Hier im Dorf, vermute ich?"

„Natürlich." Immer noch sprach Frau Gierse unglaublich leise. Sie nahm noch einmal einen Schluck Wasser. Max bemerkte, dass ihre Hand zitterte. Marlene wartete, bis Frau Gierse getrunken hatte. Als dann immer noch nichts kam, fragte sie. „Und danach?"

„Danach – " Frau Gierse schien krampfhaft zu überlegen.

„Danach ist Papa zum Frühschoppen gegangen", sagte Ines. „Das macht er häufig, und anschließend haben wir gemeinsam zu Mittag gegessen."

„Sauerbraten", sagte Frau Gierse unvermittelt. „Den isst er so gern." Dann verstummte sie.

„Ich war nicht hier", warf Annabell ein, obwohl niemand sie gefragt hatte. „Ich war in Münster. Ich hatte zu tun."

„Wie ging es dann weiter am Sonntag?", wollte Marlene wissen. „Was hat Ihr Mann nach dem Mittagessen gemacht?"

„Er hat gearbeitet", sagte Frau Gierse. „In seinem Büro."

„Das stimmt nicht", warf Ines unerwartet ein. „Zunächst hat er einen Mittagsschlaf gemacht. Bestimmt zwei Stunden lang. Erst danach ist er ins Büro gegangen."

Annabell warf ihrer Schwester einen ärgerlichen Blick zu.

„Danke, Ines", sagte Marlene freundlich. „Es ist wichtig, dass wir einen genauen Überblick bekommen. Kannst du mir noch sagen, wo das Büro ist?"

„Hier im Haus", antwortete Annabell jetzt. „Papa hat einen Raum am anderen Ende des Hauses."

„Und dort hat Ihr Mann den Nachmittag verbracht?", fragte Marlene nun wieder in Richtung Ehefrau. Die nickte. „Bis er dann zum Kegeln gegangen ist, so gegen sechs."

„Haben Sie in der Zwischenzeit mit jemandem telefoniert? Oder hat jemand vorbeigeschaut?"

Frau Gierse schüttelte den Kopf.

„Du hast doch bei Tante Evelyn angerufen", meinte Ines an ihre Mutter gewandt. „Aber dass Papa telefoniert hätte, wüsste ich nicht."

„War sonst irgendetwas Außergewöhnliches? Frau Gierse, versuchen Sie bitte sich zu erinnern. Hat Ihr Mann irgendetwas

Besonderes erwähnt? Hat er beim Frühschoppen jemanden getroffen, von dem er nachher erzählt hat?"

Frau Gierse schien zu überlegen. Schließlich schüttelte sie den Kopf.

„Hatte er irgendwelchen Ärger? Im Kirchenvorstand? Oder im Betrieb?"

„Nichts Außergewöhnliches", Frau Gierses Stimme war jetzt wieder unglaublich leise.

„Ich habe mir sagen lassen, dass es vor kurzem einen Konflikt mit einem Architekten gab. Ignaz Köster, wenn ich mich richtig entsinne."

Frau Gierse blickte erschrocken hoch. „Das ist doch", sagte sie, „das ist doch vorbei."

„Haben sich die beiden wieder versöhnt?"

„Das war doch nur eine Kleinigkeit", flüsterte Frau Gierse. „So etwas passiert doch schon mal."

„Hatte Ihr Mann noch Kontakt zu Ignaz Köster?"

„Im Moment, glaube ich, nicht. Es ist nicht viel zu tun zur Zeit. Die Baubranche liegt am Boden. Das hat sich auch bei meinem Mann ausgewirkt."

„Mein Vater musste vor einigen Monaten drei Leute entlassen", erklärte Annabell. „Sie arbeiten jetzt in der Firma nur noch zu dritt."

„Aber wir waren von Ignaz Köster ausgegangen", insistierte Marlene. „Hat es nach dem Streit, der ja schon einige Wochen zurückliegt, neuen Ärger gegeben? Hat Köster sich gemeldet? Hat er versucht, Ihrem Mann beruflich zu schaden?"

„So ist das doch nicht", sagte Frau Gierse und ihre Stimme zitterte. „Das hat doch nichts mit dem Unfall zu tun. Ignaz war ärgerlich, ja, aber das war eine Sache unter Männern. Das war doch nichts, was ..." Die Stimme kippte. Frau Gierse begann leise zu schluchzen.

„Ich glaube, Sie gehen jetzt besser!" Annabell Gierses Stimme war scharf wie eine Rasierklinge. „Sie sehen ja, wie es meiner Mutter geht."

Marlene ließ sich nicht aus der Ruhe bringen. „Sie alle wissen, wie wichtig Ihre Aussagen sind. Wenn Ihnen noch irgendetwas einfällt – ein Gespräch, ein Anruf, irgendetwas, was Ihren Mann, Ihren Vater beschäftigt haben könnte, dann lassen Sie es uns wissen." Marlene stand auf und zog ihre Karte aus der Tasche. „Ansonsten wird es sich kaum vermeiden lassen, dass wir bald wieder vorbeikommen."

„Hoffentlich nur, um uns zu sagen, dass unser Vater durch einen Unfall ums Leben gekommen ist", zischte Annabell und sah Marlene herausfordernd an.

„Das wird sich zeigen."

„Sie haben recht. Genau das wird sich zeigen."

Marlene hielt Annabells Blick stand. „Wie können Sie da so sicher sein?"

„Sie wissen nicht, was Sie da anrichten", sagte plötzlich Frau Gierse. Lauter, als sie zuvor gesprochen hatte, und mit einer Festigkeit, die bislang gefehlt hatte.

„Wie meinen Sie das?" Marlene war die Neugier anzusehen.

„Es ist schlimm genug, dass mein Mann uns schon jetzt verlassen hat. Aber viel schlimmer noch ist, was Sie daraus machen." Frau Gierse kämpfte mit den Tränen. „Mein Mann hatte Bluthochdruck. Er hat bereits einmal einen Schwächeanfall gehabt – vor etwa sechs Monaten. Es liegt doch auf der Hand, dass er auch diesmal gestürzt ist, allerdings so unglücklich, dass er …" Frau Gierse brach ab.

„Frau Gierse, wir haben bislang keinen Hinweis darauf, dass Ihr Mann an einem Schlaganfall, Herzinfarkt oder sonstwas ums Leben gekommen ist. Im Gegenteil, die Art des Sturzes –"

„Es muss Ihnen doch klar sein, was für ein Gerede das gibt", sagte Annabell Gierse. „Die Leute denken doch, Papas Tod hätte etwas mit ihm persönlich zu tun."

Max notierte den Satz. Mehr aus Sammlergründen. Die Formulierung war so abstrus, dass er sie festhalten wollte.

„Der Schlüssel", sagte Marlene plötzlich, als hätte sie den weiteren Verlauf des Gesprächs gar nicht gehört. „Haben Sie eine Ahnung, ob Ihr Mann den Kirchenschlüssel mitgenommen hat?"

Die Ehefrau des Toten schüttelte unwillig den Kopf.

„Haben Sie nachgeschaut, ob er sich noch im Haus befindet?"

Jetzt drängte sich die ältere Tochter dazwischen. „Glauben Sie ernsthaft, wir hätten nichts Besseres zu tun, als den verflixten Schlüssel zu suchen?"

„Dieser Schlüssel ist ungemein wichtig." Es war das erste Mal, dass Max den Mund aufgemacht hatte.

„Wenn Sie selbst nicht suchen wollen, können wir das gern für Sie übernehmen", Marlene hatte einen Tonfall angestimmt, der keinen Widerspruch zuließ. „Würden Sie uns bitte das Arbeitszimmer zeigen?"

„Nein!" Hildegard Gierse war aufgestanden und funkelte die Hauptkommissarin an. Plötzlich blitzte etwas durch, das zuvor unter ihrer Trauer verborgen gewesen war. Diese Frau war nicht nur attraktiv, wie Max es schon am Vortag wahrgenommen hatte. Diese Frau war bildschön. Sie hatte ein ungemein feines Gesicht, das jetzt zu lodern schien.

Marlene sprach ruhig auf sie ein. „Frau Gierse, verstehen Sie denn nicht? Gerade der Schlüssel verrät eine Menge darüber, was mit Ihrem Mann passiert ist. Sie wollen doch auch, dass –"

„Dann kommen Sie mit einem Durchsuchungsbefehl!"

Marlene stutzte einen Augenblick. „Wie Sie wünschen", sagte sie schließlich. Dann drehte sich die Hauptkommissarin um und ging. Max blieb nichts anderes übrig, als ihr zu folgen.

## 15

„Wir haben viel zu tun!" Marlene ging hektisch zum Auto. Ihr Ton war so geschäftsmäßig, dass Max sich vorkam wie ihr persönlicher Butler. „Ich fahre von der Wache aus nach Hagen und spreche mit den Leuten in der Gerichtsmedizin. Und mit der

Staatsanwaltschaft. Auch wegen des Durchsuchungsbeschlusses." Marlene zischte beim Sprechen. „Ich könnte zu viel kriegen. Ein Durchsuchungsbeschluss für die Wohnung des Opfers."

„Was steht hier an?" Max war jetzt auf einer ähnlichen Sachlichkeitsstufe wie seine Chefin.

„Ich will die Nachbarn befragt haben. Die Nachbarn der Kirche und die Nachbarn der Gierses. Haben sie in der besagten Nacht etwas gesehen? Und wie denken sie über die Ehe des Opfers? War dort alles im Reinen oder kriselte es? Außerdem wäre es wichtig, mit den Leuten in der Kneipe zu sprechen, nicht nur mit dem Wirt, meine ich jetzt. Wer verließ nach Gierse das Gasthaus? Gab es ein bestimmtes Gesprächsthema und in welcher Verfassung war Gierse? Es ist wichtig, da noch einmal nachzubohren."

„Und was ist mit dem Architekten?", erkundigte sich Max, während er ins Auto stieg. „Diesem Köster?"

Marlene legte den Gurt an. „Der Architekt – genau. Knöpf ihn dir vor!"

Max wandte sich Marlene direkt zu. „Du meinst hoffentlich nicht im Ernst, dass ich das alles allein machen soll?"

„Natürlich nicht, organisiere das mit den anderen! Ich kann mich jetzt selbst nicht darum kümmern."

Max überlegte, wie viele Leute sie zur Verfügung hatten. Sie würden Tage brauchen, wenn sie das mit den Nachbarn hinkriegen wollten. Oder aber sie bekamen Verstärkung.

„Ich fordere noch Leute an", sagte Marlene, als hätte sie Max' Gedanken erraten. Noch während sie sprach, klingelte ihr Handy.

„Oberste?"

Marlene machte Max ein Zeichen, dass er den Motor noch nicht starten sollte.

„Darf ich fragen, in welcher Funktion ...", hörte Max sie fragen. Während sie sprach, fingerte sie an ihrem Handy herum und stellte auf laut.

„Ich bin die Gemeindereferentin", vernahm Max jetzt eine etwas quakige Stimme. Er wusste nicht, ob das an der Qualität der Übertragung lag oder an der Stimme als solcher. „Pastor Olbrecht hat mir Ihre Nummer gegeben. Es geht um die Kirche."

„Die Kirche", wiederholte Marlene trocken.

„Wir würden gern ein Totengebet für den Verstorbenen sprechen", hörte Max die Frauenstimme sagen. „Heute Abend. Aber wie ich hörte, ist die Kirche noch immer versiegelt. Ist es möglich, sie bis heute Abend zu öffnen?"

„Eher nicht", sagte Marlene und sah Max mit einem Blick an, den er nicht einordnen konnte. „Ich habe zwar noch nicht mit dem Erkennungsdienst gesprochen, aber ich denke, dass – "

„Wir hatten zunächst daran gedacht, in die Schützenhalle auszuweichen", wurde sie von der Gemeindereferentin unterbrochen. „Ein Pfarrzentrum haben wir ja leider nicht. In der Schützenhalle wäre es vielleicht möglich gewesen, mit Hilfe einer gestalteten Mitte eine entsprechende Atmosphäre zu schaffen, aber ..."

„Mit Hilfe von was?", platzte Marlene heraus.

„Aber wir denken – Pfarrer Olbrecht und ich – dass es doch ein Stück weit angenehmer wäre ..."

„Was ist eine gestaltete Mitte?", zischte Marlene zu Max herüber, wobei sie die Sprechmuschel zuhielt. „Hat das irgendetwas mit Jesus zu tun?"

Max zuckte mit den Achseln.

„..lieber wäre uns allemal, Manfred Gierses in der Kirche zu gedenken, da wir dort ..."

„Hören Sie", unterbrach Marlene abrupt. „Ich fahre gleich nach Hagen und bespreche mich dort. Rufen Sie bitte heute Mittag noch einmal unter dieser Nummer an. Jetzt bin ich etwas in Hektik. Bis dann!"

Marlene drückte das Telefongespräch weg. „Dass ausgerechnet ich die Ermittlungen in Kirchenkreisen leite, obwohl ich schon vor etlichen Jahren ausgetreten bin."

Max schaute nicht zu ihr hinüber. Er spürte nur, dass sie einige Zeit später mit ihrer Hand über sein Knie fuhr. Er verstand es nicht, aber er ließ es geschehen.

# 16

„Gern genommen werden ja die Betenden Hände von Dürer."

Ich war in einem Film. Nicht mehr in der Hölle. Nein, in einem Film. Und dies war eine der schrägsten Szenen überhaupt.

„Sicherlich ist Ihnen die Darstellung vertraut." Der Herr vom Beerdigungsinstitut hielt Ommma eine Mappe hin.

„Die hat ja jeder", Ommma rümpfte die Nase. „Nein, nein, es darf schon etwas Ausgefalleneres sein.

„Etwas Ausgefalleneres", der Sargverkäufer blätterte behend in seinen Unterlagen. „Wenn ich Ihnen dann diese Variante empfehlen dürfte." Ich warf einen Blick auf das Bild. Es sah aus wie die Draufsicht auf eine Palette. Eine Palette, unter der eine Lampe angeknipst worden war.

„Was ist denn das?", fragte Ommma. „Sieht ja aus wie eine Palette."

„Und wie stehen Sie hierzu?" Der Herr vom Beerdigungsunternehmen war offenbar Kummer gewohnt. Rein berufsmäßig schon. Er hielt Ommma ein neues Bild hin. Sehr abstrakt. Eigentlich nur ein paar Striche, aus denen sich oben rechts wie durch Zufall ein stilisiertes Kreuz bildete.

Ommma sah entrüstet zu mir herüber. Ich wusste, was ihr Blick sagte. Aber ich hätte nicht gedacht, dass sie es auch ausspricht.

„Hat das Ihr Jüngster gemalt?", wandte sie sich an den Beerdigungsmenschen. Der stutzte einen Moment, bevor er die Bemerkung begriff. Der arme Kerl tat mir leid. Es war sicher das erste Mal, dass er zu einem Beratungsgespräch gebeten worden war, obwohl die Leiche noch nicht tot war. Aber Ommma meinte es ernst. Sie hatte schon in aller Frühe ganz selbstständig seine Nummer aus dem Telefonbuch gesucht und den Experten für elf Uhr zu sich nach Hause bestellt.

„Vielleicht sollten wir uns zunächst mal dem allgemeinen Ablauf zuwenden", versuchte ich dem Gespräch eine neue Richtung zu geben.

„Der allgemeine Ablauf", Herr Brechmann schlug mit Nachdruck seine Mappe zu. Er sammelte sich einen Moment, überlegte wahrscheinlich, ob er die Nummer weiter mitreiten sollte, und wandte sich, nachdem er sich offenbar dafür entschieden hatte, mit einem gequält-gewinnenden Lächeln an seine Kundin in spe.

„Der allgemeine Ablauf, genau." Brechmann legte einen bedeutungsschweren Gesichtsausdruck auf. „Nun, wenn dann der Zeitpunkt gekommen ist, an dem Sie diese Erde zu verlassen gedenken –"

„Ich glaube nicht, dass ich da mitentscheiden kann", posaunte Ommma dazwischen.

Herr Brechmann tat, als habe er die Bemerkung nicht gehört. „– dann werden Ihre Lieben sich vertrauensvoll an mich wenden, um –"

„Moment, Moment, ich habe noch nichts unterschrieben! Ich will erst mal das Angebot sehen." Ommma warf mir einen Blick zu, als wolle sie sich vergewissern, dass ich alles bezeugen konnte. Ich nickte ihr beruhigend zu.

„So sich Ihre Lieben dann für unser Traditionsunternehmen entschieden haben sollten –" Herr Brechmanns Stimme enthielt jetzt eine Spur von Ungeduld.

„Verstehen Sie denn nicht? Ich entscheide das selbst!" Ommma war tatsächlich in Topform. Herr Brechmann schloss für einen Moment die Augen, so dass er mein entschuldigendes Lächeln leider nicht sah.

„Gesetzt den Fall, dass Sie – Sie persönlich – sich für unseren Service entscheiden sollten", begann er noch einmal und sein Tonfall verriet größte Disziplin, „dann werden kurz nach Ihrem Dahinscheiden mein Mitarbeiter und ich unsere Arbeit beginnen. Während früher das sogenannte Einsargen bereits im Hause stattfand –"

„Einsargen? Hört sich an wie Eintuppern", flüsterte Ommma mir mit einem Seitenblick zu. Ich verkniff mir die Bemerkung, dass es ja so viel anders auch nicht war.

„– werden heute die Verstorbenen in der Regel auf einer Bahre aus dem Haus transportiert. Dabei können Sie entscheiden, ob Sie die Trauerhalle der hiesigen Friedhofskapelle bevorzugen oder in unserem hauseigenen *Raum der letzten Ruhe* aufgebahrt werden möchten, welcher – voll klimatisiert natürlich – alle Vorzüge für Ihren Aufenthalt gewährleistet."

„Das kommt darauf an", meinte Ommma geschäftstüchtig. „Allzu viel habe ich ja selbst nicht mehr davon. Was kostet denn in Ihrem Raum die Unterbringung? So, pro Tag, meine ich jetzt."

Der Beerdigungsunternehmer runzelte die Stirn. „Was das kostet – pro Tag?"

„Pro was denn sonst?", raunzte Ommma. „Oder rechnen Sie die Nächte extra? Und überhaupt: Wie ist das mit der Überfahrt? Wird die auch in Rechnung gestellt?"

„Natürlich bieten wir Ihnen das Ganze als Paket an", antwortete Herr Brechmann, bemüht, weiter freundlich und gelassen zu bleiben. „Nehmen wir die hygienische Pflege, die im Aufbewahrungsraum stattfindet, welche das Waschen des verblichenen Körpers einschließt, eine Nagelpflege, falls diese in den letzten, oft ja sehr beschwerlichen Tagen nicht mehr vollzogen worden sein sollte. Manchmal ist sogar eine Bartrasur fällig. Sogar bei Frauen haben wir da manchmal …"

„Danke", sagte Ommma mit leicht angewidertem Gesichtsausdruck. „Ich glaube, den Teil können wir getrost überspringen. Aber wir waren beim Transport. Bei den Kosten vielmehr."

„Wie ich schon sagte, bieten wir das Ganze in der Regel als Paket an, wenngleich die einzelnen Leistungen –"

„Du hast doch einen Kombi", unterbrach Ommma jetzt mit einem Seitenblick auf mich. Mir verschlug es die Sprache.

„Da lässt sich doch etwas sparen, findest du nicht?" Ich sah aus den Augenwinkeln, dass Herr Brechmann gerade dabei war, das Bewusstsein zu verlieren.

„Sie wollen die Überführung selbst …", der Gute schnappte nach Luft. „Ich weiß nicht, ob unser Angebot dann überhaupt –"

„Bestimmt wird sich eine gemeinsame Lösung finden“, machte ich einen letzten Versuch, das Ansehen von Alexas Familie zu retten.

„Welches Bildchen nehmen denn Gierses?“, fragte Ommma, die die Situation offenbar überhaupt nicht peinlich empfand und sich nun wieder für Herrn Brechmanns schwarze Mappe interessierte.

„Die Familie Gierse?“ Herr Brechmann atmete tief durch und zog seine Mappe noch ein wenig näher zu sich heran. „Sie werden verstehen, dass wir in unseren Beratungsgesprächen größte Diskretion walten lassen.“

„Natürlich“, versicherte ich, lächelte verstehend und warf Ommma im nächsten Augenblick einen warnenden Blick zu.

„Noch dazu in einem solch heiklen Fall wie dem unseres lieben Mitbürgers Gierse“, der Bestattungsunternehmer ruckte seinen Stuhl nach hinten. „Wobei ich mir – gerade in Bezug auf die hinter uns liegende Diskussion – doch die Bemerkung erlaube, dass die Gierses keine Kosten scheuen, um aus der Beerdigung ihres geschätzten Ehemannes und Vaters einen unvergesslichen Abschied werden zu lassen.“

„Ach“, sagte Ommma. „Da wird also richtig geprasst?“

„So würde ich das nicht nennen“, betonte Brechmann spitz. „Vielmehr wissen manche Menschen, was ihnen lieb und teuer ist.“

„Wie wahr!“ Ich schob den Bestattungsunternehmer quasi in den Flur, um weitere Diskussionen zu vermeiden.

„Ich glaube, ich nehme ein Foto“, rief Ommma dem Bestatter hinterher. „Für den Totenzettel. Eins aus privatem Bestand.“

„Ganz wie Sie wünschen“, Herr Brechmann rang sich noch zu einem tapferen Lächeln durch, bevor er das Haus verließ.

„Und bei dem Kombi bleiben wir“, hörte ich Ommma hinter mir krähen.

Herr Brechmann war schon draußen. Im besten Fall hatte er die Bemerkung nicht mehr gehört.

# 17

Im Gasthaus Schulte gab es Kohlrouladen als Tagesgericht. Natürlich hätte ich auch à la carte bestellen können, aber Ommma hatte gemeint, das Tagesgericht sei besser. Günstiger vor allem. Was jetzt so das Preis-Leistungsverhältnis anging. Es war schade, dass ich jetzt alleine hier saß. Schließlich war es Ommmas Vorschlag gewesen, bei Schulte essen zu gehen. Zum einen, weil sie die Räumlichkeiten in Bezug auf den Beerdigungskaffee austesten wollte, zum anderen – da war ich mir sicher – um noch das ein oder andere über Gierses Tod zu erfahren. Doch dann hatte sie plötzlich einen Rückzieher gemacht. Sie habe keinen Appetit, und überhaupt, die Treppe mache ihr Angst. Sie fühle sich nicht gut, aber ich, ich solle unbedingt gehen, allein schon wegen des Beerdigungskaffees. Jetzt saß ich hier vor meinen Kohlrouladen und fragte mich, wodurch sich ein Gastraum für einen Beerdigungskaffee qualifizierte. Ich sah mich um. Im Essbereich hell gebeiztes Eichenmobiliar. Ein rustikaler Buffetschrank, auf dem ein Trockenblumenstrauß vor sich hin staubte. Entendeko auf den Fensterbänken. An der Wand gegenüber der Theke sorgten ein paar Vereinsembleme dafür, dass das Dorfkneipenambiente nicht ganz verlorenging.

Auch die Besetzung war dünn. Ein einzelner Gast saß drei Tische weiter. Ein Vertreter auf der Durchreise, schätzte ich. Ein anderer stand im Kneipenbereich am Spielautomaten und versuchte sein Glück. Dort stand er öfter, nahm ich an, jedenfalls sah er schwer nach einem Stammgast aus. Außerdem nahm zwei Tische von mir entfernt ein Ehepaar sein Mittagessen ein. Typische Sauerlandwanderer mit Kniebundhosen und knallroten Strümpfen. Hinter der Theke Franz Schulte, der Wirt. Ein klassischer Bluthochdruckkandidat. Ein Kugelbauch, der zwischen seiner Lederweste besonders zur Geltung kam, und eine ungesund rote Gesichtsfarbe, die sich bis über seine Halbglatze erstreckte. Davon abgesehen hatte ich das Gefühl, Schulte müsse in den vergangenen vierundzwanzig Stunden um einige Zentimeter gewachsen sein. Er strahlte eine Wichtigkeit aus, die man nur dann derart genießen konnte, wenn sie einem vorher über Jahre versagt geblieben war.

„Hier in Renkhausen ist ja ganz schön was los!" Die Bemerkung kam von dem Vertreter. Er hatte seinen Teller beiseite geschoben, sich wohlig zurückgelehnt und war nun auf ein Pläuschchen mit dem Wirt aus.

„Das kann man wohl sagen!" Franz Schulte legte einen zufriedenen Gesichtsausdruck auf. Endlich konnte er loslegen.

„Im Grunde genommen stehen wir hier im Zentrum der polizeilichen Ermittlungsarbeit." Mein Gott, Franz Schulte bekam Flügel! Sogar das Wandererehepaar wurde jetzt aufmerksam. Kein Wunder, Schultes kräftige Stimme erfüllte den ganzen Raum. „Es ist nämlich so", fuhr er jetzt fort, „dass das Mordopfer unmittelbar vor dem tragischen Geschehen noch bei uns war." Schulte legte eine Kunstpause ein. Und nicht vergebens. Seine Zuhörer reagierten sichtlich erstaunt. „Manfred Gierse war am Sonntagabend zum Kegeln hier, so dass –" Weiter kam er nicht. Die Tür zur Gaststube hatte sich geöffnet, und ein Mann und eine Frau traten ein. Ich wusste sofort, dass die beiden der Polizei angehörten, einfach, weil sie so offensichtlich nicht hierher passten. Er trug einen auffälligen Schal und eine Hornbrille, insgesamt ein großer schlaksiger Typ, sie war eine flotte Dreißigerin mit langem Haar und feurigen Augen. Die beiden grüßten kurz in die bescheidene Runde und traten dann an den Tresen, um mit dem Wirt zu sprechen. Ich sah, wie der Mann einen Ausweis aus der Tasche zog. Einen besseren Auftritt hätte sich Franz Schulte nicht wünschen können.

„Könnten wir Sie einmal kurz sprechen?", fragte die Frau.

„Aber selbstverständlich!" Der Wirt plusterte sich noch ein wenig mehr auf und bekam dadurch etwas Gockelartiges. „Wo sollen wir denn ..." Er blickte sich fragend um.

„Oben vielleicht – in Ihrer Wohnung?"

„Hm, ich bin ganz alleine im Moment, vielleicht können wir einfach dort drüben ..." Er zeigte auf die leerstehenden Tische im hinteren Teil des Essraums.

„Von mir aus“, der Schlaksige ging vor. Er suchte den Tisch aus, der am weitesten von uns allen entfernt stand, wobei ich noch am nächsten saß.

Inzwischen hatte sich der Wirt sorgfältig die Hände abgetrocknet und ging hinüber. Eine leise Unterhaltung begann – leise zumindest, was die Polizeibeamten betraf. Die Stimme des Wirtes ließ sich wahrscheinlich grundsätzlich nicht drosseln. Es wurde über das Kegeln am Sonntag geredet, dann hörte ich, wie der Wirt dröhnte: „Wie ich schon sagte – gegen zehn. Und er ist allein gegangen.“

Mir kam in den Sinn, dass Ommma sich zu Tode ärgern würde, wenn sie hören würde, was ich bei Schulte erlebt hatte. Dass ich einer Polizeibefragung fast unmittelbar beigewohnt hatte. Ich tastete nach dem Handy in meiner Tasche. Ob sich Ommma inzwischen besser fühlte? Sicherheitshalber hatte ich ihr meine Nummer eingespeichert. Sie musste nur eine Taste drücken, um mich zu erreichen. Mein Display zeigte, dass niemand angerufen hatte.

„Drei Männer gleichzeitig“, hörte ich plötzlich den Wirt durchdringend sagen. „Das habe ich gestern auch schon Ihren Kollegen mitgeteilt. Gegen halb elf sind drei Leute aus dem Kegelclub auf einmal gegangen. Erich Schulz, Günter Wortmann und Groten Heiner.“

Nun fragte der Schlaksige etwas, das ich nicht verstand.

„Ob ich sie hab weggehen sehen?“ Der Wirt sprach mit einer gewissen Entrüstung in der Stimme. „Nein, wie denn, ich war doch hier drin. Aber die drei wohnen … also … Groten Heiner und Wortmanns Günter könnten ein Stück zusammen gegangen sein. Erich Schulz dagegen wohnt unten im Dorf. Der hatte eine ganz andere Richtung.“

Der Schlaksige fragte etwas, von dem ich nur 'Liste‘ verstand und 'bis heute Abend‘.

„Von allen?“, tönte der Wirt. „Also, ob ich das jetzt auf die Reihe kriege“, der Wirt klang unsicher. „Da frage ich dann mal lieber meine Frau.“

„Aber vielleicht können Sie uns jetzt schon sagen, ob Gierse hier im Schankraum noch mit jemandem gesprochen hat!“ Die

Polizeibeamtin hatte die Frage gestellt, diesmal so laut, dass jedes Wort zu hören war.

„Ob er mit jemandem ...“; der Wirt schien laut zu überlegen, „... das kann ich gar nicht ... es war ja so voll ...“ Plötzlich schien ihm etwas einzufallen. „Mit dem Kalle, meine ich. Ja, er hat kurz mit Kalle gesprochen.“

„Wer ist Kalle?“

„Na, Kalle. Karl-Heinz Lesser, der früher beim Manfred gearbeitet hat.“

„Früher?“ Die beiden Polizisten sprachen nahezu synchron. Ich konnte mich nicht zurückhalten und schaute hinüber.

„Ja, bevor Manfred ein paar Leute hat entlassen müssen“, der Wirt wurde jetzt ein wenig aufgeregt. “ Und wenn ich jetzt überlege, ich glaube, Kalle ist als Nächster gegangen. Kurz nach dem Manfred.“ Ich nahm wahr, wie die beiden Polizisten sich vielsagend anschauten.

„Der Kalle ist doch hier“, sagte der Wirt plötzlich und drehte sich um. „Er ist doch meistens hier.“ Sein Blick suchte den Spielautomaten und dann den gesamten Schankraum ab. Aber Kalle war nicht mehr da.

„Ist wohl schon gegangen“, meinte der Wirt, „er lässt meistens anschreiben.“ Schulte wirkte plötzlich sehr verhalten. Vermutlich überlegte er, ob er etwas Falsches gesagt hatte.

„Karl-Heinz Lesser, sagten Sie“, der Schlaksige stand auf. „Sie wissen doch wahrscheinlich, wo der Mann wohnt.“

„Sie denken doch nicht, dass Kalle ... “, der Wirt rieb nervös seine Hände aneinander.

„Nein, überhaupt nicht“, auch die Polizeibeamtin stand auf, „aber vielleicht ist Karl-Heinz Lesser ein wichtiger Zeuge.“

„Ach so, deshalb“, der Wirt wirkte beruhigt. „Brennerstraße“, erklärte er, „wenn Sie hier die Hauptstraße langgehen, die übernächste rechts, das kleine braune Haus auf der rechten Seite.“

„Danke“, sagte die Frau, „wir kommen dann heute Abend noch einmal wegen der Liste vorbei.“ Die beiden schoben ihre Stühle zurück und machten sich auf. An der Tür drehte sich die

Polizeibeamtin noch einmal um. „Sagen Sie mal, wie heißt eigentlich der Kegelclub?"

Ich wusste, warum sie fragte. Sie schaute auf die Vereinsembleme neben der Tür.

„Der Kegelclub vom Manfred?" Der Wirt war bereits auf dem Weg zurück hinter den Tresen. „Die lustigen Neun. Weil es neun Männer sind, die sich da jeden Monat treffen."

„Die lustigen Neun", wiederholte die Polizistin. Ich wusste, was sie dachte. Der Club würde sich umbenennen müssen.

## 18

„Der Karl-Heinz", wetterte Ommma, als ich ihr von dem Gespräch erzählte. „Den sollen sie mal schön in Ruhe lassen."

„Du kennst ihn?", wollte ich wissen.

„Na, der hat doch als Kind mit unserem Christian gespielt."

Christian war Alexas Bruder, der Älteste. Also musste Karl-Heinz Lesser Mitte Vierzig sein.

„Und er hat früher bei Manfred Gierse gearbeitet?"

„Ja, als Maurer, aber die Zeiten sind ja nicht mehr so. Manfred musste mehrere Leute entlassen. Den Rainer Appelhans übrigens auch. Aber der hat noch mal etwas Neues gekriegt, bei Wilke Bau in Arnsberg. Hat mir jedenfalls die Hanne erzählt. Aber Karl-Heinz, der sucht noch. Der hat noch keine neue Stelle."

„Und so lange verbringt er die Tage in der Kneipe", versuchte ich mir ein Bild zu machen.

„Der muss wieder an die Arbeit", bestätigte Ommma. „Sonst bleibt der da hängen."

Ich hatte Ommma einen Tee gemacht. Essen wollte sie immer noch nichts. Trotzdem vermittelte sie mir das Gefühl, es sei alles in Ordnung. Wenn man einmal davon absah, dass sie schon wieder an ihre Beerdigung dachte.

„Wegen meines Totenzettelchens", sagte sie jetzt. „Wie wäre es, wenn wir statt Dürer oder dieser Palette etwas Eigenes nähmen?"

„Etwas Eigenes?“ Ich verstand nicht so recht. Wollte Ommma selbst zu Pinsel und Farbkasten greifen oder – noch schlimmer – dachte sie womöglich an mich?

„Wäre es nicht schön, ein Motiv aus dem Dorf auszuwählen?“ Noch immer hatte ich keinen Schimmer, was sie so ganz genau meinte. Ich hoffte jedoch, dass sie nicht die dorfeigene Schützenhalle im Visier hatte. „Eigentlich hat mich Manfred Gierse darauf gebracht, man denkt ja immer wieder an diese Angelegenheit. Und dabei kam mir in den Sinn, wie er das letzte Mal hier war. Du weißt schon, wo er sich nach den Kirchenutensilien erkundigt hat.“

„Kirchenutensilien?“

„Sakrale Gegenstände, meine ich halt. Statuen, Kerzenleuchter, die alte Monstranz – alles, was früher eingesetzt war, aber heute nicht mehr in der Kirche steht. Auf jeden Fall hab ich mir gedacht, ich könnte doch davon ein Foto machen lassen und das als Gedenkkärtchen nehmen.“

„Ein Foto von einem Kerzenleuchter?“

„Nicht von einem Kerzenleuchter“, sagte Ommma pampig. „Ich habe da etwas anderes im Auge. Die Anna Selbdritt möchte ich. Die würde passen.“

„Welche Anna Selbdritt?“

„Die Figur, die vor Jahrzehnten mal kurz in der alten Kirche stand“, meinte Ommma ungeduldig. „Selbdritt bedeutet *zu dritt*. Gemeint ist eine Darstellung der Heiligen Anna, der Mutter Mariens, zusammen mit Maria und dem Jesuskind.“

„Na ja, grundsätzlich kenn ich das schon. Eine Art Familienskulptur. Anna mit Tochter und dem Enkelkind Jesus.“

„Genau, und solch eine Skulptur stand mal bei uns in der Kirche.“

„Und die möchtest du jetzt auf deinem Totenzettel haben.“

„Wenn sie denn aufzufinden ist“, sagte Ommma und runzelte die Stirn. „Deswegen war Manfred Gierse ja hier. Um sich nach der Anna Selbdritt zu erkundigen. Ich kann das verstehen, sie war schon etwas Besonderes.“

„Moment, Moment“, jetzt wurde ich aufmerksam. „Er hat sich nach ihr erkundigt, weil sie nicht mehr da war?“

„Na ja, jedenfalls war er da nicht ganz sicher. Er sollte eine Bestandsliste erstellen über die sakralen Gegenstände in unserer Gemeinde. Das habe ich doch schon mal erzählt, oder nicht?“ Ommmas Augen funkelten ein wenig ungehalten.

„Schon, aber trotzdem: Wie geht es weiter?“

„Jedenfalls hatte Manfred im Kopf, dass es eine solche Figur früher einmal gegeben hat. In der alten Kirche. Ich meine fast, die wäre während des Krieges mitgebracht worden, von Flüchtlingen aus Schlesien. Aber nachdem die neue Kirche gebaut worden war, hat sie plötzlich keine Verwendung mehr gefunden. Es sollte ja alles modern sein. Da hatte eine Anna Selbdritt keinen Platz – trotz ihrer Schönheit.“ Leichte Verbitterung war in Ommmas Stimme zu hören. „Kann natürlich sein, dass die Schlesier sie Jahre später mitgenommen haben, als sie sich anderswo niedergelassen haben. Das habe ich damals auch dem Manfred gesagt. Aber wenn sie noch hier ist“, Ommma sah mich schwärmerisch an, „dann könntest du vielleicht ein Foto von ihr machen.“

„Für dein Totenzettelchen“, sagte ich gedankenverloren.

„Vielleicht könnte ich die Figur ja im Arm halten. Obwohl – dafür ist sie vielleicht ein bisschen zu groß.“

Unfreiwillig tauchte ich aus meinen Gedanken wieder auf. Ein Totenzettel, auf der meine noch lebende Schwiegeroma abgebildet war, im Arm eine Dreigenerationenskulptur. Das war mehr als skurril. Aber für Ommma vielleicht genau richtig.

## 19

Das Architekturbüro war gigantisch. Der ganze Komplex war gigantisch. Ignaz Köster hatte sich hier etwas gebaut, was man vielleicht die sauerländische Antwort auf die Southfalk-Ranch nennen konnte. Ein alter Bauernhof war das mal gewesen, drei

Kilometer entfernt von der nächsten Bebauung. Normalerweise hätte man hier nie und nimmer eine Baugenehmigung bekommen, aber da Köster den alten Gebäudetrakt nur umgebaut hatte, schien es keine Einwände gegeben zu haben. Max ließ seinen Blick schweifen. Das ursprüngliche Bauernhaus schien nur im Kern erhalten, riesige Fensterflächen hatten daraus ein modernes Schickimickihaus der Extraklasse gemacht. Die Front war komplett verglast. Von der oberen Etage aus musste man einen Wahnsinnsausblick haben – über die Weiden mit Kühen und Pferden hinweg bis hin zu der bewaldeten Hügelkette, die sich in einiger Entfernung anschloss. Max atmete tief durch. Er konnte diese Landschaft noch immer genießen, ihr immer wieder etwas abgewinnen. Ein Gefühl der Zufriedenheit durchströmte ihn, wie er es lange nicht mehr gespürt hatte. Ob das schon Heimat ist, fragte er sich. Dass man etwas sieht und schön findet und so etwas wie Geborgenheit empfindet.

„Geiler Schuppen," sagte sein Kollege Jan Vedder neben ihm. Er hatte seinen Blick auf das Büro gerichtet, das in früheren Zeiten sicher mal ein Stall gewesen war. Auch hier war alles verglast. Man konnte ungeniert den Leuten bei der Arbeit zuschauen. Max zählte vier Mitarbeiter, von denen drei vor einem Bildschirm saßen. Nur einer hantierte an einem riesigen Zeichenbrett herum.

„Kurz nach vier", sagte Jan, „da wird der Meister wohl noch bei der Arbeit sein."

Er ging voran auf den Büroeingang zu. Nur eine der Angestellten wurde auf sie aufmerksam und blickte heraus. Sie betraten zunächst ein Foyer, das allerdings nicht besetzt war. Eine Glastür führte in das Büro, in das sie schon von außen Einblick gehabt hatten. Max klopfte an und trat ein. Die Frau, die sie von innen beobachtet hatte, kam ihnen entgegen.

„Guten Tag!" Sie lächelte und zeigte dabei einen riesigen Mund. Während Jan seinen Ausweis hervorkramte, sah Max sich im Inneren um. Von Büro konnte kaum die Rede sein. Es war mehr eine Halle, in der hier gearbeitet wurde. Kreativität braucht Raum, kam es Max in den Sinn. Gleichzeitig fragte er sich, ob er es leiden könnte, wenn ihm ständig jemand auf die Finger gucken konnte.

„Wir würden gern mit Herrn Köster sprechen", hörte er seinen Kollegen sagen.

„Haben Sie einen Termin?" Die Dame – Architektin, technische Zeichnerin oder was auch immer – hielt den Kopf schief.

„Nein, aber es ist dringend."

„Der Chef ist drüben im Wohnhaus", erklärte die Empfangsdame. „Ich kann ihn gern für Sie antelefonieren."

„Danke, wir machen das schon," Jan winkte ab.

„Der hat sein Geld schon verdient", sagte er draußen, als sie zum Haus hinüberstapften. „Guck dir mal die Karre an."

Rechts vom Haus stand ein schwarzer Porsche Cayenne. Ein Schlachtschiff, aber trotzdem elegant. Das Nummernschild deutete auf den Besitzer hin: Hinter dem Kreiskennzeichen war das Kürzel **IK – 01** zu lesen.

„Die Radkappen passen nicht", sagte Max, aber er war selbst nicht ganz sicher, ob es aus Neid war. „Wenn der damit mal durch ein Schlagloch fährt, sind sie im Eimer."

Auf ihr Klingeln hin passierte zunächst gar nichts. Erst nach dem dritten, ziemlich anhaltenden Mal hörte man eine Stimme aus der Gegensprechanlage.

„Ja?" Es war eine Frauenstimme. Und zwar eine deutlich genervte Frauenstimme.

„Jan Vedder und Max Schneidt von der Mordkommission. Wir würden gern mit Herrn Ignaz Köster sprechen."

Einen Moment lang tat sich nichts, dann hörte man, wie verhalten gesprochen wurde, schließlich summte es, die Tür ließ sich öffnen.

Allein der Eingangsbereich war so groß, dass Max' Wohnzimmer darin Platz gefunden hätte. Blickfang war hier eine riesige Glasvitrine, in der ein Modell untergebracht war. Max ging näher heran. Ein Fußballstadion. Mit Tribünen, Flutlichtanlage, Spielerbereich. Verdammt aufwendig das Ganze. Da hatte sich jemand richtig Mühe gemacht.

„Das ist doch das Westfalenstadion", sagte Jan, der hinter Max getreten war, „meinst du, das hat der große Meister gebaut?"

„Keine Ahnung. Aber wart mal!" Max hatte einen Schalter entdeckt. Als er ihn drückte, sprang die Flutlichtanlage an.

Jan gluckste. „Da ist noch ein Schalter. Drück den mal, dann laufen wahrscheinlich die Spieler aufs Feld."

„Hä?" Als Max den zweiten Schalter angeknipst hatte, leuchtete plötzlich ein winziges Gebäude am Rand grün auf. Max und Jan schauten irritiert, konnten aber nicht länger grübeln, denn plötzlich waren Schritte zu hören. Eine große, schlanke Frau kam die Treppe heruntergetakelt. Im Haus und hohe Absätze, dachte Max. Dieses Bauernhaus hatte sicher viel zu erzählen, wenn es mal auf ein anderes traf. Max versuchte die Frau altersmäßig zu schätzen. Blond gefärbtes, langes Haar, gut geschminkt. Dennoch ließen sich die Jahre nicht verbergen. Sie war einiges über Fünfzig, schätzte Max, aber sie hatte viel in ihre Erhaltung investiert. Die Frau musterte die Eindringlinge mit einer geradezu professionellen Geschwindigkeit.

„Die Polizei", sagte sie praktisch ohne eine Begrüßung. „Was verschafft uns die Ehre?"

„Frau Köster?", fragte Max nach. Die Dame schlug die Augen auf eine Art nieder, die anscheinend wohlwollende, aber distanzierte Zustimmung signalisieren sollte. „Wir würden gern mit Ihrem Mann sprechen."

„Aha! Ich nehme an, es geht nicht um das Stadion, an dem mein Mann mitgebaut hat?" Frau Köster warf einen Blick auf das Modell, das immer noch angestrahlt war.

„Natürlich nicht!" Jan knipste verlegen das Licht wieder aus. „Aber Ihr Mann hat das tatsächlich geplant?"

„Er war Anfang der Siebziger in dem Dortmunder Büro beschäftigt, das den Auftrag bekam."

Jan war die Bewunderung im Gesicht abzulesen.

„Wir haben uns gerade gefragt", sagte Max indes, „was das grüne Lämpchen zu bedeuten hat."

„Das grüne Lämpchen?" Frau Köster warf erneut einen Blick auf das Modell. „Das ist exakt der Gebäudeteil, der nach den Planungen meines Mannes entstand."

„Ach!" Max riss sich mit aller Macht zusammen. Was hatte Köster geplant? Das Schiriklo? Und dass er sich das auch noch ausleuchten ließ, war so skurril, dass es schon wieder richtig gut war.

Es war Jan, der endlich zum Gespräch zurückkehrte. „Wir müssen Ihren Mann sprechen, weil …", er räusperte sich, „nun, es geht um den Tod von Manfred Gierse. Davon haben Sie ja sicher gehört."

„Natürlich, schließlich wohnen wir hier auf dem Land", Frau Köster lachte gekünstelt. Man konnte sich allerdings bei ihr nicht recht vorstellen, dass sie regelmäßig zum Einkaufen an der Käsetheke stand, um mit nicht vorhandenen Nachbarinnen irgendwelchen Klatsch auszutauschen. Überhaupt war ihr Lachen bei diesem Thema unpassend. Immerhin schien sie das inzwischen bemerkt zu haben, denn sie hustete kurz und wurde dann ernst.

„Furchtbare Sache", murmelte sie. „Aber kommen Sie doch bitte herein."

*Herein* war ein etwa turnhallengroßer Wohn-, Ess-, Küchenbereich mit einer zweiten Treppe nach oben, von wo man über eine Balustrade hinweg nach unten hätte spucken können.

„Äh, schön", sagte Jan Vedder. Max grinste in sich hinein. In der Tat hatte man das Gefühl, irgendetwas sagen zu müssen. Die Architektur dieses Hauses war so gewollt anders, dass sie danach schrie, kommentiert zu werden. Man konnte sicher viel dazu sagen, aber sicher nicht *schön*.

„Mein Mann ist jeden Augenblick hier", überhörte die Dame des Hauses Vedders Bemerkung. „Darf ich Ihnen inzwischen einen Drink anbieten? Und setzen dürfen Sie sich natürlich auch."

Einen Drink. Max hätte am liebsten losgeprustet. Hier wurde die Fernsehserie *Dallas* nachgespielt. Leider mit dreißig Jahren Verspätung, aber ein bisschen Zeit brauchte man schließlich zur Vorbereitung. Max ließ sich auf einem weißen Ledersofa nieder. Vedder wählte einen Hocker, der an ein Sitzfuton erinnerte. Gäste hielten es darauf sicher nicht länger als zehn Minuten lang aus.

„Ich nehme dann ein Wasser", sagte Jan, der ein wenig eingeschüchtert wirkte. So kannte Max ihn gar nicht. Er war ansonsten rotzfrech.

„Ich *drinke* auch ein Wasser", fügte Max hinzu und bekam zur Strafe einen bösen Blick von Jan zugeworfen.

Frau Köster jedoch hatte nichts gemerkt und schwirrte zum thekenartig gestalteten Küchenbereich ab. Sicher zapfte sie jetzt ein französisches Quellwasser direkt vom Fass. Und gleich würde der Hausherr im Golflook erscheinen.

Der Hausherr erschien, allerdings nicht in Kariert. Vielmehr trug er einen schwarzen Rollkragenpulli, darüber ein graues Sakko und eine schwarze Bundfaltenhose. Zumindest gab er den Gästen die Hand, bevor er sich auf einem Designersessel niederließ.

„Sie kommen wegen Gierse, nehme ich an", der Mann kam sofort zur Sache. Wahrscheinlich hatte er es deshalb zu so viel Reichtum gebracht.

„Genau", Vedder räusperte sich. „Wir versuchen ein paar Ungereimtheiten auf den Grund zu gehen."

„Ein paar Ungereimtheiten", ein Lächeln umspielte Kösters Mund. „Und Sie meinen, dazu kann ich etwas beitragen." Er flegelte sich auf dem Sessel, soweit die Machart das zuließ. Max sah ihn sich aufmerksam an. Er war sicher über Sechzig. Aber er wollte nicht über Sechzig sein. Schlank, durchtrainiert, das schwarze, wellige Haar nur von ein paar Strähnen durchzogen. Topfit, der Gute. Da konnte man nicht meckern. Seine Frau stellte den Polizisten ein Glas hin. Sprudelwasser. Sah überhaupt nicht französisch aus, fand Max.

„Ich nehme einen Scotch, Liebes", sagte Köster. Max schloss die Augen in der Hoffnung, dann nicht loszuplatzen. Er fragte sich, wie es war, sich immer auf einer Bühne zu bewegen. Leider kam er nicht dazu, den Gedanken zu Ende zu denken.

„Man munkelt, Sie hätten zu Manfred Gierse ein schwieriges Verhältnis gehabt", begann Vedder das Gespräch. „Ausgelöst durch die Ausschreibung der Kirchengemeinde, als es um die Bauarbeiten ging."

„Wer hat Ihnen das erzählt?" Köster legte die Fingerspitzen aneinander. Wieder umrandete leichter Spott seinen Mund.

„Das tut nichts zur Sache, denke ich", Vedder hatte mit seiner Souveränität zu kämpfen. Max übernahm.

„Vielleicht beschreiben Sie einmal selbst Ihr Verhältnis zu Gierse."

„Wir hatten gelegentlich beruflich miteinander zu tun. Nicht mehr."

„Das heißt, Gierse hat von Ihnen Aufträge bekommen?"

„Ich bin Architekt. Ich arbeite für Bauherren. Die vergeben die Aufträge, nicht ich – auch wenn ich natürlich einen gewissen Einfluss habe."

„Sie kennen Manfred Gierse also als Bauunternehmer. Waren Sie zufrieden mit seiner Arbeit?"

Die Frage irritierte Köster offensichtlich. Er richtete sich ein wenig auf.

„Spielen Sie auf etwas Bestimmtes an?"

„Nein, überhaupt nicht", Max nahm einen Schluck Wasser. Er fühlte sich plötzlich wohl. Und er fühlte sich überlegen. Er saß hier in einem lächerlichen Haus, zwischen Menschen, die sich augenscheinlich anödeten und sich bestenfalls an der Anschaffung neuer Luxusartikel aufgeilen konnten. „Ich frage ganz allgemein. Waren Sie mit Gierses Arbeit zufrieden?"

„Es ist ein winziges Unternehmen", versuchte Köster es indirekt. „Aber wir bemühen uns immer, heimischen Firmen eine Chance zu geben."

„Haben Sie deshalb erwartet, dass man Ihnen als heimischem Architekten die Kirchenrenovierung lässt?"

„Diese Kirchenrenovierung", Köster saß viel zu tief im Sessel. Es wirkte schlichtweg albern, dass er sich wie ein Sechzehnjähriger herumfläzte. „Mal im Ernst", Köster lächelte Max ungeniert an. „Haben Sie den Eindruck, dass ich auf diesen Auftrag angewiesen bin? Es geht um eine Bausumme von gerade mal 700.000 Euro. Nichts für ungut, aber hier wird nicht das World Trade Center neu aufgebaut."

„Beim World Trade Center hätten Sie auch sicherlich deutlich geringere Chancen gehabt."

Köster brauchte einen Augenblick, um die Bemerkung zu schlucken. Er schien eine Reaktion abzuwägen. Schließlich hatte er sich entschieden, er lächelte wieder.

„Die Kirchenrenovierung ist gegessen. Ich hätte die Sache gemacht – klar. Aber wenn der Pfaffe meint, ein anderer könnte es besser, dann wünsche ich den beiden viel Spaß miteinander."

„Immerhin sind Sie deswegen aus der Kirche ausgetreten, oder nicht?"

Jetzt zuckte es in Kösters Gesicht. „Wann und warum ich aus der Kirche ausgetreten bin, dürfte allein meine Sache sein. Sehe ich das richtig?"

Zum Glück kam in diesem Moment sein Drink. Vor lauter Ärger vergaß er, sich dafür zu bedanken.

„Bleiben wir bei Gierse", lenkte Vedder nun das Gespräch um. „Sie waren verärgert über Gierse, weil der Sie beim Projekt Kirchenrenovierung nicht unterstützt hat?"

„Verdammt, können wir endlich diese Kirchenrenovierung ausklammern?" Köster wurde ungehalten.

Max schoss sofort zurück. „Hat Gierse seit der Vergabe des Auftrags noch mit Ihnen zusammengearbeitet?"

„Nein, wenn Sie es genau wissen wollen!" Köster kochte. Max ließ ihm etwas Zeit. Der Architekt nahm wieder sein Glas und trank einen Schluck. Als er es hinstellte, hatte er sich wieder gefangen.

„Ich denke, wir sollten das Gespräch an dieser Stelle beenden", sagte er.

„Wenn Sie uns nur noch eine Frage beantworten würden", Max lächelte schräg. „Wo waren Sie in der Nacht von Sonntag auf Montag zwischen zweiundzwanzig und vierundzwanzig Uhr?"

„Hier zu Hause." Frau Kösters Antwort kam wie aus der Pistole geschossen. Sie lehnte an der Theke, ein Glas in der Hand und blickte die Polizisten herausfordernd an.

„Gibt es dafür noch weitere Zeugen?"

„Leider haben wir nicht allzu viele Nachbarn", Köster lehnte sich entspannt zurück. „Aber wenn Sie darauf bestehen, werde ich mich in Kürze darum bemühen."

„Na dann", sagte Max und stand auf. Vedder folgte ihm. Köster blieb sitzen, nur seine Frau hatte den Anstand, sie zur Tür zu begleiten.

„Ach, noch etwas", Max drehte an der Haustür plötzlich um und ging noch einmal ins Wohnzimmer zurück. „Herr Köster, haben Sie noch einen Schlüssel zur Kirche? Wir hörten so etwas, da Sie schon früher einmal dort gearbeitet haben."

Köster antwortete nicht. Max wartete einige Augenblicke und grinste liebenswürdig. „Vielleicht schauen Sie mal in aller Ruhe nach."

Dann ging er nach draußen, wo Jan schon auf ihn wartete. Kösters Ausruf hörten sie nur, weil seine Frau die Tür noch nicht geschlossen hatte. „Ich hab ihn verloren!", brüllte der Architekt bis nach draußen. „Schon vor mehr als einem Jahr. Aber fragen Sie doch Holger Stertmann. Der hat garantiert einen Schlüssel!"

„Verloren!", murmelte Max gutgelaunt in sich hinein. Er warf einen Blick zum Porsche hinüber. „Wirklich unmögliche Radkappen", sagte er noch einmal.

Jan Vedder grinste nur.

## 20

Kalle konnte gar nicht richtig atmen. Er hatte das Gefühl, wenn er atmete, dann würden die Leute das unten hören. Durch alle Türen hindurch. Es klingelte noch einmal. Kalle spürte seinen eigenen Herzschlag. Er würde nicht öffnen. Er würde nichts sagen. Denn es würde sowieso alles gegen ihn ausgelegt werden. Schließlich war er zum Verlieren geboren. Erst hatte er den Job verloren, dann Uschi. Jetzt fehlte eigentlich nur noch, dass er in diese Mordsache hineingezogen wurde. Ein weiteres Mal klingelte es. Verdammt, warum gingen die nicht? Ob die in seine Wohnung hineindurften? Vielleicht hatten sie ja schon einen Durchsuchungsbefehl. Obwohl – das dauerte. Im Fernsehen jedenfalls. Den konnten die sich doch nicht selbst ausstellen, die Polizisten. Aber vielleicht machten sie es einfach ohne. Das kam ja im Fernsehen auch schon mal vor. Dass da ein Polizist auf eigene Faust ...

Kalle stockte der Atem. Eine Stimme. Jetzt schien sich unten die Tür geöffnet zu haben. Frau Reichert war nach Hause gekommen, seine Vermieterin. Kalle bekam einen Schweißausbruch. Frau Reichert, die schloss ihnen jetzt bestimmt mit dem Zweitschlüssel seine Wohnungstür auf. Wenn die einen Polizeiausweis sah, dann kannte die nichts. Kalle sah sich um. Konnte er hier noch irgendwie rauskommen?

„Zum Herrn Lesser wollen Sie?"

Kalle hatte sein Ohr an die Wohnungstür gepresst. Die Stimme der alten Frau war etwas zittrig.

„Na, wenn er nicht aufmacht, ist er wohl nicht zu Hause. Er ist tagsüber meist – unterwegs."

„In der Kneipe, meinen Sie." Es war der männliche Polizist, der da sprach.

„Es geht mich nichts an, wo Herr Lesser sich aufhält."

Kalle war erstaunt. Frau Reichert hatte etwas Unerbittliches in der Stimme. Fast so wie samstags, wenn er sein Altpapier wegbringen sollte, weil es sich schon im Flur stapelte.

„Ich vermiete Herrn Lesser eine Wohnung", meinte Frau Reichert jetzt resolut. „Aber es geht mich nichts an, was er tagsüber treibt."

„Natürlich", entgegnete jetzt die weibliche Polizistin. „Wir hätten nur ein paar Fragen an ihn wegen des Todes von Herrn Gierse. Davon haben Sie ja sicher gehört."

„Ich lebe ja nicht hinterm Mond", hörte Kalle seine Vermieterin sagen.

„Vielleicht kann uns Herr Lesser ein bisschen über Herrn Gierse erzählen. Er hat doch lange bei ihm gearbeitet, nicht wahr?"

Ein Stich fuhr in Kalles Magen.

„Warum fragen Sie mich das, wenn Sie es sowieso genau wissen?"

Kalle atmete durch. Frau Reichert ließ sich nichts entlocken.

„Auf jeden Fall hat Herr Lesser am Sonntagabend kurz nach Herrn Gierse die Gaststätte Schulte verlassen", sagte jetzt der Mann.

Sie versuchen es mit allen Mitteln, dachte Kalle. Sie wollen es so hinstellen, als hätte ich Manfred umgebracht.

„Dazu befragen Sie dann besser Herrn Lesser", sagte Frau Reichert. Dann hörte man wieder einen Schlüssel klimpern. Offenbar schloss sie ihre Wohnungstür auf. „Wenn Sie mich dann jetzt entschuldigen würden?"

„Haben Sie am Sonntag gehört, wann Herr Lesser nach Hause gekommen ist?", fragte die Polizistin schnell. „Es würde uns helfen. Und Herrn Lesser vielleicht auch."

Kalle presste sein Ohr noch fester an die Tür. Er spürte, dass Frau Reichert zögerte.

„Ich habe nichts gehört", sagte sie dann.

Kalle atmete auf. Wenn sie noch einmal kämen, würde er einfach sagen, dass er direkt nach Haus gegangen war. Er würde nichts vom Streit mit Manfred erzählen. Und auch nichts von dem Schatten. Ganz sicher: Auch nichts von dem Schatten.

## 21

Das Bedürfnis, Alexa anzurufen, überkam mich mit einer solchen Macht, dass ich ihm ohne Verzögerung nachgab. Zwar wusste ich, dass meine Liebste am Nachmittag in der Regel mit den Kindern unterwegs war, aber mit etwas Glück hatte sie ja ihr Handy dabei. Ich ließ es etwa achtmal klingeln in dem Bewusstsein, dass es natürlich eine Weile dauerte, bis Alexa den

Apparat aus den Tiefen ihres Rucksacks geangelt hatte. Als ich gerade die Hoffnung aufgeben wollte, nahm jemand an.

„Ja?" Es war meine Schwiegermutter. Treffer versenkt.

„Ich bin's, Vincent", begrüßte ich sie. „Ich wollte nur mal hören …"

„Alexa ist mit den Kindern am Strand", erklärte Mutter Schnittler, „aber schön, dass du anrufst. Wie geht es zu Hause?"

„Gut", sagte ich mit Nachdruck. „Ommma hat die ganze Aufregung sehr gut verkraftet."

„Dann geht es ihr besser als mir. Ich kann es immer noch nicht glauben. Ein so junger Mensch … Weiß man inzwischen mehr? Alexa deutete an, dass die Polizei eingeschaltet ist."

„Ja, aber das muss noch nichts heißen. Du hast Manfred Gierse näher gekannt?"

Meine Schwiegermutter zögerte einen Augenblick. „Wie man sich so kennt, im Dorf. Er war vor ein paar Wochen mal bei uns zu Hause und hat sich bei Mutter wegen der alten Kirche erkundigt. Das hat sie ja sicher erzählt."

„Ja, hat sie."

„Nun, gut bekannt waren wir nicht. Manfred ist ja ein paar Jährchen jünger als wir – wobei …", Schwiegermutter machte eine Pause. „Vincent?", sagte sie plötzlich in einem Tonfall, der mich aufhorchen ließ. „Ich würde dir gern etwas erzählen. Etwas, das mir andauernd im Kopf herumgeht, seitdem Alexa mir von Manfreds Tod berichtet hat."

„Aha", meinte ich und merkte, wie neugierig mich Schwiegermutters Worte gemacht hatten.

„Natürlich nur, wenn es nicht zu teuer ist, jetzt am Telefon."

„Nicht doch, erzähl nur", drängte ich sie.

„Es war bei der Blutspende, vor etwa zwei Wochen. Du musst wissen, das Rote Kreuz hält alle paar Monate im Dorf eine Blutspende ab, und zwar in der Grundschule. Ich gehe da regelmäßig hin. Ich denke immer, solange ich noch helfen kann, mache ich das gern."

„Natürlich", bestätigte ich in der Hoffnung, dass meine Schwiegermutter bald zur Sache kam.

„Naja, und die Gierses waren eben auch da. Manfred hatte ich schon bei früheren Gelegenheiten dort getroffen, aber Hildegard kam wohl zum ersten Mal, denn für sie musste ein neuer Blutspendepass ausgestellt werden. Das funktioniert so ..." Meine Schwiegermutter startete nun einen Vortrag darüber, wo man sich bei der Blutspende wann und wie anstellen muss. Mittlerweile fand ich ihre Sorge über die Kosten des Telefongesprächs durchaus berechtigt, fand aber nicht den Mut, sie zu unterbrechen.

„Naja, auf jeden Fall lag Manfred auf der Liege neben mir – nachher beim Entspannen", erklärte Alexas Mutter jetzt, „während seine Frau schon durch war und vorn an der Anmeldung auf ihren neuen Ausweis wartete. Ja, und dann kam die Jüngste von Wortmanns Günter vorbei und brachte dem Manfred seinen Pass, in den seine Spende inzwischen eingetragen war – die ist ja beim Roten Kreuz, die von Wortmanns, und die hat dann halt so eine Bemerkung gemacht."

„Eine Bemerkung", wiederholte ich dumpf. Sollte das jetzt der Höhepunkt der Geschichte sein? Ich konnte es nur hoffen, wenngleich eine Bemerkung in der Regel nicht gerade spektakulär war.

„So ganz bekomme ich das jetzt gar nicht mehr hintereinander. Es hatte etwas mit positiv und negativ zu tun. Es sollte wohl eine lustige Bemerkung sein, irgendetwas in der Art, er habe ja diesen Rhesusfaktor und seine Frau denselben, und da könne man ja nur hoffen, dass die gemeinsamen Kinder diesen ebenfalls hätten oder so ähnlich."

Ich verkniff mir den Kommentar, dass man schon einen sehr derben Humor haben musste, um eine solche Bemerkung lustig zu finden.

„Jedenfalls hat Manfred die Wortmann angeguckt, als habe sie ihm gerade eine Ohrfeige gegeben. Zweimal hat er noch nachgefragt, und dem Mädchen war das mächtig peinlich. Sie habe doch nur einen Witz machen wollen, zugegeben misslungen, und sie wisse jetzt auch gar nicht so genau – aber

Manfred war und blieb wie versteinert. Hat kein Wort mehr gesagt, sondern nur noch dagelegen, hat die Ruhephase kaum abgewartet, und anschließend ist er alleine nach Hause gegangen."

Meine Schwiegermutter machte eine dramatische Pause.

„Wenn ich dich richtig verstehe", fasste ich zusammen, „ging es bei der vermeintlich witzigen Bemerkung darum, ob Manfred Gierses Kinder überhaupt von ihm sind."

„Um Gottes willen", tönte Schwiegermama, „wie kannst du nur so etwas sagen?"

„So habe ich dich verstanden."

Meine Schwiegermutter schwieg. „Ja, darum ging es wohl", sagte sie dann.

„Die Jüngste von Wortmanns Günter", wiederholte ich. „Du weißt nicht zufällig, wie sie mit Vornamen heißt?"

„Wieso? Willst du mit ihr sprechen?" Meine Schwiegermutter klang panisch.

„Das weiß ich noch nicht", sagte ich ehrlich, „aber ohne Grund hast du mir die Geschichte nicht erzählt, nehme ich an."

Alexas Mutter zögerte einen Moment. „Ich glaube, sie heißt Manuela", sagte sie schließlich, „aber Vincent, ich weiß nicht, ich habe plötzlich gar kein gutes Gefühl. Ich will das Mädchen wegen einer flapsigen Bemerkung nicht in Verlegenheit bringen, und Hildegard Gierse erst recht nicht."

„Ich glaube nicht, dass du das tust", sagte ich mit einer Bestimmtheit, an die ich selbst nicht recht glaubte.

Plötzlich hörte ich Geschrei im Hintergrund. Die Kinder waren offenbar ins Zimmer gestürzt.

„Da kommt Alexa mit den Kindern", schaffte es meine Schwiegermutter noch zu sagen. „Hier ist der Papa dran", tönte sie dann. „Vincent", sagte sie dann noch einmal in ganz ernstem Tonfall. Weiter kam sie nicht. Paul musste ihr den Hörer quasi aus der Hand gerissen haben. Er plapperte wild durcheinander von einem Seestern, den er am Morgen gefunden hatte. Marie berichtete von einer Wattwanderung. Dann kam Alexa an den Hörer.

„Ich hatte Sehnsucht", erklärte ich.

„Die habe ich auch", erwiderte sie. Ich wusste, dass wahrscheinlich noch ihre Mutter im Raum war. Außerdem Paul und Marie. Deshalb wechselte ich das Thema.

„Eine kurze Frage, sagt dir der Name Isolde Buschhaus etwas? Die Frau muss etwas sonderbar sein. Nicht nur, weil sie seit geraumer Zeit dem Pastor nachstellt."

„Isolde Buschhaus?" Ich hörte auf viele hundert Kilometer Entfernung, wie Alexa nachdachte.

„Ach die!", sagte sie plötzlich. „Du hast recht. Die ist ein bisschen vom anderen Stern."

„Kennst du sie näher?"

„Das nicht. Als ich noch in Renkhausen wohnte, hat sie sehr zurückgezogen gelebt. In einem Häuschen am Waldrand. Ich glaube, sie hat lange ihre alte Mutter gepflegt. Übrigens eine interessante Familiengeschichte. Ihr Vater war lange Junggeselle, ein schweigsamer Kleinbauer, der seinen Hof ganz allein bewirtschaftete. Aber irgendwann, nach einem Ausflug in die Stadt, hat er dann plötzlich eine Frau am Bandel gehabt. Angeblich eine Tourneeschauspielerin, die dringend etwas Solides gesucht hat. Jedenfalls hat mir das mal meine Mutter erzählt."

„Hältst du Isolde Buschhaus für gefährlich?"

„Nein, eher nicht." Alexas Antwort kam prompt. „Eher so der Typ arme Socke, der mit verklärtem Gesichtsausdruck in einer Nebenwelt lebt. Warum fragst du?"

„Erkläre ich heute Abend. Es gibt viel zu erzählen, aber ich glaube, es wird jetzt ein bisschen zu teuer. Nur noch eine Kleinigkeit. Alexa, was hast du eigentlich für einen Rhesusfaktor?"

„Positiv. Blutgruppe A positiv. Warum willst du das wissen?"

„Kam mir nur gerade in den Sinn."

„Aha." Alexas Stimme sagte alles. Ich konnte es ihr nicht wirklich verübeln.

# 22

Max rieb sich die Augen. Er hatte ein Tief, ganz klar. Es fiel ihm schwer, der Dienstbesprechung zu folgen, geschweige denn selbst etwas beizutragen. Trotzdem würde er am Abend gern Marlene treffen. Sie mussten reden, er hielt das sonst nicht aus.

Eben war der gerichtsmedizinische Bericht vorgestellt worden. Eigentlich waren ihm schon zu diesem Zeitpunkt fast die Augen zugefallen, allein wegen der Heftigkeit des Inhalts war es nicht passiert. Ein Bericht für Hartgesottene: Okzipitale Trümmerfraktur – offenes Schädelhirntrauma dritten Grades – Austritt von Gehirnmasse …

Die Zertrümmerung an Gierses Schädel war laut Bericht derart umfassend gewesen, dass sie unmöglich von einem Treppensturz herrühren konnte. Vielmehr musste Gierses Hinterkopf mehrfach mit Gewalt auf die Betonstufen geschlagen – also quasi plattgeklopft – worden sein. Dafür sprachen auch leichte Strangulationsmerkmale am Hals – vermutlich war Gierse dabei immer wieder am Kragen hochgerissen worden. Die Spurensicherung hatte leider noch nichts Bahnbrechendes geliefert. Simon Wessel, der Leiter des Erkennungsdienstes, hatte wie immer seinen überarbeiteten Gesichtsausdruck draufgehabt, als er eben seinen Bericht abgeliefert hatte. Es gab etliche Spuren, in der gesamten Kirche sowieso, aber auch im Treppenhaus, allerdings war es so viel, dass die Auswertung sehr lange dauern würde. Wahrscheinlich waren sämtliche Gemeindemitglieder in irgendeiner Form in der Kirche verewigt. Jetzt ging es schon seit geraumer Zeit um die Zeugenbefragungen rund um Gierses Haus und an der Kirche. Einer der Kollegen vom hiesigen Polizeibezirk berichtete, dass eine Nachbarin vor einer Woche einen Streit zwischen Gierse und seiner Frau mitbekommen hatte. Leider hatte die Dame zum Thema nicht allzu viel sagen können. Frau Gierse hatte zu früh das Fenster geschlossen.

„Was war an der Kirche los?", hörte Max jetzt Marlene in etwas müdem Ton fragen. Er sah zu ihr hinüber und konnte nicht verhindern, dass ihm ein warmer Strom durch den Körper fuhr.

„Nicht allzu viel", erklärte ein Kollege in Uniform jetzt. „In Renkhausen scheint am Sonntagabend gegen zehn nicht gerade die Hölle los zu sein."

„Wie man's nimmt", warf Ina ein. „Einen Mord im Kirchturm finde ich durchaus beachtlich, wenn es um Höllenkategorien geht."

Der Streifenbeamte sah sie irritiert an. Offensichtlich hatte er das Gefühl, er hätte etwas Falsches gesagt. Ein anderer Kollege fuhr deshalb fort. „Der einzige, der auf der Straße gewesen zu sein scheint, war ein Dackelbesitzer aus dem Oberdorf. Er hat im Vorbeigehen bemerkt, dass ein Licht im Kirchturm brannte. Er hat gedacht, es sei aus Versehen angeblieben."

Max horchte auf.

„Er hat tatsächlich ein Licht gesehen?", fragte Marlene interessiert nach. „Und nichts weiter? Keine Person, kein Auto, kein Fahrrad, nichts?"

Der Kollege schüttelte den Kopf.

„Wann genau ist der Hundebesitzer vorbeigegangen?", fragte Jan nach. „Ich meine, da hätten wir doch die genaue Tatzeit, nicht wahr? Am nächsten Morgen war das Licht aus. Der Täter hat also ganz im Sinne der enger werdenden Kirchenfinanzen das Licht ausgemacht."

„Gegen viertel nach zehn", antwortete der Erste. Weiter kam er nicht, denn plötzlich öffnete sich die Tür, und ein weiterer Streifenbeamter trat ins Zimmer.

„Ich hätte da etwas", er kam ein paar Schritte in den Raum und hielt Marlene ein Blatt hin. „Ich dachte, dass Sie das vielleicht interessiert: Zwischen Hesperde und Oldeck, also sechs Kilometer vom Tatort entfernt, ist Sonntagnacht eine Geschwindigkeitskontrolle durchgeführt worden. Dabei ist ein Motorradfahrer geblitzt worden. Und das Interessante kommt jetzt."

Marlene sah interessiert hoch.

„Wir haben das Nummernschild überprüft. Es ist nicht vergeben. Offensichtlich gefälscht."

„Holla!“, sagte Marlene. „Das könnte etwas sein. Versuchen Sie anhand der Aufnahme herauszufinden, um was für eine Art Motorrad es sich handeln könnte. Marke, Baujahr, Sie wissen schon.“

„Gern“, sagte der Streifenpolizist. „Aber vielleicht machen Sie sich nicht allzu große Hoffnungen. Wir haben es hier mit einer Rennstrecke zu tun. Wir hatten den Fall schon einmal, dass ein paar Halbwüchsige mit falschen Nummernschildern durch die Gegend gepest sind.“

„Trotzdem sollten wir es im Auge behalten.“

Der Kollege verließ das Zimmer. Marlene rieb sich die Stirn. Offenbar fiel es auch ihr schwer, sich nach diesem Tag noch zu konzentrieren. „Gierse“, resümierte sie, „wir haben sein familiäres Umfeld beleuchtet, aber wie sieht es mit der Firma aus? Seine Tochter meinte, ihr Vater habe vor einiger Zeit Leute auf die Straße setzen müssen. Kann dazu jemand etwas Sinnschweres sagen?“

„Allerdings“, es war Ina, die sich da gemeldet hatte. „Drei Leute sind entlassen worden. Einer ist inzwischen in Frührente, einer hat einen anderen Job bekommen, der Dritte steht noch auf der Straße. Letzterer heißt Karl-Heinz Lesser und hat – nach Angaben eines anderen Mitarbeiters – seinem Chef am meisten gegrollt. Er fand es ungerecht, dass er entlassen wurde, obwohl er länger in Lohn und Brot stand als ein Kollege, den Gierse behalten hat, weil der eine Familie mit drei Kindern ernährt. Wie auch immer – das Beste kommt jetzt. Karl-Heinz Lesser war am Sonntagabend in der Gaststätte Schulte. Und er hat die Kneipe drei Minuten nach Gierse verlassen.“

Alle redeten durcheinander. Alle außer Max.

„Und das erzählst du so ganz nebenbei?“, fragte Jan schließlich.

„Wir erzählen es nicht nebenbei“, erwiderte Christian in seiner unerschütterlich ruhigen Art. „Wir erzählen es an genau der richtigen Stelle.“

„Habt ihr mit diesem Lesser gesprochen?“, wollte Marlene wissen.

„Ja!", antwortete Christian. „Im zweiten Anlauf haben wir ihn in seiner Wohnung angetroffen. Er ist ein bisschen heruntergekommen, trinkt zu viel, hängt in der Kneipe herum …"

„Und was sagt er über den Sonntagabend?"

„Dass er nach Hause gegangen ist und sich ins Bett gelegt hat."

„Er behauptet, er habe mit Gierse nicht mehr gesprochen?"

„Genau. Er sagt, draußen habe er seinen ehemaligen Chef nicht mehr gesehen. Überhaupt sei es Zufall, dass man unmittelbar hintereinander das Gasthaus verlassen habe."

„Gibt es Zeugen für seine Aussage?"

„Natürlich nicht. Oder doch", Christian sah zu Ina hinüber.

„Die Vermieterin", sagte die. „Am Anfang wollte sie gar nichts sagen, um ihren Mieter bloß nicht zu belasten. Später hat sie ausgesagt, Lesser sei gegen zwanzig nach zehn nach Hause gekommen. Sie habe schon im Bett gelegen, die Haustür gehört und auf den Radiowecker geschaut."

„Das passt doch!", trompetete Jan. „Das passt zeitlich ganz wunderbar."

„Moment!" Es war das erste Mal an diesem Abend, dass Max etwas beitrug. „Gegen zehn hat Gierse die Kneipe verlassen. Um Viertel nach zehn hat ein Passant Licht im Kirchturm gesehen. Okay. Aber um zwanzig nach zehn soll dieser Lesser schon wieder zu Hause gewesen sein? Ich weiß nicht, wo er wohnt, aber das scheint mir etwas knapp."

„Bis auf die Nachbarin sind es doch nur Ungefähr-Angaben", stöhnte Jan ungeduldig.

„Das sehe ich auch so, Max", Marlenes Stimme klang bestimmt.

„Wo wohnt Karl-Heinz Lesser?", fragte Max unbeirrt.

„Jedenfalls nicht direkt an der Kirche", antwortete Ina. „Das ist schon noch ein Stück."

„Also!" Max verschränkte die Arme.

„Wir schließen nichts aus, allein weil es uns unwahrscheinlich vorkommt", Marlenes scharf gesprochene Bemerkung traf Max wie ein Messerstich. Er fühlte sich gerüffelt. Belehrt. Und ihm wurde bewusst, dass Marlene genau das gemeint hatte, als sie gesagt hatte, es sei unmöglich, Beruf und Privatleben fein säuberlich zu trennen, wenn man täglich zusammenarbeite.

„Wir müssen überprüfen, ob dieser Lesser Gelegenheit hatte, den Mord zu begehen", hörte Max seine Chefin jetzt sagen. „Vielleicht hat er vorgegeben, Gierse in der Kirche etwas zeigen zu wollen. Oder aber er ist Gierse schlichtweg in die Kirche gefolgt. Ich möchte, dass ihr euch weiter um diese Sache kümmert", wandte sich Marlene jetzt an Christian und Ina. „Nehmt diesen Lesser auseinander. Befragt seine Nachbarn. Befragt die Leute, die im Gasthaus waren und es nach ihm verlassen haben. Macht ein Zeitraster, wie lange Lesser von der Gaststätte zur Kirche braucht und anschließend zu sich nach Hause. Nehmt euch auch noch mal die Vermieterin vor. Vielleicht wollte sie ihrem Mieter nur ein Alibi verschaffen und hat deshalb in der Zeitangabe geflunkert. Und checkt, ob dieser Lesser einen Schlüssel zur Kirche hat. Vielleicht hat er den noch aus früherer Zeit, als er beim Gierse gearbeitet hat."

„Können wir nicht eine Hausdurchsuchung bekommen?", erkundigte sich Ina. „Vielleicht finden sich Hinweise.

„Scheint mir verdammt dünn", entgegnete Marlene. „Aber ich werde das morgen mit dem Staatsanwalt besprechen, okay?" Marlene warf einen Blick in die Runde. Max spürte, dass sie an ihm hängenblieb. „Was hat eigentlich heute der Besuch bei diesem Architekten ergeben?"

Max hielt sich zurück und ließ Jan reden.

„Diese Kirchenrenovierung stand zwischen den beiden", schloss der nach einer Weile ab. „Andererseits ist ein solches Bauvorhaben eine Erdnuss für Köster. Der schwimmt im Geld. Dem kann es egal sein, ob er Sankt Dingenskirchens verschönert oder nicht."

Max sah das nicht ganz so. Aber er hielt sich zurück.

„Hat er ein Alibi?", erkundigte sich Ina und blickte zunächst Jan und dann Max an.

„Von seiner Frau", erwiderte Max knapp.

„Und hat er einen Schlüssel zur Kirche?", setzte Ina nach.

„Er hat ihn verloren, behauptet er."

Alle reagierten. „Etwas Besseres ist ihm nicht eingefallen?", fragte Ina nach einer Weile.

„Ich habe darüber nachgedacht", erklärte Max. „Es ist, wie du sagst. Hätte er den Schlüssel benutzt, wäre ihm etwas Besseres eingefallen." Wieder Gemurmel. Eine Mischung aus Zustimmung und Widerspruch. „Wenn er ihn aber wirklich verloren hat, dann haben wir ein Problem. Dann kann praktisch jeder ihn haben."

Eine kurze Weile sagte niemand etwas. „Trotzdem", meinte schließlich Marlene, „trotzdem will ich eine Liste, wer genau einen Schlüssel zur Kirche hat, wer ihn verloren, wer ihn weitergegeben hat und so weiter und so fort." Sie wandte sich Max zu. „Kümmere du dich bitte darum."

Toll, dachte Max. Eine Liste. Mit Schlüsseln.

„Vielleicht kannst du das sogar heute noch machen. Es wäre eh gut, wenn jemand zu diesem abendlichen Totengebet ginge. Wenn du dich beeilst, kannst du es gerade noch schaffen."

Nein, dachte Max, das bringt sie nicht. Sie schickt mich jetzt nicht in die Wüste, um sich private Gespräche zu ersparen.

„Wir könnten dann hier inzwischen einen genauen Plan in der Sache Lesser erstellen. Und noch mal den Köster durchkauen."

Max schluckte. Sie meinte es ernst. „Natürlich", er schob seine Papiere zusammen. Der Abend war im Eimer. Alles war im Eimer.

„Das ist nett!" Marlene wandte sich ihren Unterlagen zu. Sie blickte nicht einmal hoch, als Max an ihr vorbeiging.

„Bis morgen", meinte Ina zum Abschied. Christian hob mitleidig die Hand.

„Und denk an die Liste!", hörte Max Jan Vedder noch rufen. Er hätte gern zurückgebrüllt, aber im letzten Moment hielt er sich doch noch zurück. Zumindest würde er Vincent noch treffen. Und er glaubte nicht, dass er abends noch zurückfahren würde.

# 23

Ommma hatte hingewollt. Unbedingt hingewollt. Und da sie nicht alleine konnte, musste ich mit. Natürlich waren wir die Ersten. Ommma hatte wohl das Gefühl gehabt, sie könne etwas verpassen, wenn sie nicht schon eine halbe Stunde vor der Zeit ihren Stammplatz in der ersten Bank einnahm. Ich setzte Ommma links in der Nähe des Marienaltars ab und machte mich dann auf den Weg nach hinten, wo ich mir hinter der letzten Bank neben einem Pfeiler einen Stehplatz suchte. Die nächste Person, die die Kirche betrat, sah ein bisschen schräg aus. Eine Frau, irgendwo zwischen Fünfzig und Sechzig, mit langem blonden Haar, das über eine dunkelrote Popelinejacke wallte. Dazu trug sie eine schwarze Hose und – ich traute meinen Augen kaum – hellblaue Stiefel. Die Dame ging zwei, drei Schritte in die Kirche hinein und sah sich dann um. Als sie mich hinter dem Pfeiler entdeckte, blieb ihr Blick einen Moment lang an mir kleben, dann fuhr der Kopf wieder herum.

Isolde Buschhaus, kam es mir in den Sinn. Ich verwette meinen Taufschein darauf, dass das Isolde Buschhaus ist. Die Frau marschierte jetzt durch den Mittelgang nach vorn und ließ sich im vorderen Bereich nieder. Ich konnte von hinten beobachten, wie sie etwas umständlich ihre Handtasche an der Kniebank aufhängte, sich dann zurücklehnte, um sofort wieder nach der Handtasche zu greifen und darin etwas zu suchen. Jetzt kam Bewegung in die Kirche. Eine Gruppe von mehreren Frauen schwappte wie eine Welle in die Kirche. An der Tür schwatzte man noch aufgeregt, im Inneren dann ging das Geplapper zunächst in ein Flüstern über, bevor es ganz verebbte. Ich erkannte eine der beiden Damen, die ich im Lebensmittelladen getroffen hatte. Die Betonfrisur ohne Brille. Frau Kaufmann. Die gesamte Damenmannschaft ergoss sich nun über zwei, drei Bänke im mittleren Bereich. Von nun an ging es munter weiter. Immer wieder schwenkte die Tür auf, Leute – und nicht weiterhin nur Frauen – kamen herein, bekreuzigten sich am Weihwasserbecken und verteilten sich über den gesamten Kirchenraum. Hatte ich noch am Vortag über die Größe der Kirche geunkt, so füllte sie sich nun schneller, als ich dachte, sogar im Stehplatzbereich.

Die Gierses erkannte ich natürlich sofort. Schließlich hatte ich die jüngere Tochter schon einmal gesehen. Eine Frau in denkbar angeschlagenem Zustand, ganz offensichtlich ihre Mutter, wurde von ihr und einer anderen jungen Frau hereingeführt. Man ließ sich vorn in der ersten Reihe nieder, allerdings nicht im linken Flügel bei Ommma, sondern rechts, wo die Gemeinde in weiser Voraussicht Platz für die Angehörigen gelassen hatte. Die Kirche war gerammelt voll, als um Punkt sieben ein Klingeln ertönte. Einer der beiden Messdiener hatte die Glocke betätigt, die neben der Sakristeitür angebracht war. Hinter den Ministranten zog die Gemeindereferentin ein, gekleidet in ein liturgisches Gewand, dahinter ging Olbrecht in Schwarzweiß.

„Darf die Vollmer wieder den Engel spielen?", zischte eine weibliche Stimme von links.

Ich musste grinsen. Gleichberechtigung am Altar kam auf dem Dorf noch nicht mal bei Geschlechtsgenossinnen an – zumindest in der Riege Ü 70.

„Nur nicht aufregen", hörte ich eine eindringliche Stimme schräg hinter mir. Ich sah mich um. Eine Frau mit kurzem schwarzem Zopf murmelte aufgebracht in sich hinein. Als sie meinen Blick bemerkte, hob sie entschuldigend die Hand. „Sorry", flüsterte sie, „aber wenn ich solche Sprüche höre, kriege ich immer zu viel."

Das Totengebet dauerte etwa eine halbe Stunde. Gleich zu Anfang hatte Olbrecht ein paar persönliche Worte gesprochen, hatte aufgefordert, die Fassungslosigkeit über Gierses Tod in ein gemeinsames Trauern und Beten umzumünzen. Dann wurde der Rosenkranz gebetet. Die größte Überraschung ergab sich kurz vor Schluss. Fünf Minuten vor halb acht öffnete sich noch einmal die Kirchentür und niemand anderes schob sich herein in die heilige Halle als mein Freund Max. Er sah mich nicht, sondern suchte sich im offensichtlichen Bemühen, möglichst wenig Aufsehen zu erregen, einen Platz auf der anderen Seite des Eingangs. Er bekam nur noch die Abschiedsworte mit, die Olbrecht an die Gemeinde richtete, unter anderem den Aufruf an alle Vertreter der Kirchengruppen, nach dem Gebet noch zusammenzukommen, um die Beerdigung zu besprechen. Dann wurde das Schlusslied angestimmt, und die Akteure marschierten wieder ab in die Sakristei.

Ich drückte mich in die hinterste Ecke, um die große Masse hinauszulassen und mich nachher um Ommma kümmern zu können. Die Nische, in der das Taufbecken untergebracht war, kam mir dabei gerade recht. Doch kaum hatte ich mich dort eingefunden, sah ich, wie jemand auf mich zukam. Die Frau mit dem schwarzen Zopf, die hinter mir gestanden hatte. Es brauchte nur einen Blick, um festzustellen, dass sie verdammt attraktiv war. Noch dazu hatte sie denkbar kluge Augen. Und sie wollte augenscheinlich zu mir.

„Sie sind der Nachbar, nicht wahr?" Verlegen strich sie sich eine Strähne nach hinten.

Der Nachbar. Das kannte ich schon. Offenbar war das hier meine Rolle.

„Der Nachbar von wem?", fragte ich sicherheitshalber nach.

„Von Stephan Olbrecht."

Andrea Stertmann, dachte ich. Hundertprozentig. Andrea Stertmann.

„Ja, das bin ich", bestätigte ich. „Zumindest vorübergehend."

Aus den Augenwinkeln sah ich, wie einige der vorbeiziehenden Kirchenbesucher uns aufmerksam beobachteten. Aber immerhin hatten wir in unserer Nische zwei Meter Abstand. Es bestand daher berechtigte Hoffnung, dass nicht die gesamte Gemeinde an unserem Gespräch Anteil hatte.

„Ich bin dazugekommen, als der Pastor die Leiche gefunden hat", erklärte ich.

„Ja, ich weiß", die Frau mit dem schwarzen Zopf senkte noch weiter ihre Stimme. „Und der, dem Stephan den Brief gezeigt hat."

Ich antwortete nicht.

„Ich habe eine Bitte an Sie", meine Gesprächspartnerin sprach jetzt so leise, dass ich mich weiter vorbeugte, um überhaupt etwas zu verstehen. „Mein Name ist Andrea Stertmann."

„Das habe ich mir fast gedacht."

Die Stertmann überhörte meine Bemerkung. „Ich möchte nur sagen, auch wenn es hier und jetzt unangebracht erscheint", sie holte Luft, „dass ich Ihnen sehr dankbar wäre, wenn Sie den Inhalt dieses Briefes für sich behalten würden."

Ich wartete ab. Inzwischen war das Gros der Kirchenbesucher nach draußen geströmt, einige allerdings hatten sich gezielt in den ersten Bänken niedergelassen, wo im Anschluss wohl die Besprechung der Beerdigung stattfinden sollte. Ich versuchte einen Blick auf Ommma zu werfen. Tatsächlich saß sie noch da, wo ich sie abgesetzt hatte, und sie machte keinerlei Anstalten, sich zu erheben. Ich fragte mich, für welche Gruppe sie an der Besprechung teilnehmen wollte.

„Ich habe erst heute von dem Schreiben erfahren", fuhr Andrea Stertmann jetzt mit verhaltener Stimme fort. „Und ich würde mir wünschen, dass nichts davon an die Öffentlichkeit dringt."

„Wovor haben Sie Angst?"

Andrea Stertmann zögerte einen kleinen Augenblick. „Nun, man kann vielleicht verstehen, dass ich kein Interesse daran habe, dass das gesamte Dorf darüber spekuliert, ob an dem Brief etwas dran ist." Sie machte eine Pause. „Ich habe zwei Kinder", erklärte sie dann. „Und ich möchte nicht, dass die mitbekommen, falls da irgendetwas gemunkelt wird."

„Aber wenn nichts dran ist – ", begann ich und verfluchte mich gleichzeitig, dass mir diese Formulierung herausgerutscht war.

„Es ist nichts dran!" Andrea Stertmann schaffte es nur mühsam, ihre Stimme zu beherrschen. „Stephan ist ein Freund, verstehen Sie, ein guter Freund, der mir über so manche Krise hinweggeholfen hat. Ansonsten habe ich zwei Kinder, die harmonisch und glücklich aufwachsen, was selten genug ist. Wenn ich deren Glück gezielt zerstören wollte, dann sollte ich tatsächlich schleunigst eine Affäre beginnen – und zwar am besten mit einem Freund der Familie, der noch dazu katholischer Priester ist." Andrea Stertmann sah mich eindringlich an. „Verstehen Sie nicht? Ich würde nichts tun, was die heile Welt meiner Kinder zerstören würde."

Der Satz wirkte einen Augenblick nach.

„Ich werde schweigen wie ein Grab", sagte ich dann. Andrea Stertmann atmete tief durch. „Es geht weiter", meinte sie dann.

Tatsächlich war jetzt Olbrecht zusammen mit der Gemeindereferentin aus der Sakristei herausgekommen. Andrea Stertmann und ich gingen ein paar Schritte vor und stellten uns hinter die letzte Bank.

Dann fiel mir plötzlich etwas ein. „Kannten Sie Manfred Gierse eigentlich gut?"

Andrea Stertmann sah mich überrascht an. „Wieso fragen Sie?"

„Schließlich sind wir seinetwegen hier."

Die Stertmann sah mich noch einen Augenblick lang schweigend an. „Direkt habe ich wenig mit ihm zu tun gehabt", antwortete sie schließlich. „Stephan hat natürlich hin und wieder etwas erzählt. Gierse war jemand, der hier im Dorf eine große Lobby hatte. Allein schon deshalb war er natürlich sehr wichtig für Stephan. Andererseits war das natürlich auch ein Problem. Wenn ein dominantes Mitglied des Kirchenvorstandes auf einen selbstbewussten Pfarrer trifft, ist das nicht immer ganz einfach."

Ich war überrascht über Andrea Stertmanns Worte. Nach allem, was Olbrecht mir am Vorabend erzählt hatte, waren er und Gierse doch ein Herz und eine Seele gewesen.

Andrea Stertmann schaute jetzt, was als Nächstes passierte. Etwa fünfzehn, zwanzig Leute, Männer wie Frauen, hatten sich in den vorderen Bänken eingefunden. Ich sah mich nach Max um, aber er war nirgends zu sehen.

Olbrecht hatte sich unmittelbar vor der ersten Reihe positioniert und ergriff jetzt das Wort „Vielen Dank, dass Sie sich noch ein wenig Zeit genommen haben, um gemeinsam Manfred Gierses Beerdigung zu besprechen", wandte er sich an die Gruppe von Aktiven.

„Das versteht sich doch von selbst", sagte jemand.

Olbrecht lächelte. „Ja, das versteht sich von selbst", bestätigte er. „Wir haben mit dem Tod von Manfred Gierse einen Verlust zu beklagen, der uns vielleicht noch gar nicht richtig bewusst ist. Wie es aussieht, wird die Leiche morgen endgültig freigegeben. Darüber bin ich sehr froh. Andererseits haben wir dadurch ein großes Problem hinsichtlich des Beerdigungstermins, jetzt da wir uns in der Karwoche befinden."

„Ich wollte nur schon mal sagen, dass wir von der Schützenbruderschaft auf jeden Fall mit zwei Fahnen antreten", sagte ein Mann. Da ich ihn nur von hinten sah, konnte ich lediglich auf seine Halbglatze spähen.

„Vielen Dank, Herr Kleine", sagte der Pfarrer jetzt, „es ist gut zu wissen, was Sie vorhaben, wir sollten jedoch zunächst klären –"

„Bei uns ist das noch nicht so klar", warf jetzt eine Frau ein. „Sollen wir vom Frauenchor auch? Ich meine, Manfred war ja nicht Mitglied bei uns, kann er ja auch gar nicht, er war ja ein Mann, aber immerhin war er im Kirchenvorstand. Ich meine jetzt wegen des Banners."

„Der Beschluss lautet: Nur bei eingetragenen Mitgliedern tragen wir Banner", schoss eine andere dazwischen. Wenn ich mich nicht irrte, war das Ursel Sauer, eine Bekannte meiner Schwiegermutter.

Die erste Sprecherin drehte sich zu ihrer Kollegin um. „Aber er war im Kirchenvorstand", fletzte sie los, „und er hatte für unsere Anliegen immer ein offenes Ohr."

Allgemeines Gemurmel.

„Dieses ganze Fahnengedöns ist mir völlig fremd", flüsterte die Stertmann neben mir. „Genauso wie dieses ständige Hinknien und Aufstehen während des Gebets – katholisches Ballett hat mein Vater das immer genannt."

„Sie sind evangelisch?", schlussfolgerte ich.

„Allerdings, aber mein Mann ist katholisch. Deshalb komme ich vom Katholizismus so richtig nicht los. Als wir geheiratet haben, musste mein Mann unterschreiben, die Kinder im katholischen Glauben erziehen zu wollen. Ist doch schön, dass die katholische Kirche so genau weiß, wer im Recht ist, nicht wahr?"

Vorne wurde immer noch eifrig diskutiert. „Bei allem Respekt", ging endlich der Pfarrer dazwischen, „sollten wir uns doch zunächst den grundlegenden Fragen zuwenden. Wenn wir uns jetzt über die Flaggenfrage zerstreiten, kommen wir nie –"

„Banner!", trompetete die Dame vom Frauenchor. „Nicht Flagge – Banner!"

„Ich liebe es!", sagte plötzliche eine Stimme hinter uns.

Ich fuhr herum. Da musste sich geradezu jemand herangepirscht haben. Ein Mann im langen schwarzen Mantel. Er hatte einen Haarschnitt, der mich an die Popperfrisuren der 80er Jahre erinnerte.

„Schön, dass du auch schon kommst", sagte Andrea Stertmann pampig, „die Andacht ist erst seit einer Viertelstunde vorbei."

„Ich wurde noch aufgehalten", erklärte der Typ. „Ein Telefonat, das sich nicht aufschieben ließ."

„Das ist mein Mann", wurde er jetzt von Andrea Stertmann vorgestellt.

„Holger Stertmann", ergänzte er und gab mir die Hand.

„Vincent Jakobs."

„Stephans neuer Nachbar", fügte die Stertmann hinzu.

Ach ja, das hatte ich vergessen.

„Was machen die da?" Stertmann betrachtete das Geschehen vorn in der Kirche mit einem ironischen Grinsen.

„Sie besprechen die Beerdigung", erklärte seine Frau immer noch grummelnd.

„Ich erinnere mich noch, wie das war, als wir damals Posts Cherard zu Grabe getragen haben", hörte man jetzt vorn eine dunkle Männerstimme sagen. Ein grauhaariger, korpulenter Dörfler, der in bestem Sauerländisch nicht *Gerhard* sagte, sondern *Cherard*. „Da hatten wir keineswegs Fahnenabordnungen aus allen Verbänden, obwohl Cherard im Kirchenvorstand war."

„Gerhard war gar nicht im Kirchenvorstand!", schoss jemand dazwischen.

„War er schon", nun eine dritte Stimme, „aber viel früher. Als wir ihn zu Grabe getragen haben, war seine Vorstandszeit schon zehn Jahre vorüber."

Wieder Gemurmel.

„Viel wichtiger ist doch, sich vor Augen zu halten, was der Verstorbene sich gewünscht hätte", sagte jetzt eine Frau, die extra aufgestanden war. Sie war ziemlich korpulent und trug eine blaue Jacke mit einer bunten Applikation auf dem Rücken. „Ich denke, wir sollten uns zunächst mal auf Manfred Gierses Persönlichkeit einlassen und darauf, was *ihm* wichtig gewesen wäre."

„Das ist sicher richtig", stimmte Olbrecht zu. „Vielleicht ist es sinnvoller, wenn ich die wichtigsten Dinge zunächst einmal mit seiner Familie bespreche."

„Endlich merkt er's", kommentierte Andrea Stertmann neben mir leise. „Der tut sich doch etwas an, eine Beerdigung mit der gesamten Horde zu diskutieren."

„So hab ich's nicht gemeint", wandte sich jetzt die Frau mit der Applikation an den Pastor. „Ich halte es schon für sehr wichtig, dass wir als Gemeinde an den grundlegenden Entscheidungen beteiligt sind."

„Der Pfarrgemeinderat hat gesprochen", wisperte Andrea Stertmann.

„Wer ist das?", flüsterte ich zurück.

„Beate Rossmann", antwortete sie hinter vorgehaltener Hand. „Ein bisschen quatschig, aber ganz in Ordnung. Und der daneben ist ihr Mann." Ein großgewachsener Mann saß neben Frau Rossmann, was ein schönes Bild abgab. Sie in satter Birnenform, er eher ein Spargel. „Bernd Rossmann-Möller", erklärte die Stertmann weiter. „Seine Frau ist nicht nur im Pfarrgemeinderat aktiv, sondern auch in der Kommunionvorbereitung. Die beiden haben vier Kinder."

„Wie heißen sie noch?", gluckste Holger Stertmann von hinten, „Lukas, Matthäus, Johannes –"

„Und Markus?“, komplettierte ich.

„Nein, das jüngste ist ein Mädchen“, verbesserte Andrea Stertmann, „ich glaube, es heißt Nicole.“

„Machen wir es doch so“, startete Olbrecht jetzt vorne einen verzweifelten Versuch, „ich setze mich zunächst mit Familie Gierse zusammen, und anschließend besprechen wir uns dann im Pfarrgemeinderat.“

Die Applikationenfrau nickte.

„Und was ist mit unserem Banner?“, kam es plötzlich aus der Frauenchorecke.

„Diese Frage ist vielleicht am besten direkt mit dem Pfarrgemeinderat zu klären“, sagte Olbrecht. Ganz klar, er wollte hier weg, egal, um welchen Preis.

„Manchmal tut er sogar mir leid“, sagte Stertmann von hinten.

„Der Pfarrer?“ Ich drehte mich zu dem Architekten um.

„Mein Mann meint das nicht ernst“, fuhr Andrea Stertmann dazwischen. „Im Grunde ist er immer nur am Schrotzen. Und das, obwohl Stephan zu seinen ältesten Freunden gehört!“

„Ich schrotze nicht!“ Holger Stertmann grinste ironisch. „Ich finde, für Besprechungen dieser Art müsste Stephan eine Zulage bekommen. Andererseits hat er ja einen entsprechenden Ausgleich.“ Er lächelte seine Frau spöttisch an. „Gemütliche Nachmittage am Kaffeetisch der Frauen vom Familiengottesdienstkreis. Betuddelung durch die Damen der Caritas-Konferenz. Oder ein geselliger Karnevalsabend mit den Aktivistinnen der kfd.“ Stertmann fasste seine Frau von hinten an den Schultern. „Nach meiner Theorie werden Männer nur aus einem Grund Priester. Sie wollen nicht eine Frau. Sie wollen viele.“

Andrea Stertmann verdrehte die Augen.

„Sieh ihn dir an“, legte der Architekt nach. Wir schauten alle nach vorn, wo Olbrecht jetzt in ein Gespräch mit der Gemeindereferentin, Frau Rossmann und zwei weiteren Damen vertieft war. „Frustrierte Ehefrauen und alternde Jungfern – alle liegen unserem Frauenversteher zu Füßen. Gerade die Unerreichbarkeit katholischer Priester soll ja ungemein anziehend wirken."

„Du spinnst!" Andrea Stertmann schob die Hände ihres Mannes von ihren Schultern. „Oder du bist neidisch."

Holger Stertmann legte den Kopf schief und schaute seine Frau vielsagend an. „Ein kleines bisschen vielleicht. Ein ganz kleines bisschen."

## 24

Die Stertmanns standen noch draußen, als ich mit Ommma vorbeizog. Sie sprachen mit jemandem, der mir wegen seiner wunderbaren Lockenpracht auffiel. Braune Locken, die ihm lässig ins Gesicht fielen. Ich war froh, dass Alexa nicht hier war, um sich in den Kerl zu verlieben.

„Sollen wir noch mit zu Stephan rübergehen?", hörte ich Andrea Stermann fragen. Offenbar richtete sich die Frage an ihren Mann, jedenfalls antwortete der.

„Heute lieber nicht", hörte ich ihn sagen. „Ich bin schlagkaputt. Außerdem sollten wir die Kinder nicht so lange alleine lassen."

„Aber Ludger ist nicht jeden Tag da", warf seine Frau ein. „Ein halbes Stündchen?"

„Ohne mich", Stertmann blieb bei seiner Meinung. „Von mir aus kannst du gerne mitgehen. Aber auf mich kannst du heute wirklich nicht zählen."

Weiter konnte ich die Diskussion nicht verfolgen. Zwar ließ sich Ommma nur im Schneckentempo weiterführen, aber irgendwann waren sogar wir an der Dreiergruppe vorbei. Die verbliebenen Gemeindemitglieder verstreuten sich, einige stiegen in ihr Auto, andere machten sich zu Fuß auf den Weg nach Hause. Als ich einen Blick nach rechts warf, entdeckte ich plötzlich Max. Er stand etwas abseits, offensichtlich war er in ein Gespräch vertieft. Ich renkte mir den Hals aus, um zu sehen, mit wem er sprach. Beinahe hätte ich dabei Ommma aus den

Latschen gekippt. Endlich machte Max eine Drehung, die den Blick auf sein Gegenüber freigab. Er sprach mit Ines Gierse, Verwechslung ausgeschlossen. Max drehte sich jetzt ganz um. Einen Moment schien er unsicher, ob ich es war, der ihn anblickte, dann hatte er mich erkannt und hob die Hand. Ich winkte zurück.

„Ich komm gleich noch mal vorbei!", hörte ich ihn rufen.

„In Ordnung", rief ich zurück und begrub wieder einmal den guten Vorsatz, mich meinen Deutschklausuren zu widmen.

Sollte noch mal einer sagen, das Leben wäre langweilig draußen auf dem Land.

## 25

„Sie hat den Schlüssel gefunden", sagte Max, während wir das Haus verließen. Wir hatten zunächst gemütlich gegessen und starteten jetzt zu vorgerückter Stunde einen Hundespaziergang. Walter hatte schließlich auch seine Rechte.

„Wer?", wollte ich wissen.

„Na, Ines Gierse." Max hielt plötzlich inne. „Moment mal!" Er zeigte auf ein Motorrad, das vorm Pfarrhaus geparkt war. Eine Yamaha SR 500, ein ziemlich kultiges Ein-Zylinder-Modell mit Kickstarter, das ein Düsseldorfer Kennzeichen trug. „Wem gehört die?"

„Dem Bischof wohl nicht", entgegnete ich flapsig, „der hätte PB!"

„Seltsam", Max konnte sich immer noch nicht von dem Zweirad losreißen. „In der Mordnacht hat man ein Motorrad mit ungültigem Kennzeichen geblitzt. Muss ja nichts heißen, aber ich schau die Nummer mal nach." Max zog einen Kuli aus seiner Lederjacke und notierte sich das Kennzeichen auf einem fransigen Zettel.

„Lass uns hier langgehen", schlug ich vor, als er das Papier weggesteckt hatte.

„Über den Friedhof?" Max rümpfte die Nase.

„Das ist eine schöne Runde, nachher den Hangweg lang und über die Mühlstraße zurück."

„Sagt mir alles nichts, aber ich folge dir blind."

Wir bogen auf den Friedhof ein, der nur spärlich beleuchtet war. Ich mochte diesen Ort. Zum einen schätzte ich es, wenn ein Friedhof noch mitten im Ort lag und nicht in ein Gewerbegebiet samt Müllverbrennungsanlage ausgelagert worden war. Zum anderen mochte ich hier in Renkhausen die überschaubare Größe sowie die alten Bäume und verwunschenen Hecken, die entweder wild gewachsen oder von einem notorisch betrunkenen Landschaftsgärtner geplant worden waren.

„Dieses schaurige Ambiente müsste ich aber auch nicht jeden Tag haben", sagte Max neben mir. Wir passierten gerade die Kriegsgräberstätte, die mit einem bemoosten Gedenkstein verziert war. Bei einem Spaziergang hatte ich einmal die Aufschrift entziffert: *Den gefallenen Helden des ersten Weltkriegs*.

Der Kies, der auf den Friedhofswegen ausgelegt war, knarzte unter unseren Schuhen, als wir weitergingen. In der Ferne hörte man außerdem ein Käuzchen rufen.

„Moment!" Max blieb abrupt stehen. „Da war doch etwas!" Jetzt ging er ein paar Schritte vor. Ich blickte auf Walter. Tatsächlich standen ihm die Nackenhaare zu Berge. Er hatte sein Gewicht nach vorne verlagert und stand in angespannter Haltung da. Ich hatte den Eindruck, der Angeber wollte Max imponieren.

Plötzlich hörte ich es auch. Ein Rascheln.

„Hallo?" Vorsichtig ging Max ein paar Schritte weiter vom Weg ab. „Ist da jemand?"

Wieder ein Rascheln. Dann Schritte, eindeutig menschliche Schritte.

„Halt, bleiben Sie stehen!" Max lief ein paar Meter. Ich folgte mit etwas Abstand.

„Ist es denn verboten, sich draußen aufzuhalten?", wagte ich einen zarten Einwand an meinen Freund.

„Hier ist vor zwei Tagen um etwa diese Zeit ein Mord verübt worden", machte sich Max die Mühe, meine Frage zu beantworten. „Da finde ich es schon komisch, wenn heute Nacht jemand durch die Büsche schleicht und uns heimlich beobachtet."

Der Jemand musste sich durch die Buchenhecke gezwängt haben, die den Friedhof begrenzte. Hinter der Hecke führte eine steile Böschung hinunter zum Kirchplatz. Die Böschung war dunkel, lediglich der Kirchplatz war spärlich beleuchtet. Max und ich spähten beide hinunter. Nur der Bruchteil einer Sekunde war es. In diesem kurzen Moment war eine Gestalt mit einer katzenartigen Bewegung in die Kirche gehuscht. Max hatte es auch gesehen. Er startete durch.

## 26

In der Kirche war es unglaublich still. So still, dass man das Gefühl hatte, die Stille mit Händen greifen zu können. Außerdem war es stockfinster. Das Licht, das von der Kirchplatzlaterne durch die Fenster drang, war so spärlich, dass es das undurchdringliche Schwarz nur an einigen Stellen durch ein etwas matteres Grau zu ersetzen vermochte.

„Warum ist die Kirche überhaupt auf?", flüsterte Max.

„Weil sie jemand aufgeschlossen hat", antwortete ich.

Max zögerte einen Moment. „Ich glaube, es ist nicht sonderlich geschickt, hier im Dunkeln herumzutapern und zu warten, dass uns jemand etwas über die Rübe haut."

„Da kann ich nur zustimmen", bestätigte ich. Auch wenn ich eine Ahnung hatte, wer sich hier herumtrieb, war ich auf eine Begegnung nicht unbedingt aus. Sollte doch der Pastor dazukommen und die Sache ein für allemal klären. Ich drehte schon ab, als plötzlich ein Knarren zu vernehmen war. Dann bellte Walter plötzlich. Sein Bellen hallte in der Kirche fürchterlich nach.

„Was war das?", flüsterte Max.

„Der Hund ", wisperte ich zurück.

Max überhörte meine gehaltvolle Antwort. „Was ist an der linken Wand?"

Ich dachte scharf nach. Schließlich hatte ich inzwischen mehrfach Zeit in diesen Hallen verbracht.

„Der Kreuzweg."

„Sonst nichts?"

Noch einmal versuchte ich mir das Bild der Kirche ins Gedächtnis zu rufen, der Kirche, wenn sie nicht gerade in undurchdringliches Schwarz-Grau getaucht war. „Der Beichtstuhl!", fiel es mir plötzlich ein. „Ich glaube, da ist der Beichtstuhl."

„Der Beichtstuhl", wiederholte Max. Offensichtlich bewog ihn diese Aussage, sich weiterzubewegen. Leider in die falsche Richtung. Wir wollten doch nach draußen.

„Bleib du am besten hier und versperr den Ausgang!", flüsterte Max mir zu. Dann machte er ein paar Schritte vor. Ich hörte ihn erst wieder, als er laut aufjaulte, weil er gegen eine Kirchenbank gerannt war.

„Bleib du am besten hier und versperr den Ausgang!", sagte ich zu Walter, band seine Leine an der Türklinke fest und folgte Max vorsichtig nach.

Leider war mein Kumpel nirgends zu sehen. Aber da auch sonst nichts zu sehen war, irritierte mich das nicht. Langsam bewegte ich mich an der letzten Kirchenbank entlang bis zum äußersten Ende und hangelte mich dann von einer Bank zur nächsten nach vorn. Nach vier Bänken spürte ich plötzlich etwas Warmes und hätte beinahe vor Schreck aufgeschrien. Noch jemand hatte sich erschreckt. Max.

„Was machst du denn da?", raunzte er mich an.

„Ich suche dich!", raunzte ich zurück.

„Ich glaube, da ist jemand im Beichtstuhl", flüsterte Max. „Und der befindet sich zwei Meter vor uns, wenn mein Auge mich nicht täuscht."

„Siehst du etwa was?", fragte ich überrascht.

„Mir war eben so. Drei schrankartige Türen da an der Wand. Kann das sein?"

„Ja, in der Mitte sitzt der Priester, links und rechts knien im Wechsel die Sünder."

„Ich kenne den Ritus."

„Ich denke, du bist evangelisch."

„Allerdings im katholischen Teil des Sauerlandes groß geworden." Max schwieg. „Aber was machen wir jetzt?" fragte er dann. „Ich habe meine Waffe nicht mit."

„Die brauchst du auch nicht", beruhigte ich ihn. „Da drinnen sitzt eine Person, die deutlich mehr Angst hat als wir. Ich mache jetzt die Tür auf, und wir lassen sie heraus."

Ich tastete mich vor, bis ich eine der Türen zu fassen bekam. Ich öffnete die erste. Zwar war es hier noch dunkler als im Kirchenraum, falls das überhaupt möglich war, doch spürte ich, dass sich hier niemand befand. Dann tastete ich mich weiter nach rechts zur nächsten Tür und öffnete sie. Trotz der Dunkelheit konnte ich eines erahnen. Die Gestalt vor mir hatte hellblaue Stiefelchen an.

◇

*Fragen. Fragen. Fragen. Immer Fragen. Wissen gar nichts. Wissen nichts. Warum ich da herumstromere. Warum in der Nacht. Ob ich das jeden Abend tue. Und auch in der Nacht, als Manfred Gierse umgebracht wurde. Wissen nichts. Fragen nur. Fragen. Aber ich sage nichts. Nichts. Die stürzen sich sonst auf ihn, auf Stephan. Die verstehen doch nichts. Die ahnen doch nicht, was zwischen uns ist. Dass solche Liebe Opfer fordert. Verstehen die doch nicht. Auch nicht der, den ich neulich mit Stephan gesehen habe. Der mit dem Hund. Fragt nur, warum gerade der Pastor. Und ob ich einen Brief geschrieben hätte. Einen Brief. Versteht nichts. Fragt, wie mein Verhältnis zu Manfred Gierse gewesen sei. Ob ich gekränkt sei, weil er mich damals zurechtgestutzt habe. Gierse ist unwichtig, habe ich immer wieder gesagt, Gierse ist tot. Die anderen sind wichtig, die leben noch. Und die machen's uns schwer.*

*Ich sag nichts. Nichts von dem, was ich gesehen habe. Stephan kann sich voll und ganz auf mich verlassen. Es bleibt unser Geheimnis. Das uns auf ewig verbindet.*

# 27

Max hatte so schlecht geschlafen wie schon lange nicht mehr – und das nicht nur, weil er die Nacht in Alexas Jugendbett verbracht hatte. Der gestrige Abend hatte ihm zugesetzt. Die unheimliche Begegnung mit dieser Isolde Buschhaus. Ihre hintergründigen Bemerkungen und überhaupt: die ganze Situation! Wie sie da im Beichtstuhl gesessen und vor sich hin geplappert hatte. Nur auf die Frage, woher sie einen Kirchenschlüssel habe, hatte sie vernünftig geantwortet. Gefunden! Wenn sie die Wahrheit sagte und der Stararchitekt auch, handelte es sich vermutlich um den Schlüssel von Köster. Fragte sich nur, wofür die Buschhaus ihn benutzt hatte. War sie auch in der Mordnacht in der Kirche umhergegeistert und dabei von Gierse überrascht worden? Oder hatte sie es gezielt auf ihn abgesehen, weil der Kirchenvorstand sie gemaßregelt hatte? Max hatte lange überlegt, wie er vorgehen sollte. Isolde Buschhaus festnehmen? Marlene benachrichtigen? Aber gerade dazu hatte er nach ihrem Auftreten in der Dienstbesprechung nun wirklich keine Lust gehabt. Am Ende hatte er die Buschhaus gehen lassen, mit der Ankündigung, sie sehr bald wieder zu besuchen. Eine Bauchentscheidung, ganz klar. Er hielt Isolde Buschhaus für eine leicht verwirrte, aber harmlose Person, wie es sie wahrscheinlich in jedem Dorf gab. Hatte er nicht in einem früheren Fall schon diese Erfahrung gemacht? Es gab nicht wenige Parallelen zwischen dieser Buschhaus und einer überspannten Tierschützerin, mit der er während einer anderen Mordermittlung zu tun gehabt hatte. Trotzdem konnte Max natürlich nicht sicher sein, ob er sich in dieser Sache richtig verhalten hatte. Die ganze Nacht über hatte er nachgegrübelt, was wäre, wenn er Isolde Buschhaus falsch eingeschätzt hätte. Wenn genau in diesem Augenblick etwas passierte, was er hätte verhindern können! Erst in den frühen Morgenstunden war er eingenickt, bis er um Punkt sieben plötzlich aus dem Bett gefallen war. Es hatte einige Sekunden gedauert, bis er gemerkt hatte, dass es nur die Kirchenglocken waren, die der Welt verkünden wollten, dass jetzt Schluss mit lustig war.

Max strich sich über seine Bartstoppeln und sah sich aufmerksam um. Wo blieb Marlene? Es war bereits fünf nach halb acht und sie war noch immer nicht da. Dabei war ihre SMS eindeutig gewesen. Sie wolle ihn dabeihaben, wenn sie ein zweites Mal zu den Gierses ging. Um halb acht vor deren Haus. Ein Überraschungsbesuch.

Max stieg aus dem Auto und ging ein paar Schritte auf und ab, um wacher zu werden. Es gab noch einen Grund, warum er nicht hatte schlafen können. Und das war die Sache mit Vinc.

„Die ist ja völlig besessen von diesem Mann", hatte Vincent gesagt, nachdem sie Isolde Buschhaus nach Hause gebracht hatten. „Die denkt echt, sie könnte bei Olbrecht landen. Wie alt ist die Frau denn überhaupt?"

„Spielt das eine Rolle?", hatte Max möglichst unbeteiligt gefragt.

„Finde ich schon! Mal abgesehen, dass es in der Regel nicht besonders aussichtsreich ist, sich in einen katholischen Priester zu verlieben, hat Madame Buschhaus überhaupt nicht im Blick, dass der von ihr Angebetete mal locker zehn oder fünfzehn Jahre jünger ist als sie."

„Ich frage noch mal: Spielt das eine Rolle?"

„Ist das dein Ernst?"

„Vincent, ich frage dich mit voller Absicht: Hältst du es für ein Problem, wenn ein Mann mit einer zehn Jahre älteren Frau zusammen ist? Ich meine, es gibt zig Paare, bei denen der Mann deutlich älter ist. Ich könnte dir auf Anhieb einige nennen. Und deswegen frage ich mich, warum es umgekehrt ein größeres Problem sein sollte. Kannst du mir einen vernünftigen Grund dafür nennen?"

Vincent hatte ungeduldig die Augen verdreht. „Max, du hast Isolde Buschhaus selber gesehen. Sie lebt in einer Scheinwelt. Sie ist gar nicht – "

„Es geht mir nicht um Isolde Buschhaus. Es geht mir um die Sache als solche."

An dieser Stelle hatte Vincent ihm direkt in die Augen geblickt.

„Willst du mir etwas sagen, Max?“, hatte er schließlich gefragt.

Max hatte einen Augenblick gezögert. „Nein“, hatte er schließlich gesagt. „Ein andermal vielleicht.“

Dann war er wortlos zu Bett gegangen.

Max blickte erneut die Straße hinunter. Wo sie jetzt blieb? Fast erstaunt stellte er fest, dass sein Ärger aus der Dienstbesprechung verraucht war. Es passierte so viel. Sie hatten keine Zeit, sich zu fetzen. Ein weiteres Mal sah er auf seine Uhr. Schließlich hörte er ein Auto kommen. Marlenes roter Wagen. Sie hatte ein ziemliches Tempo drauf. Als sie ausstieg, wirkte sie aufgeregt. Energievoll aufgeregt. Also gab es etwas Neues.

„Guten Morgen“, rief Marlene ihm bereits zu, als sie noch das Auto abschloss.

„Guten Morgen“, antwortete Max, „können wir vorher kurz ein paar Worte wechseln?“

Marlene sah Max mit ernster Miene an. „Das geht nicht, Max. Wir können nicht andauernd –“

„Es geht um den Fall!“

„Oh, tut mir leid“, Marlene strich sich durchs Haar. „Was gibt’s?“

In kurzen Sätzen berichtete Max von seinem Erlebnis mit Isolde Buschhaus am Abend zuvor. Marlene hörte nachdenklich zu. Sie wirkte nicht gerade euphorisch.

„Tausend Möglichkeiten“, murmelte sie dann.

„Wie meinst du das?“

„Ich habe Neuigkeiten aus einer ganz anderen Ecke. Wir haben Gierses Telefonanschluss überprüft. Am Tag seiner Ermordung ist um sechzehn Uhr dreiundzwanzig telefoniert worden. Und jetzt rate mal, mit wem?“

„Keine Ahnung, nun sag schon.“

„Mit Ignaz Köster, dem übergangenen Architekten.“

Max war ehrlich überrascht.

„Im übrigen habe ich jetzt einen Durchsuchungsbeschluss.“ Marlene klopfte auf ihre Tasche. „Das heißt, wir können endlich den Schlüssel suchen. Alles klar dann?“

„Moment! Der Schlüssel ist da! Gestern Abend hat mich Ines Gierse angesprochen, du weißt schon, die jüngere Tochter. Sie hat ihn bei ihrem Vater im Schreibtisch gefunden."

Marlene runzelte die Stirn. Max wusste, dass es jetzt in ihrem Gehirn ratterte.

„Dann könnte natürlich jemand aus der Familie – ", Marlene drehte sich abrupt um „Komm, Max, wir gehen jetzt rein."

## 28

Wie verkatert fühlte ich mich. Alles falsch gemacht. Anders konnte man mein Verhalten Max gegenüber wohl nicht zusammenfassen. Leider hatte ich auch heute Morgen nicht die richtigen Worte gefunden. Aber Max hatte es auch verdammt eilig gehabt. Quasi ohne Frühstück war er aus dem Haus gerannt. Er habe einen Termin, hatte er gesagt. Ich allerdings vermutete, dass er einem weiteren Gespräch aus dem Weg gehen wollte. Was ich ihm nicht wirklich verübeln konnte. Lustlos kaute ich weiter an meinem Frühstücksbrot herum.

Ich hatte ihm noch nicht einmal die Sache mit der Blutspende erzählt. Allerdings war es ja auch gar keine richtige Geschichte. Es waren ein paar Andeutungen. Bei denen meine Schwiegermutter nicht einmal genau sagen konnte, ob sie sie richtig verstanden hatte. Dennoch: *Wenn* etwas dran war – wenn Manfred Gierse tatsächlich nicht der Vater seiner Kinder war, wer hatte dann ein Interesse gehabt, ihn deswegen umzubringen? Ganz unvermittelt kam mir eine ganz andere Situation in den Sinn. Andrea Stertmann. Nach dem Totengebet. *Ich würde nichts tun, was die heile Welt meiner Kinder zerstören würde.* Hatte auch Frau Gierse versucht, die heile Welt zu bewahren, indem sie die Information über die nichteheliche Vaterschaft unter dem Deckel gehalten hatte? Und hatte es unter diesem Deckel jetzt auf einmal zu brodeln begonnen? Die Worte des Bestatters gingen mir plötzlich durch den Kopf.

Waren Gewissensbisse der Grund, warum Frau Gierse für eine Erste-Klasse-Beerdigung sorgte?

Beim nächsten Schluck Kaffee fasste ich einen Entschluss. Und nach dem übernächsten Schluck griff ich zum Telefonbuch. Wortmanns Günter, hatte Alexas Mutter gesagt. Das war doch etwas, worauf man aufbauen konnte. Der Name war schnell gefunden. Es gab zwar viele Wortmanns, aber nur einen Günter.

Schnell wählte ich die Nummer, bevor Ommma hinzukommen und das Geschehen kommentieren konnte. Ich ließ es mehrfach klingeln, aber es nahm keiner ab. Prompt wählte ich noch einmal. Eine Angewohnheit, die ich von meiner Mutter übernommen habe. Konnte ja sein, dass man sich verwählt hatte. Auch, wenn die Wahrscheinlichkeit eins zu hundertfünfzigtausend stand. In der Regel war am anderen Ende einfach niemand da!

„Wortmann?" Die Stimme erschreckte mich so, dass ich beinahe aufgelegt hätte. Es war eine heisere Stimme, von der ich nicht genau sagen konnte, ob sie zu einem männlichen oder einem weiblichen Teilnehmer gehörte.

„Äh, Jakobs", stotterte ich. „Vincent Jakobs. Ich bin der Schwiegersohn von Hans und Elisabeth Schnittler, und ich wohne derzeit in Renkhausen. Es ist vielleicht etwas ungewöhnlich, dass ich anrufe, aber ich hätte gerne mit Manuela Wortmann gesprochen."

Schweigen. Bestimmt drei Sekunden lang.

„Bin ich da richtig? Handelt es sich vielleicht um Ihre Tochter?" Ich fand die Fragestellung genial, konnte ich doch damit niemanden vor den Kopf stoßen – egal, ob ich es mit Herrn oder Frau Wortmann zu tun hatte.

Dann plötzlich die heisere, sehr tiefe Stimme: „Manuela Wortmann bin ich selbst."

Treffer versenkt. Ich schloss die Augen und überlegte krampfhaft, wie ich dem Gespräch eine glücklichere Wendung geben konnte.

„Na, wunderbar." Falsche Reaktion. Beknackte Reaktion. Einfach nur peinlich. Ich versuchte es weiter. „Frau Wortmann, wie ich schon sagte, es wird Ihnen ungewöhnlich erscheinen, dass ich mich an Sie wende, aber in einem Gespräch, das ich gestern mit meiner Schwiegermutter führte, fiel Ihr Name."

Wieder nichts am anderen Ende der Leitung. Aber was sollte man auch sagen? Mir wäre auch nichts eingefallen.

„Sie rufen wegen Manfred Gierse an, woll?"

Diesmal war ich es, der schwieg. Die Frage war so unvermittelt gekommen, dass ich sprachlos war.

„Die Geschichte geht mir auch schon die ganze Zeit durch den Kopf." Die Stimme war jetzt etwas weniger heiser. Mir kam in den Sinn, dass ich Manuela Wortmann unter Umständen gerade aus dem Bett geworfen hatte.

„Das ist interessant", antwortete ich. „Dann war der Eindruck meiner Schwiegermutter, dass da etwas – " ich suchte nach Worten – „dass da etwas Ungewöhnliches passiert war, nicht verkehrt."

„Ich habe schon ernsthaft erwogen, Ihre Schwiegermutter anzurufen, weil ich wusste, dass sie die Sache mitbekommen hat", sagte Manuela Wortmann offenherzig, „aber ich habe gehört, dass sie im Urlaub ist."

„Das stimmt", bestätigte ich. „Ich habe lediglich am Telefon mit ihr gesprochen."

„Das Problem ist", wand sich meine Gesprächspartnerin, „ich darf über all das gar nicht sprechen. Es geht ja um persönliche medizinische Daten. Ich hätte nicht einmal diese Bemerkung machen dürfen, damals, als Manfred Gierse bei der Blutspende war."

„Es sollte ja nur ein Scherz sein", beruhigte ich sie, obwohl ich den Scherzwert ihrer Bemerkung bereits unter Null eingeordnet hatte. „Sie konnten ja nicht ahnen, was für ein Fass Sie damit aufmachen würden."

„Das kann man wohl sagen."

„Die Frage ist, ob man diese Geschichte nicht an die Polizei weitergeben muss", machte ich einen Vorstoß.

„Aber wahrscheinlich ist doch gar nichts dran. Ich meine", Manuela Wortmanns Stimme klang ein wenig verzweifelt. „Um ehrlich zu sein, ich habe in der Sache schon selbst recherchiert."

Ich schwieg und wartete ab, was sie noch preisgab.

„Es war ja so, dass Manfred Gierse von seinem Rhesusfaktor her negativ war und seine Frau eben auch. Dieses Merkmal vererbt sich rezessiv. Folglich müssen die Kinder der Gierses ebenfalls beide rhesusnegativ sein." Ich schwieg und hoffte, dass Manuela nicht merkte, dass sie just in diesem Moment medizinisch sensible Daten an einen Fremden ausplauderte. „Darauf bezog sich mein Witz."

„Den Manfred Gierse aber überhaupt nicht witzig fand", ergänzte ich. „Er muss also gewusst oder es zumindest für möglich gehalten haben, dass eine seiner Töchter einen anderen Rhesusfaktor hat. Dass ihm folglich ein Kuckucksei ins Nest gelegt wurde."

„Aber ich habe nachgeguckt", sagte Manuela Wortmann eindringlich. „Annabell ist in unserer Kartei. Als sie noch in Renkhausen wohnte, ist sie auch einmal zur Blutspende gegangen. Daher haben wir sie erfasst."

„Und?"

Manuela zögerte. „Ich darf das alles gar nicht sagen", sagte sie plötzlich. Sie schwieg noch einen Moment, bevor sie sagte: „Sie ist rhesusnegativ."

„Und Ines?", erkundigte ich mich.

„Sie ist nicht in der Datei."

„Es gibt also zwei Möglichkeiten", fasste ich zusammen. „Entweder es geht um Ines, die jüngere Tochter. Oder aber keine der Töchter hat einen anderen Rhesusfaktor, sie sind beide leibliche Kinder von Manfred Gierse, aber Gierse war am Tag der Blutspende schlichtweg verunsichert. In diesem Fall hat sich das Ganze wahrscheinlich schon nach kurzer Zeit geklärt."

„Genau", trompetete Manuela Wortmann los. „Deshalb weiß ich auch gar nicht, warum ich zur Polizei gehen soll."

„Wegen Möglichkeit eins."

Manuela schwieg.

„Ich gebe Ihnen jetzt eine Telefonnummer", sagte ich, „von meinem Freund Max Schneidt, einem Polizeikommissar, der in der Soko Gierse mitarbeitet. Sie können sich auf ihn verlassen. Er ist ein feinfühliger und sehr diskreter Mensch."

„In Ordnung", sagte Manuela. Sie klang auf einmal wieder heiser.

Ich diktierte der jungen Frau die Handynummer von Max.

„Ich rufe jetzt sofort an", sagte sie zum Abschluss. „Ich hatte zwar Nachtschicht, aber jetzt bin ich eh wach."

Damit war die Sache dann auch geklärt.

## 29

Die Szene war skurril und ergreifend zugleich. Die Familie hatte eine Art Altar aufgebaut. Über den Sekretär, der an der Wand stand, war eine weiße Decke gebreitet. Darauf stand die Kerze, die am Tag zuvor noch auf dem Wohnzimmertisch geflackert hatte, außerdem zwei Fotos von Manfred Gierse, ein paar Blumen und ein Kreuz.

„Annabell ist nicht da", sagte Ines. Sie sah sehr unglücklich aus. Wahrscheinlich aus Furcht, dass jetzt die Sache mit dem Schlüssel auf den Tisch kam. „Nur Mama und ich."

„Das macht überhaupt nichts." Marlenes Stimme sprach Bände. Nicht nur für Max, der sie inzwischen gut kannte, signalisierte sie, dass heute jede Rücksichtnahme ein Ende hatte.

„Frau Gierse, wir haben hier den Durchsuchungsbeschluss, den Sie sich so sehnlichst gewünscht haben. Zuvor hätten wir da aber noch ein paar Fragen."

Hildegard Gierses Gesichtsausdruck hatte etwas Trotziges. Mal sehen, wie lange das anhalten würde.

„Wir haben Sie gestern gefragt, welche Telefongespräche Sie am Tag des Mordes geführt haben."

„Am Tag des Unfalls", sagte Frau Gierse. Ihre Stimme klang unsicher.

„Am Tag des Mordes", widersprach Marlene. „Frau Gierse, inzwischen gibt es stichhaltige Anhaltspunkte dafür, dass Ihr Mann gewaltsam zu Tode kam. Es lässt sich nachweisen, dass er auf brutale Art und Weise mit dem Kopf auf die Stufen geschlagen worden ist." Marlenes Stimme war gnadenlos. „Reicht

Ihnen das, um endlich Ihre Abwehrhaltung aufzugeben und mit uns zusammenzuarbeiten?“

Hildegard Gierse starrte Marlene an, als habe reines Entsetzen sie gepackt. Sämtlicher Trotz war aus ihren Zügen gewichen. Dann war ein Schluchzen zu hören. Max fuhr herum. Ines stand da, und ihr Ausdruck war kaum zu beschreiben. Entsetzen. Grauen. Als sei ihr der Teufel ins Gesicht gesprungen. Dann plötzlich regte sie sich und rannte aus dem Zimmer.

„Ines“, rief ihre Mutter und wollte aufstehen.

„Moment!“ Marlene hielt sie ab. „Mein Kollege wird nach Ihrer Tochter sehen. Sie sind mir zunächst noch ein paar Antworten schuldig.“

Obwohl Max sich im Haus nicht auskannte, fiel es ihm nicht schwer, Ines zu finden. Er brauchte einfach nur dem Schluchzen zu folgen. Als er an der Garderobe vorbeiging, fiel sein Blick auf einen weißen Motorradhelm, der auf der Hutablage abgelegt war. Max zögerte einen Augenblick, dann ging er weiter, um Ines zu suchen. Sie war in das Büro ihres Vaters gelaufen. Dort hatte sie sich auf dem abgeschabten Bürostuhl niedergelassen und heulte nun, den Kopf auf den Schreibtisch gelegt, in ihre Arme hinein. Sie bemerkte Max erst, als er unmittelbar neben ihr stand. Gern hätte er ihr über den Kopf gestreichelt, aber er hielt sich zurück.

„Ich kann mir vorstellen, dass das wehtut“, sagte er stattdessen.

„Warum?“ Ines tauchte unvermittelt aus den Tiefen ihrer Arme auf. „Warum tut das jemand? Warum?“

„Wir haben, ehrlich gesagt, noch keine Ahnung, was da passiert ist“, gab Max unumwunden zu. „Umso wichtiger ist es, dass ihr uns helft.“

„Der Schlüssel“, sagte Ines. Sie war völlig verquollen und auch ihre Stimme schwankte noch wie ein Schiff auf unruhiger See. „Er ist hier in der Schreibtischschublade.“ Sie ruckte mit dem Schreibtischstuhl nach hinten und zog an der Schublade unter der Schreibfläche. „Hier liegen mehrere“, sagte sie und schob ein paar Unterlagen zur Seite. „Und dieser hier hat einen Anhänger mit *St. Josef* drauf."

„Moment, fass ihn bitte nicht an!" Max kramte in seinen Jackentaschen und zog ein Tütchen heraus. „Wegen der Fingerabdrücke."

„Ich habe ihn gestern schon angefasst", sagte Ines, „ich habe ihn herausgezogen, den Anhänger angeschaut und dann wieder zurückgelegt."

Max packte den Schlüssel trotzdem in sein Tütchen ein. „Ich habe im Flur einen Helm liegen sehen", sagte er dann. „Fährt bei euch jemand Motorrad?"

Ines sah ihn überrascht an. „Wieso fragen Sie?"

„Es spielt eine Rolle", sagte Max knapp.

„Annabell hat mal einen Motorroller gehabt. Aber Papa war immer dagegen, weil er es für gefährlich hielt. Der Helm liegt schon Ewigkeiten im Flur, ohne dass ihn jemand benutzt. Kann ich jetzt raufgehen?"

„Eine Kleinigkeit noch", Max sah Ines aufmunternd an. „An dem Tag, als das mit deinem Vater passiert ist, da hat deine Mutter am Nachmittag telefoniert, so gegen halb fünf. Kannst du dich daran erinnern?"

„Darüber haben wir doch schon gesprochen. Sie hat mit meiner Tante geredet."

„Woher weißt du, dass deine Tante dran war? Hast du auch mit ihr gesprochen? Oder hast du mitbekommen, als deine Mutter gewählt hat?"

„Nein, aber ich bin zufällig in die Küche gekommen, als Mama telefoniert hat. Und da hab ich dann gefragt, wer dran ist, und Mama hat gemeint, Tante Evelyn sei dran. Das ist ihre Schwester. Da hab ich dann noch schöne Grüße bestellen lassen und bin wieder raus."

„Als du in die Küche gekommen bist, hast du da mitbekommen, worum es im Gespräch gerade ging?"

Ines überlegte einen Augenblick. „Nein", sagte sie dann. „Wahrscheinlich hat gerade Tante Evelyn gesprochen. Ich hab von der Unterhaltung nichts mitgekriegt."

„Also kannst du nicht sicher wissen, ob deine Tante Evelyn am anderen Ende war?“

Ines zögerte. „Wieso sagen Sie das?“

„Weil es so ist.“

Ines blickte verunsichert. „Ich glaube, Sie können meine Mutter überhaupt nicht verstehen. Sie ist total durch den Wind. Papa war ihr ein und alles, und deshalb ist es besonders schlimm, dass sie – wie soll ich sagen – nun, sie hat sich in der letzten Zeit nicht besonders gut mit Papa verstanden. Und deshalb hat sie jetzt ein schlechtes Gewissen.“

„Wie meinst du das? Sie hat sich nicht mit deinem Vater verstanden.“

Ines schlug die Augen nieder. „Nun, es waren Spannungen da. Die beiden haben kaum miteinander gesprochen.“

„Weißt du, warum?“

„Nein, ich habe Mama zwar mehrfach gefragt. Aber sie ist nicht rausgerückt mit der Sprache. Das ist so ihre Art. Mama und Papa haben Konflikte immer für sich ausgetragen und uns davor bewahrt.“

„Hast du denn eine Ahnung, worum es gegangen sein könnte?“

„Ich bin sicher, es hängt mit der Firma zusammen. Papa hatte ziemliche Sorgen wegen des Geschäfts, es läuft ja nicht mehr so. Andererseits hat er mir erst kürzlich erzählt, dass er die Aufträge im neuen Baugebiet in Gerlingsen bekommt. Trotzdem war er in letzter Zeit fürchterlich gereizt.“

Max sah Ines ernst an. Dann hörte er sich plötzlich sagen: „Am Sonntag war nicht deine Tante am Apparat, Ines. Es war Ignaz Köster …“

Noch während er den Namen aussprach, spürte er sein Handy in der Jackentasche summen. Während er es hervorkramte, nahm er Ines’ entgeisterten Blick wahr.

„Hier spricht Manuela Wortmann“, sagte eine heisere Stimme. „Ich habe Ihre Nummer von dem Mann, der im Moment bei den Schnittlers wohnt.“

Max stutzte einen Augenblick. „Von Vincent Jakobs", meinte er dann.

„Ja, so heißt er wohl."

„Ich muss Ihnen etwas erzählen." Max ging mit eiligen Schritten in den Flur. Er war froh, dass er die Geschichte ungestört hörte. Er hätte Ines seine Aufregung nur ungern erklärt.

# 30

„*Ich bin nur Gast auf Erden* ist schön", sagte Ommma, „das haben wir doch auch gestern beim Manfred gesungen."

Wir steckten in der Vorbereitung des Beerdigungsamtes. Diesmal beim Unterpunkt Liedgut.

„Richtig", stimmte ich zu, „aber ich sage dir, dieses Gesangbuch hat noch ganz andere Kracher zu bieten."

Beim Blättern im Gotteslob war ich soeben auf eine Perle gestoßen, deren alltagslyrischer Text mich geradezu hingerissen hatte.

„Nummer 889 aus dem Paderborner Anhang", sagte ich mehr zu mir als zu Ommma.

*„Du großer Hirt und Gottesmann,*
*Liborius, halt für uns an,*
*auf dass nicht Gries und Nierenstein*
*die Strafen unserer Sünden sein!"*

„Ich weiß nicht", Ommma blätterte unwillig weiter. „Von Krankheiten möchte ich auf meiner Beerdigung eigentlich gar nicht viel hören. Und überhaupt – Liborius! Dann schon lieber ein Marienlied. Was allerdings noch besser passen würde, wäre eins über die Heilige Anna. Weil die ja auf meinen Totenzettel soll."

„Die Anna Selbdritt", murmelte ich.

„Bist du damit eigentlich schon weitergekommen?"

„Nicht direkt", entschuldigte ich mich. „Ich wollte eigentlich den Pastor fragen. Aber er ist ja praktisch nie zu erreichen."

„Auch jetzt nicht?“ Ommma war manchmal ziemlich penetrant.

Seufzend stand ich auf und ging zum Telefon hinüber. Es dauerte ein Weilchen, bis ich seine Nummer im Kirchenwirrwarr des Telefonbuches gefunden hatte. Es klingelte zweimal, dann sprang der Anrufbeantworter an. Das Läuten von Glocken war zu hören. Ich wäre beinahe rückwärts aus den Latschen gekippt. Olbrecht hatte die Renkhausener Glocken auf seinem AB aufgenommen. Der Mann war skurriler, als ich gedacht hatte. „Wieder nicht da, der Pastor“, ertönte jetzt eine Stimme. „Aber hinterlassen Sie doch eine Nachricht – dann rufe ich später zurück! Ihr Stephan Olbrecht!“ Ich war so verdutzt, dass ich auflegte.

„Wieder nicht da, der Pastor!“, sagte ich an Ommma gewandt.

Ommma seufzte. „Immer unterwegs! Ich frage mich immer, ob ich ihn erreiche, wenn es mal so weit ist.“

„Wenn was so weit ist?“

Ommma hob zur Erklärung das Gesangbuch hoch. „Na, was wohl, mein Ende! Das geht ja manchmal ganz schnell. Und ich hätte schon gern, dass der Pfarrer Olbrecht mir die letzte Ölung noch gibt.“

„Gibt es da keine Notrufnummer?“ fiel es mir ein. „Bei uns zu Hause ist das so. Man ruft beim Krankenhaus an, und die informieren den Geistlichen, der gerade Dienst hat.“

„Dann kommt womöglich der Brinker!“, entsetzte sich Ommma. „Das ist der zweite Pastor bei uns im Verbund. Wenn der kommt, falle ich schon vorher tot um.“ Ich unterdrückte die Bemerkung, dass die Pastöre sich ihre zu Ölenden ja auch nicht nach Sympathiegrad aussuchen konnten. „Es soll also der Pfarrer Olbrecht sein“, fasste ich stattdessen gütig zusammen.

„Das hat ja seinen Grund“, rechtfertigte Ommma sich. „Der Pfarrer Olbrecht, der weiß immer das Richtige zu sagen. Keiner von denen, die nur salbungsvoll daherreden und im Grunde keine Ahnung vom Leben haben.“

„Ich wusste gar nicht, dass du ihn derartig schätzt.“

„Was ich schätze ist, wenn jemand weiß, wo er steht. Der geht zu den Schützen, zu den Alleinstehenden, zum Mütterkaffee – wo es geht, nimmt er sich Zeit."

Mir fiel ein, was Olbrecht einmal gesagt hatte. Wie sehr ihn die unterschiedlichen Erwartungen an seine Person belasteten.

„Beim Olbrecht habe ich immer das Gefühl, das ist ein Sauerländer Pastor, wie er sein sollte. Bodenständig, zupackend –"

Interessant, Ommmas Wahrnehmung.

„Weißt du aber, was das Beste an ihm ist? Die Messe", Ommma kniff die Augen zusammen, um die Wichtigkeit ihrer Aussage noch zu unterstreichen. „Die Messe dauert bei ihm nie länger als fünfundvierzig Minuten."

Trotz dieser guten Nachricht hatte meine Mitbewohnerin jetzt ihren nachdenklichen Blick aufgelegt. „Aber wie wir ihn rechtzeitig hierher bekommen, das wissen wir immer noch nicht."

„Das klappt schon", beruhigte ich Ommma. „Wenn es da oben jemanden gibt, dann regelt der das."

„Wenn es da oben jemanden gibt", Ommma hielt den Kopf schief, „du bist also nicht ganz sicher …"

„Was ist schon sicher?"

„Wie wahr!" Ommma lächelte mich vielsagend an.

## 31

Ravioli. Schon wieder Ravioli. Seitdem Uschi nicht mehr da war, gab es dreimal in der Woche Ravioli. Kalle rührte gedankenverloren mit seinem Holzlöffel im Topf herum. Er hatte das Gefühl, dass er an einem Endpunkt angekommen war. Dass er sich nur bislang geweigert hatte, diesen Endpunkt tatsächlich zu sehen.

Sein Blick streifte über das dreckige Geschirr, das auf der Spüle aufgehäuft war. Und nicht nur da. Auch in der Wohnung standen überall verschmutzte Teller herum. Der Schrank war leer. Kalle würde gleich einen Teller abwaschen müssen, um überhaupt essen zu können. Oder aber er aß die Ravioli direkt aus dem Topf.

Letzte Woche hatte er sich vorgenommen, mal wieder zum Fußball zu gehen. Einfach hinstellen, wenn Renkhausen spielte, und tun, als sei alles normal. Als gehörte er dazu. Als wären das noch seine Kumpels, die aus dem Sportverein. Früher waren die schließlich sein ein und alles gewesen. Er hatte acht Jahre in der Zweiten gespielt und nachher noch lange bei den Alten Herren. Einfach dazustellen und ein bisschen quatschen, das wäre ein Anfang gewesen. Aber es war nicht gegangen. Einfach zum Sportplatz gehen, nicht mal das hatte er geschafft.

Als es klingelte, fuhr er zusammen. Es klingelte nie bei ihm. Und wenn es klingelte, bedeutete das nichts Gutes. Das hatte sich ja gestern gezeigt. Kalle legte den Holzlöffel beiseite und ging vorsichtig zum Fenster hinüber. Das Auto von gestern! Also wieder die Polizei! Kalle bekam sofort einen Schweißausbruch. Er stand da, zitterte leicht und überlegte krampfhaft, was er tun sollte. Was wollten die noch? Er hatte ihnen doch alles gesagt. Er hatte doch – Schon wieder klingelte es. Diesmal länger. Die Gedanken wirbelten wie wild durch seinen Kopf. Sie glaubten ihm nicht! Wie hatte er nur denken können, dass sie ihm glaubten: Er war doch nur ein Maurer. Ein arbeitsloser, versoffener Maurer. Plötzlich schoss ihm ein ganz anderer Gedanke durch den Kopf. Sie waren ihm auf die Schliche gekommen! Irgendjemand hatte geplaudert. Wahrscheinlich der Rentner unten aus dem Dorf. Den er gar nicht richtig kannte. Er hatte die ganze Zeit so ein komisches Gefühl gehabt, als der sich erkundigt hatte. Ob er ein paar Arbeiten bei ihm am Haus erledigen könne. Er zahle auch cash auf die Hand. Kalle hatte abgelehnt. Weil er gerade bei Theo zu tun gehabt hatte. Theo Linnemann aus Oldeck. Dort hatte er die Garage neu verputzt. Auch schwarz. Klar, anders tat sich ja nichts. Wieder klingelte es. Kalle zuckte erneut zusammen. Die waren hartnäckig, das hatte sich ja schon gestern gezeigt. Ob er aufmachen sollte? Sonst würden sie wiederkommen. Oder womöglich die

Wohnung aufbrechen. Vielleicht hatten sie sich ja inzwischen so einen Durchsuchungsschein besorgt. Kalle ging langsam auf die Wohnungstür zu und öffnete sie vorsichtig. Als er in den Flur trat, hörte er die Polizeileute vor der Haustür miteinander reden. Sie berieten wahrscheinlich, was zu tun war. Kalle zögerte noch einen Moment, dann gab er sich einen Ruck und ging die Treppen hinunter.

Es waren dieselben wie am Vortag. Der eine mit dem komischen Schal, und dann die Frau. Bildhübsch war sie. Bildhübsch. Aber sie wusste genau, was sie wollte. Ganz selbstbewusst. Das hatte er schon am Vortag gemerkt.

„Herr Lesser", sagte sie jetzt. „Wir dachten schon, Sie wären nicht da. Wir würden Sie gern noch einmal sprechen."

„Aber wir haben doch gestern schon – " Kalle brach ab. Er wusste, dass es sinnlos war. Sie wollten ihn drankriegen, mit Manfred, mit der Schwarzarbeit, egal womit. Sie wollten ihn kriegen. Und das schafften sie auch.

„Ich geh dann mal vor", sagte Kalle. Die beiden Polizisten stapften hinter ihm her.

Er roch es schon im Flur. Die Ravioli! Als Kalle den Topf von der Herdplatte riss, qualmte es bereits aus der bräunlich-schwarzen Brühe, in die sich das Schnellgericht verwandelt hatte.

„Alles in Ordnung?", fragte die Polizistin, die ihm in die Küche gefolgt war.

„Jaja", brummte Kalle, dem zum ersten Mal alles rundherum peinlich war. Das dreckige Geschirr, die leeren Bierflaschen, die verbrannten Ravioli.

„Wir gehen besser nach drüben", murmelte er und öffnete das Küchenfenster, was nicht ganz einfach war, weil auch auf dem Fensterbrett alles vollstand.

Als sie schließlich im Wohnzimmer Platz genommen hatten – der Kerl mit dem Schal hatte das Sofa und einen Stuhl freigeräumt – fühlte Kalle sich plötzlich erschöpft. Erschöpfter als er nach zwölf Stunden Maloche auf dem Bau jemals gewesen war.

„Herr Lesser, warum haben Sie uns nicht gesagt, dass Sie mit Manfred Gierse im Streit lagen?"

„Wieso im Streit?"

„Sie haben ausgesagt, sie hätten trotz Ihrer Entlassung ein gutes Verhältnis zu Ihrem ehemaligen Chef gehabt."

„Ja und?"

„Bleiben Sie dabei?"

„Wobei?"

„Dass Sie ein gutes Verhältnis zu Ihrem ehemaligen Chef hatten?"

„Ganz normal."

„Was soll das heißen – ganz normal?"

„Na, dass ich – dass wir – ganz normal miteinander umgegangen sind."

Der Typ mit dem Schal sah ihn schweigend an. So fordernd er vorher auch aufgetreten war, merkte Kalle doch, dass dieses Schweigen eigentlich noch schlimmer war.

„Herr Lesser, um es Ihnen klipp und klar zu sagen: Ein Zeuge hat ausgesagt, dass Ihr Verhältnis zu Manfred Gierse alles andere als gut gewesen ist. Dass Sie vielmehr seit Ihrer Entlassung wie der Teufel auf Gierse geschimpft haben, weil er Sie entlassen und einen anderen Mitarbeiter behalten hat."

„Das war Völkel!" Kalle hätte es wissen müssen. Dass der ihn reinritt. „Das war dieses Schwein von Völkel, das Ihnen so etwas erzählt hat."

„Wer das gesagt, tut überhaupt nichts zur Sache", sagte der mit dem Schal barsch. „Sie haben gelogen, Herr Lesser – und zwar nicht nur in diesem Punkt."

Kalle fuhr zusammen. Was kam denn jetzt noch? Er fuhr sich mit der Hand über den Mund. Er hätte jetzt gern etwas getrunken. Verdammt, was hätte er jetzt für eine Flasche Bier gegeben. Er starrte auf den Schal, den der Polizist trug. Er erinnerte ihn an den Schal seines Vaters, den er immer beim Skifahren getragen hatte. Quer über Wiesen und Felder waren sie zusammen gestochert, unter Zäunen hindurch, durch Waldstriche, ganz, wie ihnen der Schnabel gewachsen war. Damals war das noch gegangen. Heute fuhr man ja nur in Loipen auf festgelegten Strecken mit einer Topausrüstung. Damals aber waren er und sein Vater quer durchs Sauerland –

„Einer der Gaststättenbesucher hat sich heute Morgen bei uns gemeldet", Kalle schreckte hoch, als der Polizeibeamte sprach. „Und raten Sie mal, was dieser Gast ausgesagt hat?"

In Kalles Gehirn ratterte es. Wer war am Sonntag alles bei Schulte gewesen? War Völkel dagewesen, ohne dass er es bemerkt hatte? Hatte er sich versteckt bei Schulte? Dem Schwein war alles zuzutrauen. Kalle hielt sich den Kopf. Er brauchte etwas zu trinken. Nicht gleich, nicht in einer halben Stunde. Sondern jetzt, jetzt, jetzt.

Zum ersten Mal schaltetet sich plötzlich die Frau ein. „Herr Lesser, sagen Sie uns, was passiert ist, nachdem Sie die Gaststätte verlassen haben."

„Das habe ich doch gestern schon –"

„Gestern haben Sie gesagt, sie seien direkt nach Hause gegangen", fuhr ihn der Mann an. „Uns wurde aber etwas ganz anderes erzählt."

Kalle sank in sich zusammen. Sie hatten ihn. Sie würden ihn fertigmachen. Er konnte den Endpunkt jetzt ganz klar sehen.

„Uns wurde erzählt, Sie hätten sich draußen mit Manfred Gierse gestritten."

Was sollte er sagen? Jemand musste ihn beobachtet haben. Jemand musste – vielleicht durch ein Küchenfenster – vielleicht –

Kalle konnte nicht mehr. Er brauchte ein Bier.

„Herr Lesser, sagen Sie uns endlich die Wahrheit. Sonst stecken Sie so tief in der Scheiße, dass kein Anwalt der Welt Sie da herausholen kann."

Vielleicht Gerlings Hans. Der ging statt aufs Klo immer nach draußen zum Pinkeln. Vielleicht hatte er dabei ihn und Manfred belauscht.

„Gut, wie Sie wollen!" Die Stimme des Mannes war scharf. „Dann begleiten Sie uns jetzt bitte zur Wache. Sie sind dringend verdächtig –"

„Nein!", sagte Kalle. „Nein!" Er brauchte etwas zu trinken. Am liebsten hätte er das als Erstes gesagt. Dass er etwas zu trinken brauchte, jetzt sofort. „Es war ganz anders, als Sie denken – es war gar nicht so. Sie können mich da nicht reinziehen. Da nicht. Mit der Schwarzarbeit, okay. Das gebe ich alles zu. Das zahl ich alles nach. Aber mit Manfred, das können Sie mir nicht anhängen, das können Sie nicht machen, das können Sie nicht!"

„Mal langsam", die Frau hatte eine viel angenehmere Stimme. Das beruhigte ihn sofort.

„Eins nach dem anderen. Ihre Schwarzarbeit interessiert uns nicht. Wohl aber, was am Sonntagabend geschah."

„Am Sonntagabend", Kalle versuchte sich zusammenzureißen. Nicht an das Bier zu denken, das er jetzt so dringend brauchte. „Als ich da bei Schulten war, da habe ich plötzlich Manfred heraufkommen sehen. Der war da beim Kegeln, aber das wissen Sie sicher."

„Das wissen wir, ja."

Kalle versuchte nur noch die Frau anzugucken. Das ging besser, das merkte er ganz klar.

„Ich habe ihn angesprochen, im Gastraum schon. Ich hab ganz kurz mit ihm gesprochen."

„Worüber?"

„Ich – ich – na ja, ich habe gesagt, dass er dafür wohl noch genug Geld übrig hat, zum Kegeln und zum Essen und so."

„Wie hat Gierse darauf reagiert?"

„Er hat gesagt, auf eine solche Diskussion lasse er sich gar nicht erst ein. Er hätte mich nicht zum Spaß entlassen und das wüsste ich auch."

„Und weiter?"

„Dann ist er nach draußen gegangen."

„Und Sie hinterher?"

„Nun ja, ich dachte, das lasse ich nicht auf mir sitzen. Weil das Ungerechte ist ja, dass er mich entlassen hat und den Völkel halt nicht."

„Ihren Kollegen."

„Dabei ist das ein richtig fauler Hund. Der kann nur besser reden. Das kann er und damit hat er Manfred um den Finger gewickelt."

„Wie ging es draußen weiter?"

„Manfred war schon ein paar Schritte weg. Am Zigarettenautomaten habe ich ihn eingeholt. Er ging in die falsche Richtung, ich weiß auch nicht, warum. Nach Hause jedenfalls hätte er anders gehen müssen."

„Und Sie haben ihn angesprochen."

„Ja, wegen Völkel. Ich hab ihm gesagt, der ist ein fauler Hund, während ich mich doch immer krummgemacht habe. Hab Überstunden gekloppt, egal, wie sauer Uschi war. Und jetzt stehe ich da, ohne Arbeit und ohne Uschi auch. Und daran ist er ja auch schuld, weil ich ja nie Zeit hatte für sie, immer nur malocht hab. Das habe ich ihm endlich mal alles gesagt."

„Und dann?"

„Er hat gar nicht zugehört, nicht richtig jedenfalls. Er hat gesagt, es täte ihm leid, auch das mit Uschi, aber er könne nicht für alles in meinem Leben verantwortlich sein. Und dann ist er gegangen. Ich hab ihm noch hinterhergerufen, so leicht gehe das nicht. Aber er hat sich gar nicht mehr umgedreht, ist einfach immer weiter gegangen."

„Und dann sind Sie ihm gefolgt?"

„Nein, das bin ich nicht!" Kalle fing an zu schwitzen. „Ich bin noch eine Weile dagestanden und hab hinter ihm hergestarrt, aber dann bin ich abgedreht und nach Hause gegangen."

„Ah so." Der Polizist glaubte ihm nicht. Das spürte Kalle genau. Voller Hoffnung sah er zu der Frau hinüber.

„Dann sind Sie nach Hause gegangen", sagte sie, auch nicht überzeugt. „Haben Sie unterwegs noch irgendetwas gehört oder gesehen?"

Bei Kalle zog sich alles zusammen. Er konnte nichts sagen. Er war keiner von denen, die so etwas sagten. Er brauchte vielmehr ein Bier.

„Nein", sagte er. Die Polizistin sah ihn aufmerksam an.

„Herr Lesser", sagte sie schließlich, „Sie verschweigen uns etwas."

„Ich habe – ", sagte er. Ich habe Durst, wollte er sagen, aber er kriegte es nicht über die Lippen.

„Sie haben etwas gesehen, nicht wahr?", meinte die Frau. „Herr Lesser, es geht hier um Mord. Um den Mord an Ihrem alten Chef. Glauben Sie uns, wir werden die Wahrheit herausfinden, aber wenn Sie uns alles sagen, was Sie wissen, dann wird das für Sie – "

„Ein Schatten", wisperte er. „Ich habe einen Schatten gesehen. Direkt neben mir. Neben mir im Gebüsch."

„Einen Schatten? Eine Person, meinen Sie."

„Keine richtige Person. Es war mehr wie ein – " Er konnte es nicht sagen. Sie würden ihn für verrückt halten. Aber vielleicht war er das ja auch.

„Wie ein ...?", drängte die Frau.

„Wie ein Gespenst", presste er heraus und duckte sich gleichzeitig. „Wie ein Gespenst mit langen Haaren."

Die Polizeileute schwiegen.

„Wie ein Gespenst mit langen Haaren", sagte die Polizistin schließlich und sah ihn aufmerksam an.

„All das müssen Sie uns noch einmal auf der Wache erzählen", ergänzte der Mann. „Das ist eine Zeugenaussage, die brauchen wir schriftlich."

Kalle sank in sich zusammen.

„Und dann würden wir uns gern noch Ihre Wohnung ansehen. Wir haben hier einen richterlichen Durchsuchungsbeschluss."

Kalle schloss die Augen. Er hatte es gewusst. Er hatte es die ganze Zeit gewusst.

## 32

Max war unzufrieden. Das ging einfach zu schnell. Zu unkoordiniert. Er konnte sich nicht auf eine Sache konzentrieren. Ständig neue Hinweise, ständig neue Aussagen. Ein einziges Hin und Her.

Als er die Information über die Blutspende erhalten hatte, hätte er Frau Gierse gern zusammen mit Marlene an Ort und Stelle gelöchert. Aber als er seine Chefin beiseite genommen und von dem Anruf erzählt hatte, hatte die ein paar Sekunden vor sich hingestarrt und dann eine Entscheidung getroffen.

„Ich nehme sie mit aufs Revier", hatte sie schließlich gesagt. „Hier bringt das nichts. Hier vor ihren Töchtern. Ich will ein Protokoll – vielleicht ist es ja schon das letzte in dieser Sache."

„Okay", hatte Max gerade sagen wollen, um Frau Gierse anschließend ins Auto zu verfrachten. Aber dann hatte Marlene weitergesprochen.

„Und du fährst zu diesem Köster. Nimm ihn auseinander! Und gegebenenfalls schlepp ihn uns an."

Jetzt saß er hier. Auf der Kösterranch. In seinem Auto. Nur war der Vogel ausgeflogen, und seine Ehefrau gleich mit. Seine Angestellten meinten, die beiden hätten sich mal einen Tag freimachen wollen. Köster habe ein Segelboot auf der Sorpe. Vielleicht seien sie dahin. Ohne Handy! Na klasse!

Max überlegte krampfhaft. Marlene hatte er telefonisch nicht erreichen können. Schon das war ein unmöglicher Zustand. Die Ermittlungsleiterin musste jederzeit erreichbar sein, gerade wenn es an regelmäßigen Dienstbesprechungen mangelte. Max wusste genau, wann sie das Handy ausgeschaltet hatte. Kurz bevor Frau Gierse eingestiegen war, war ein Anruf gekommen. Der Kollege, der sich um das geblitzte Motorrad hatte kümmern sollen. Marlene hatte eine Zeitlang gebraucht, um zu kapieren, worum es überhaupt ging. „Eine BMW K 100", hatte sie schließlich wiederholt. „Schwarz lackiert, ich habe verstanden. Machen Sie bitte eine Notiz für alle Kollegen." Dann hatte sie das Telefon ausgeknipst – und bislang offenbar immer noch nicht wieder angemacht! Deshalb saß er jetzt hier ohne Verbindung. In seinem Privatwagen, in dem er nicht mal über Polizeifunk verfügte! Es war zum Mäusemelken. Max versuchte im Auto seine Füße auszustrecken, was nur mäßig gelang. Er ging sein erstes Gespräch mit Ignaz Köster noch einmal durch. „Fragen Sie doch Holger Stertmann!", hatte der Architekt ihm nachgebrüllt. Holger Stertmann, dachte Max. Vielleicht gar keine so schlechte Idee!

## 33

Ich kam mir schon vor wie Ommma. Die ständigen Blicke aus dem Fenster. Die Neugier, ob auf dem Kirchplatz oder vorm Pfarrhaus irgendetwas passierte. Dabei hätte ich wirklich anderes zu tun gehabt. Wenn Alexa heimkam und ich nicht mit meinen Arbeiten durch war, wollte ich das Theater nicht hören.

Tatsächlich tat sich jetzt etwas auf dem Kirchplatz. Kinder sammelten sich. Einige Mütter standen ebenfalls da. Dann kam schließlich Stephan Olbrecht heraus. Als ich mir die Hundeleine griff, brauchte ich mir nicht mehr länger etwas vorzumachen. Darauf hatte ich die ganze Zeit gewartet. Darauf, kurz mit dem Pfarrer sprechen zu können. Über die Anna Selbdritt. Ob sie tatsächlich verschwunden war. Ob er von Manfred Gierses Recherchen gewusst hatte und ob –

Der Mann musste verdammt schnell ins Auto gestiegen sein. Ich hatte mich nicht unnötig aufgehalten, aber als ich mit Walter im Schlepp endlich das Haus verließ, sah ich seinen Wagen nur noch von hinten. Unschlüssig blickte ich zum Kirchplatz hinüber, wo die Kinder fröhlich vor sich hin lärmten. Es dauerte einen Augenblick, bis ich bemerkte, dass eine Frau mich beobachtete. Sie schien ebenfalls unschlüssig, dann bewegte sie sich plötzlich auf mich zu. Ich erkannte sie an der Jacke. Die Frau aus dem Pfarrgemeinderat.

„Herzlich willkommen", sagte sie mit ausgestreckter Hand und irritierte mich damit vollends. „Herzlich willkommen in unserer Pfarrgemeinde."

„Danke", brachte ich hervor, „Aber eigentlich – " Weiter kam ich leider nicht, denn Walter machte Mätzchen. Offenbar fühlte er sich durchaus als neues Gemeindemitglied, denn er machte Anstalten, die Pfarrgemeinderatsvorsitzende anzuspringen, was bei seiner Größe nicht wirklich gut kommt.

„Walter!", raunzte ich ihn an. „Unten!"

Beate Rossmann lächelte mich an. „Ich habe den Eindruck, Sie hätten gern den Pastor gesprochen." Die Frau hatte ein gutes Auge. „Leider musste er eilig weg. Zur Messe nach Oldeck. Der Betrieb geht ja weiter. Und gerade die Kommunionvorbereitung läuft jetzt auf vollen Touren. Wegen des Todesfalls kann ja nicht alles ins Stocken geraten."

„Ja, klar", bestätigte ich und blickte zur Gruppe der Kinder hinüber. „Eine lebhafte Bande", kommentierte ich und kam mir vor wie beim Seniorensmalltalk.

„Das kann man wohl sagen", Frau Rossmann lächelte erneut. „Letzte Woche haben wir uns mit dem *Gegrüßet seist du, Maria* beschäftigt. Schon beim zweiten Vers hat einer der Jungen gemeint, *voll der Gnade* wäre falsches Deutsch. Es müsse *voll DIE Gnade* heißen.

„Beate" rief jetzt jemand von drüben. Eine der anderen Mütter, so schien es. „Hast du einen Schlüssel?"

„Ich komme sofort." Frau Rossmann wandte sich noch einmal an mich. „Wir freuen uns immer sehr über neue junge Gemeindemitglieder, und als ich Sie beim Totengebet sah ..."

„Ich muss Sie enttäuschen", unterbrach ich, „ich wohne gar nicht hier. Ich bin nur für knappe zwei Wochen zu Besuch."

„Ach so!" Beate Rossmanns Gesichtsausdruck war die pure Enttäuschung.

„Aber vielleicht können Sie mir in einer anderen Sache helfen", ergriff ich die Gelegenheit. „Es geht um eine Skulptur, die vor Jahren hier in der alten Kirche gestanden hat. Anna Selbdritt. Eigentlich wollte ich ja den Pastor danach fragen, aber ..."

„Eine Skulptur", Beate Rossmann zog die Augenbrauen hoch. „Da muss ich Sie enttäuschen. Ich wohne erst seit acht Jahren im Dorf. Allerdings hat der Kirchenvorstand vor einiger Zeit eine Art Inventur durchgezogen. Im Grunde müsste dabei aufgefallen sein, ob es diese Skulptur noch gibt."

„Ja, Manfred Gierse war damit beschäftigt", bestätigte ich.

„Manfred Gierse", wiederholte die Pfarrgemeinderatsvorsitzende matt. „Hätte mich auch gewundert, wenn er daran nicht beteiligt gewesen wäre."

„Wie meinen Sie das?"

„Nun, Gierse fühlte sich für alles zuständig. Auch für die Dinge, die eigentlich dem Pfarrgemeinderat unterliegen." Mir fiel ein, dass Andrea Stertmann die Pfarrgemeinderatsvorsitzende als ziemlich quatschig beschrieben hatte. Jetzt wusste ich, was sie meinte. „Grundsätzlich ist ja der Kirchenvorstand für die wirtschaftlichen Belange der Gemeinde zuständig, der Pfarrgemeinderat dagegen für die inhaltlichen und organisatorischen. So wären wir bei der Planung der Kirchenrenovierung gern stärker einbezogen worden. Doch Gierse hat es ganz phantastisch geschafft, diese Sache an sich zu ziehen. Er hatte ja auch immer ein wunderbares Argument im Gepäck: Er komme aus der Branche!" Die Rossmann verdrehte die Augen. „Aber diese Kirchenrenovierung betrifft die ganze Gemeinde. Es geht schließlich nicht nur darum, das Dach dicht zu kriegen, sondern auch um eine zeitgemäße Innengestaltung. Doch wir vom Pfarrgemeinderat werden schön herausgehalten. Nur bei der Planung der nächsten Jugendfreizeit dürfen wir uns wahrscheinlich anhören, dass wegen der Kirchenrenovierung kein Geld zur Verfügung steht."

„Wäre es nicht auch Sache des Pastors gewesen, Sie stärker einzubinden?"

„Stephan Olbrecht ist ganz in Ordnung", sagte Beate Rossmann ungemein offen, „aber er weiß genau, welche Allianzen er eingeht. Mit Manfred Gierse wollte er es sich nicht noch einmal verscherzen. Damals bei der Ausschreibung, das hat ihm gereicht. Am Ende hat er Gierse tatsächlich auf seine Seite gezogen, aber seitdem läuft es eher umgekehrt. Sonst hätte er sich doch auch in der Kindergartensache nicht derart beeinflussen lassen."

„In der Kindergartensache?" Irgendwo hatte ich schon mal etwas über den Kindergarten gehört. Ich wusste bloß nicht, wo.

„Vielleicht sollte ich das alles besser gar nicht erzählen", die

Pfarrgemeinderatsvorsitzende sah mich unsicher an. „Die Sache hat sich immer noch nicht vollständig beruhigt."

Jetzt fiel es mir ein. Damals im Lebensmittelgeschäft hatten sich die beiden Betonfrisuren darüber unterhalten. „Eine Erzieherin ist entlassen worden, nicht wahr?"

„Sie wissen davon? Nun, es ging ja auch im ganzen Dorf um. Claudia Wagner ist schließlich ziemlich bekannt. Es war schon ein Hammer, als sie entlassen worden ist."

„Warum genau ...?", versuchte ich mein Glück.

„Tja, das leidige katholische Thema ...", Beate Rossmann zuckte hilflos mit den Achseln. „Sie ist geschieden und wohnt inzwischen mit einem anderen Mann zusammen. Das wird bei einem katholischen Arbeitgeber natürlich nicht gerne gesehen."

Die PGR-Frau hatte recht. Ein leidiges katholisches Thema. Scheidung und Wiederverheiratung.

„Es musste jemand gehen, klar, denn eine Kindergartengruppe wurde geschlossen. Aber anstatt die zuletzt Gekommene zu entlassen, hat man sich auf Claudia geeinigt – und das, obwohl sie seit einigen Jahren hier in der Gemeinde den Singekreis für Kinder betreut hat."

„Solch eine Entlassung ist Sache des Pfarrers", warf ich ein. „Inwiefern hatte Manfred Gierse damit zu tun?"

„Es ist Sache des Kirchenvorstandes", wurde ich verbessert, „und Manfred Gierse soll sich in besonderer Weise für Claudias Entlassung starkgemacht haben. Angeblich hat er gesagt, das Problem komme in jedem Fall auf sie zu. Nämlich dann, wenn die beiden heiraten würden oder wenn Druck aus der Gemeinde käme."

„Wie meinen Sie das?"

„Nun, ein katholischer Arbeitgeber kann so lange die Augen zudrücken, bis jemand sie ihm aufreißt. Ein Brief nach Paderborn mit dem Hinweis, dass der zuständige Pfarrer gar nichts unternimmt ..."

Ich erinnerte mich an das Gespräch im Lebensmittelgeschäft. Die Damen dort hatten ihre Meinung ja ganz klar geäußert.

„Gierse meinte jedenfalls, irgendwann habe man das Thema ganz sicher am Hals, deshalb dürfe man diese Gelegenheit nicht ungenutzt lassen."

„Und Olbrecht hat dem zugestimmt?"

Beate Rossmann nickte.

„Claudia Wagner habe ich seitdem nie wieder in der Messe gesehen. Sie wohnt jetzt mit ihrem Freund zwei Dörfer weiter – im Gerlingser Neubaugebiet."

„Im Gerlingser Neubaugebiet? Das wird doch von Holger Stertmann geplant."

„Kann schon sein."

„Beate?" Da rief wieder jemand.

„Verdammt, ich hab mich verquatscht."

„Und zur Anna Selbdritt können Sie mir wirklich nicht – " startete ich einen letzten Versuch. Beate Rossmann schüttelte den Kopf. Dann jedoch leuchteten plötzlich ihre Augen auf. „Ich weiß, wer sich damit auskennt. Ein echter Experte auf diesem Gebiet."

Mich überkam eine Ahnung.

„Hartwig Bongard", stieß ich hervor.

Beate Rossmann grinste. „Dafür, dass Sie nur zu Besuch sind, kennen Sie sich aber mächtig gut aus!"

## 34

Hildegard Gierse zitterte, aber sie schwieg. Die Frau saß auf dem Plastikstuhl, als hätte man sie darauf festgebunden, leicht vornübergebeugt und darauf bedacht, der Hauptkommissarin und ihrem Kollegen nicht in die Augen zu blicken.

Marlene wechselte einen Blick mit Jan, der unmerklich nickte.

„Unter diesen Umständen werden wir Sie hierbehalten", sagte Marlene mit fester Stimme. „Und wir werden einen Vaterschaftstest vornehmen. Es wird nicht lange dauern, bis wir wissen, ob tatsächlich Ihr Mann der Vater Ihrer Töchter ist oder jemand anders. Ignaz Köster zum Beispiel."

Marlene Gierse kauerte sich noch mehr zusammen, als sie den Namen hörte. Dann hob sie plötzlich den Kopf. „Warum quälen Sie mich so?"

Marlene lehnte sich zurück. Es waren die ersten Worte, die Hildegard Gierse auf der Wache gesprochen hatte.

„Wir müssen die Wahrheit wissen", Marlene sah ihr Gegenüber eindringlich an. „Sie können sich entscheiden, ob Sie lieber selber sprechen möchten oder ob wir das Puzzle in allen grausamen Einzelheiten selbstständig zusammensetzen sollen. Nur glauben Sie mir", Marlene blinzelte Hildegard Gierse an, „am Ende wird alles sauber vor uns liegen. Sie können Ihre Töchter nicht davor schützen."

Das Schluchzen überkam die Frau mit heftiger Gewalt.

Marlene sah, dass Jan sich die Schläfen massierte. Er hatte genug Erfahrung, um zu wissen, dass es ewig dauern würde, bis sie sich wieder einkriegte. Marlene musste an Max denken. An sein kurzes, struppiges Haar, das auf ihrer Haut kratzte. An seinen Nacken, der sie immer zum Kraulen verführte. Aber auch daran, dass sie sich geschworen hatte, sich ihm nicht zu ergeben. Einen Mann, der um so viele Jahre jünger war, würde sie niemals halten können. Irgendwann würde er vor ihr stehen, etwas verlegen schauen und sagen: „Tut mir leid, Marlene, nimm es mir nicht übel, aber ich habe da jemanden kennengelernt." Marlene hatte vieles durchgestanden in den letzten Jahren, aber diesen Schmerz, den wollte sie nicht auch noch ertragen. Deshalb hieß es Abstand wahren, ihn nicht zu nah kommen lassen, nicht auf eine Beziehung bauen, die sowieso keine Zukunft hatte.

„Es ist doch nur ..." Marlene schreckte hoch. Frau Gierse sprach wieder. Sie hatte sich ein wenig beruhigt.

„Es ...es spielt doch keine Rolle mehr, wer der leibliche Vater ist."

„Halten wir fest", Jan reichte der Frau ein Papiertaschentuch, „eine der Töchter ist tatsächlich nicht von Ihrem Mann."

„Es ist ...es war", die Gierse schluchzte wieder, „es war zu einer Zeit, als Manfred immer nur gearbeitet hat. Sechzehn

Stunden am Tag Arbeit, Arbeit, Arbeit. Und ich, ich musste auch noch dazuverdienen." Hildegard Gierse rieb sich die Nase mit dem Tuch. „Meine Mutter hat auf Annabell aufgepasst, und ich bin ein paar Stunden in der Woche arbeiten gegangen. Ich habe ja Bürokauffrau gelernt. Und deshalb habe ich die Buchhaltung gemacht ..."

„Bei Ignaz Köster", fuhr es aus Jan heraus.

Hildegard Gierse nickte stumm.

„Das heißt, Ihre zweite Tochter ist von ihm?", wollte Marlene wissen.

Frau Gierse starrte vor sich hin. Sie musste gar nicht antworten. Man sah es auch so. „Aber es ist nur ...", begann sie plötzlich, „ ... es ist nicht wirklich ... wie soll ich sagen. Manfred hat Ines so sehr geliebt. Sie war seine Tochter. Sie war wirklich einzig und allein *seine* Tochter."

„Sah er das auch so, nachdem er die Wahrheit herausgefunden hatte?"

Hildegard Gierse schwieg und schluchzte leise in sich hinein.

„Frau Gierse?"

„Er hat ... er hat es ja gar nicht gewusst."

„Aber er hat es geahnt, nach dieser Bemerkung während der Blutspendeaktion."

„Er hat mich gefragt. Immer wieder gefragt. Normalerweise hätte er mit der Information gar nichts anfangen können. Aber Ines hatte sich zwei Wochen vorher beim Reiten verletzt. Ich war nicht zu Hause, und da ist Manfred mit ihr zum Notarzt gefahren. Die Wunde wurde genäht, und der Arzt hat sich nach einem Impfpass erkundigt. Aber ein Impfpass war nicht da, und da hat der Arzt gemeint, als Reiter solle man sogar einen Notfallpass besitzen und der müsse dann ... aber ist ja auch egal. Jedenfalls hat Manfred durch Zufall Ines' Rhesusfaktor erfahren. Er interessiert sich ja sonst gar nicht für so etwas. Aber als er das dann hörte, da bei der Blutspende, da war er auf einmal sehr alarmiert und hat immer wieder gefragt. Ich habe ihm gesagt, natürlich ist Ines deine Tochter, wie sollte sie nicht.

Wahrscheinlich stimmt das gar nicht, was die von Wortmanns gesagt hat. Die ist ja schließlich keine richtige Ärztin. Oder es gibt Ausnahmen! So etwas habe ich in einer Tour zu ihm gesagt. Aber er war misstrauisch. Nur bei Ines übrigens, weil sie so gar nichts von uns hat. Weder von ihm noch von mir."

„Gleicht sie ihrem leiblichen Vater?"

„Die Haare", flüsterte Frau Gierse, „Aber das ist ja nur äußerlich", schob sie schnell hinterher. „Was ihren Charakter angeht, da gleicht sie ganz und gar – Manfred."

„Ihr Mann war misstrauisch", brachte Jan die Sache voran. „Aber Sie wollten Ihre heile Familienwelt bewahren."

„Er wollte einen Vaterschaftstest machen", sagte Hildegard Gierse. „Er wollte es tatsächlich schwarz auf weiß. Er hat mir nicht mehr geglaubt."

„Das kann man ihm nicht wirklich übelnehmen", murmelte Jan.

„Er wollte also einen Test machen", Marlenes Augen wurden zu Schlitzen. „Ist es dazu gekommen?"

„Nein", flüsterte die Witwe. „Nein." Dann machte sie eine Pause. „Er hat die Sachen eingeschickt. Sie wissen schon. Ein Haar von sich und eins von Ines. Aber er hat noch keine Antwort erhalten. Er hat den Brief nicht mehr gekriegt."

„Weil Sie das zu verhindern wussten", sagte Jan mit fester Stimme.

„Wie meinen Sie das?" Hildegard Gierse fuhr herum.

„Frau Gierse, Ihr Mann erwartete einen Brief, der Ihr ganzes Leben zerstört hätte, Ihres und das Ihrer Töchter. Kurz vor Eintreffen dieses Briefes kommt er gewaltsam ums Leben. Sie glauben doch wohl nicht im Ernst, dass wir darin keinen Zusammenhang sehen?"

„Aber es gibt keinen", Hildegard Gierse sah Marlene aus verhangenen Augen hilfesuchend an. „Sie können doch nicht denken, dass ich meinen Mann umgebracht habe ... ich habe ihn doch, ich habe ihn doch wirklich geliebt."

„Und deshalb haben Sie mit Ignaz Köster eine Tochter gezeugt?" Jan Vedders Kommentare waren eiskalt.

„Aber das ist doch viele Jahre her ... und es war nichts als eine Dummheit. Eine Dummheit, die ich teuer bezahlt habe. Glauben Sie mir, ich habe meinen Mann ehrlich geliebt. Der Gedanke, ihn verloren zu haben, bringt mich fast um."

„Das fällt schwer zu glauben, wenn man bedenkt, dass Sie just am Tage seines Todes mit Ihrem ehemaligen Liebhaber telefoniert haben."

„Aber das hat doch alles nichts miteinander zu tun. Ich habe ihn bloß angerufen, weil ich seinen Rat wollte. Ignaz konnte ja auch kein Interesse haben, dass die ganze Sache herauskam."

„Wie wahr!", sagte Marlene.

„Aber all das hat nichts mit dem Tod meines Mannes zu tun", beharrte Frau Gierse verzweifelt. „Dafür muss es andere Gründe geben. Einen Unfall vielleicht – oder einen Raubmord. Bestimmt hat jemand etwas aus der Kirche gestohlen. Haben Sie überhaupt mal den Bestand durchgesehen? Die Kelche und all das?" Hildegard Gierse sah Marlene aufgeregt hoffnungsvoll an. „Eine Monstranz vielleicht. Eine Skulptur. Manfred hat sich mit diesen Dingen beschäftigt. Er hat für den Kirchenvorstand eine Liste gemacht, was alles da ist und was nicht."

„Frau Gierse ..."

„Einmal hat er sogar erzählt, dass es da Unstimmigkeiten gebe. Er hat im Dorf herumgefragt, wegen einer Monstranz. Oder nein, wegen einer Skulptur."

„Frau Gierse", Marlenes Stimme verriet ein gehöriges Maß an Ungeduld. „Ich bitte Sie, nicht dauernd vom Thema abzukommen. Sie haben am Tage des Mordes mit Ignaz Köster telefoniert. Was hat er gesagt?"

„Eigentlich gar nichts Besonderes", sagte Hildegard Gierse und sank in sich zusammen. Marlene nahm wahr, wie Jan hinter Frau Gierse die Augen verdrehte.

Es würde noch dauern. Und zwar richtig lange.

# 35

Für das Haus eines Architekten war das der Stertmanns nicht gerade ein Kracher. Vielleicht hing es aber auch am direkten Vergleich mit Köster, dass das Einfamilienhaus im Neubaugebiet von Renkhausen Max denkbar unambitioniert erschien.

Max registrierte die Familienkutsche vorm Haus und blickte auf die Uhr. Kurz vor eins. Stertmann würde zu Hause zu Mittag essen. Jedenfalls hatte ihm das die Sekretärin am Telefon gesagt, als er im Architekturbüro angerufen hatte.

Als er klingelte, gab es auf Anhieb einen Riesenradau. Ein Kind brüllte und eine Frauenstimme versuchte das Brüllen zu übertönen. Am Ende öffnete ein Mädchen die Tür, das etwa acht Jahre alt war, ein kleinerer Junge stand im Hintergrund und plärrte, während die Mutter ihn an der Hand hielt.

„Hallo", sagte Max, halb zu dem Mädchen, halb zu der Frau. „Max Schneidt." Er zog seinen Dienstausweis aus der Tasche. Dann überlegte er, wie er sich weiter vorstellen sollte. Er entschied sich für die Kindervariante. „Ich bin von der Polizei", sagte er an das Mädchen gewandt. „Und ich hätte da ein paar Fragen."

„Von der Polizei?" Der Junge hörte schlagartig auf zu weinen.

„Oh Gott", sagte seine Mutter und kam jetzt direkt an die Haustür. „Darf ich mal sehen?" Sie betrachtete Max' Ausweis, den er immer noch in der Hand hielt. „Es ist etwas turbulent", sagte sie dann. „Moritz wollte die Tür öffnen, aber Karla ist heute dran. Dann gibt es immer Geschrei."

„Ach so", Max versuchte den Anschein zu erwecken, als sei dies eine Situation, die er selbst mindestens dreimal täglich erlebte. In Wirklichkeit konnte er nicht im Geringsten nachvollziehen, was daran war, als Erster an der Tür zu sein.

„Ist etwas passiert?", fragte die junge Frau jetzt. Sie hatte auf einmal zwei Falten oberhalb der Nase. Sorgenfalten, konstatierte Max. Oder Fragefalten. Allerdings war er sich sicher, diese Frau konnte Falten haben so viel sie wollte, sie war trotzdem unglaublich hübsch.

„Hast du auch eine Pistole?", quatschte der Junge dazwischen. „Du musst doch eine Pistole haben, wenn du bei der Polizei bist."

„Ja, schon", antwortete Max und lächelte freundlich. „Aber man sieht sie nicht sofort. Passiert ist nichts", wandte er sich an die junge Frau. „Oder besser – doch. Es geht um den Mord an Manfred Gierse. Davon wissen Sie ja sicherlich."

„Mord", sagte die Frau und strich sich mit der Hand durch den winzigen Zopf, in den sie ihre Haare gezwängt hatte. „Es war also wirklich …?" Max nickte. Dann drehte sich Frau Stertmann zu ihren Kindern hin. „Vielleicht geht ihr mal nach oben", sagte sie. „Ich möchte mit Herrn Schneidt lieber allein sprechen."

„Ich geh nicht nach oben", krähte der Kleine. „Ich will die Pistole sehen."

„Dürfen wir fernsehen?", fragte das Mädchen, das die Gelegenheit sofort erkannt hatte.

„Ja, schaut ein bisschen Kika, bei uns im Schlafzimmer!" Die Frau des Architekten wirkte zerstreut.

„Ich will aber nicht fernsehen", brüllte der Junge jetzt. „Ich will die Pistole sehen."

„Wir machen es so", Max beugte sich hinunter. „Ihr geht jetzt hinauf ein bisschen fernsehen. Und bevor ich gehe, rufe ich dich und zeige dir die Pistole."

Der Junge dachte einen Moment nach. „Versprochen?", fragte er dann.

„Versprochen."

„Okay." Der Kleine flitzte mit Getöse hinter seiner Schwester her.

„Danke, dass Sie sich die Zeit nehmen", sagte Max, während er Frau Stertmann nach drinnen folgte. „Ich weiß, dass es in der Mittagszeit nicht gerade günstig ist."

„Geht schon", sagte Frau Stertmann, „ich kann ja weiter kochen, während wir uns unterhalten. Wobei – ", sie drehte sich kurz um, „ich kann Ihnen gar nicht viel sagen. Ich habe Manfred Gierse nicht wirklich gut gekannt."

„Eigentlich bin ich auch hier, um Ihren Mann anzutreffen."

Max sah sich in der Küche um, in die ihn Frau Stertmann geführt hatte. Aus zwei Töpfen dampfte es verheißungsvoll.

„Setzen Sie sich einfach", Frau Stertmann widmete sich inzwischen ihren Töpfen. „Holger müsste gleich kommen. Er hat von unterwegs aus angerufen. Es ist übrigens selten genug, dass er zu Hause isst. In der Regel geht das nur, wenn er in der Nähe einen Außentermin hat. Ansonsten isst er im Büro ein Brötchen und dann erst spätabends wieder etwas."

„Läuft sein Büro gut?", erkundigte sich Max.

Die Stertmann drehte sich um und grinste Max an. „Ist das schon eine der Fragen, deretwegen Sie gekommen sind?"

Max grinste zurück. „Nein, es interessiert mich nur so."

„Nun ja, es läuft so einigermaßen. Die Zeiten sind nicht gerade rosig. Aufträge für klassische Einfamilienhäuser sind rar geworden. Deshalb hat Holger selbst ein paar Grundstücke im Nachbarort gekauft. Man muss schon selbst vermarkten, wenn man Bauten sicher an Land ziehen will."

Max horchte auf. „Sind das die Grundstücke in Gerlingsen?"

Andrea Stertmann nickte. „Aber so richtig angelaufen ist es da leider noch nicht. Holger hat sich das wohl selbst etwas leichter vorgestellt, wobei er darüber nicht allzu gern spricht. Im Großen und Ganzen kommen wir so gerade über die Runden – und das ist ziemlich wenig, wenn man bedenkt, dass Holger sich beinah kaputtarbeitet."

„Da sieht es bei Köster aber anders aus", kommentierte Max provokativ.

„Aha, daher läuft der Hase", Frau Stertmann drehte sich um und sah Max herausfordernd an. „Wegen Köster sind Sie hier. Wegen des Streits, den er mit Manfred Gierse hatte."

„Auch", bestätigte Max. „Ich war schon zweimal dort. Ich nehme an, Sie kennen sein Haus."

„Allerdings, Geschmacklosigkeiten fallen einem ja ziemlich schnell ins Auge", Frau Stertmann feixte. „Aber lassen Sie sich nicht täuschen. Bei Köster stehen die Bauherren ebenfalls nicht mehr Schlange. Für den sind die goldenen Zeiten auch längst vorbei."

„Immerhin hat er mehrere Mitarbeiter."

„Einen Architekten. Eine halbe technische Zeichnerin. Der Rest sind Praktikanten."

„Praktikanten?"

„Oh ja. In der Regel arbeiten sie an Ausschreibungen und Wettbewerben, wer weiß wo. Aber es macht Eindruck. Das sieht man ja an Ihnen. Gut, Sorgen muss sich Köster ganz gewiss nicht machen. Seine Frau hat ein großes Vermögen mit in die Ehe gebracht. Eine Drahtfabrik, die sie noch rechtzeitig verkauft hat. Das niedliche Grundstück, auf dem sein Büro steht, hatte sie nebenbei auch noch als Mitgift im Gepäck."

„Halten Sie es für möglich, dass Köster den Auftrag der Josefsgemeinde vielleicht doch nötig hatte?"

„Das kann ich nicht beurteilen. Wie ich schon sagte: Richtig schlecht geht es ihm nicht. Andererseits sind Kirchenrenovierungen Renommeeaufträge. Damit wird man bekannt. Dadurch bringt man sich ins Gespräch. Insofern hat er sich natürlich geärgert – auch wenn er es altersbedingt überhaupt nicht mehr nötig hat."

„Und nun hat Ihr Mann den Auftrag bekommen."

„Jetzt hören Sie damit auf!" Die junge Frau drehte sich energisch um. „Ich habe mir im Dorf genug anhören müssen – und das, obwohl der Kirchenvorstand sich allein durch Holgers Entwurf hat beeinflussen lassen. Unsere Freundschaft mit Stephan hat damit gar nichts zu tun."

Max schwieg und beobachtete, wie die junge Frau in einem Topf herumrührte. Er fragte sich, was alles zu ihrer Anspannung beitrug.

„Um ehrlich zu sein, ich habe gar nicht gewusst, dass Sie mit Stephan Olbrecht befreundet sind", Max beobachtete seine Gastgeberin ganz genau.

„Aha." Frau Stertmann drehte sich nicht um, sondern konzentrierte sich weiterhin auf den Inhalt ihres Kochtopfs. „So ganz spannend ist das ja auch nicht." Max bemerkte, dass die Stertmann ihre Haltung korrigierte. Sie streckte sich ein wenig und drehte sich dann um. „Holger und Stephan kennen sich aus Schulzeiten. Sie waren zusammen auf dem Internat."

„Auf dem Internat? Wo denn?"

„Auf Schloss Herdringen, gar nicht so weit von hier also. Früher war dort ein Jungeninternat untergebracht."

„Ich weiß", Max kannte die Schule.

„Holgers Eltern waren viel im Ausland. Sein Vater war Ingenieur. Um Holger den ständigen Schulwechsel zu ersparen, hat man ihn aufs Internat verfrachtet." Der Unterton in Frau Stertmanns Stimme ließ durchklingen, was sie von dieser Entscheidung hielt. „Stephan, also Pastor Olbrecht, stammt ursprünglich aus Schmallenberg. Er kam kurz nach dem Tod seiner Mutter ins Internat, als er gerade fünfzehn war." Andrea Stertmann strich wieder einmal eine Strähne zurück. „Soll ich Ihnen mal ein Bild zeigen?"

„Gern." Als die Stertmann hinausging, warf er einen Blick auf seine Uhr. Lange wollte er sich nicht mehr aufhalten. Er musste sich mit Marlene kurzschließen. Vielleicht hatte die Befragung von Hildegard Gierse ja schon etwas ergeben.

„Hier", die junge, hübsche Frau kam mit einem gerahmten Foto zurück. „Das Bild wurde nach einer Theateraufführung gemacht. Das hier ist Holger, mein Mann." Max erkannte einen milchgesichtigen jungen Mann, der schüchtern in die Kamera lächelte. „Und daneben, das ist Stephan."

„Was?" Max war ehrlich überrascht. Er hätte den Pfarrer auf dem Bild niemals wiedererkannt. Der Spund, den er da vor sich hatte, war ziemlich übergewichtig und denkbar verpickelt. Und das, obwohl er in einem Alter war, in dem die Pubertät eigentlich vorüber sein musste. Stephan Olbrecht sah heute auf jeden Fall besser aus als vor fünfundzwanzig Jahren.

„Und wer ist der Dritte im Bunde?" Der Dritte war tatsächlich die auffälligste Gestalt. Ein auffallend hübscher junger Mann mit lockigem Haar. Er trug einen Hut mit einer langen Feder und strahlte selbstbewusst in die Kamera.

„Tja", Frau Stertmann grinste, „das ist Ludger. Ludger Stark. Er hat die Hauptrolle gespielt, hat Holger mir erzählt. Den Robin Hood." Andrea Stertmann betrachtete das Bild. „Ein sehr charismatischer Typ, nicht wahr? Stephan hat noch ganz guten Kontakt zu ihm, Holger weniger. Ludger lebt in Düsseldorf." Max überlegte. Das Motorrad vor Olbrechts Haus hatte ein Düsseldorfer Kennzeichen gehabt. Er hatte es bislang verschwitzt, den Halter zu ermitteln. Dass er jetzt durch Zufall erfuhr, wem es wahrscheinlich gehörte, nutzte nicht viel, seitdem er erfahren hatte, dass in der Mordnacht eine schwarze BMW geblitzt worden war.

„Ludger hat Kunstgeschichte studiert und darin sogar seinen Doktor gemacht. Allerdings werden Kunsthistoriker ungefähr so dringend gesucht wie Reiter mit Jodeldiplom." Die Stertmann stellte das Bild zur Seite. „Deshalb hat Ludger es mit Antiquitäten versucht. Ich glaube, das läuft ganz gut. Jedenfalls ist er viel unterwegs. Er reist ständig im Ausland herum, kauft ein und bietet an. Durchs Internet hat dieser Markt eine ganz neue Dynamik erhalten."

Draußen war das Schlagen einer Autotür zu hören. Andrea Stertmann warf einen Blick aus dem Küchenfenster. „Da kommt mein Mann", sagte sie. „Endlich." Dann trat sie in den Flur, um ihm entgegenzugehen.

„Holger", hörte Max sie sagen, „die Polizei ist da. Es geht um Manfred Gierse."

Der holde Ehemann antwortete nichts. Einen Moment später trat er jedoch in die Küche.

„Überraschungsbesuch", sagte Holger Stertmann statt einer Begrüßung. Dann allerdings gab er Max freundlich die Hand. Der Architekt trug ein gestreiftes Hemd und darüber einen sportlichen Blazer. Das Milchgesicht hatte er immer noch, fand Max, und es wurde durch einen Softie-Haarschnitt noch zusätzlich betont.

„Da zieht man ins Sauerland, um Ruhe und Frieden zu haben, und dann passieren direkt vor der Haustür die absonderlichsten Dinge", Holger Stertmann ließ sich auf einem Küchenstuhl nieder, Max gegenüber.

„Andrea, du hast unserem Gast gar nichts zu trinken angeboten. Möchten Sie einen Kaffee? Ein Wasser, was auch immer?"

„Danke", Max wehrte ab. „Ich will Sie gar nicht lange stören – schon gar nicht in der Mittagszeit." Max lehnte sich zurück. „Sie hatten beruflich mit Manfred Gierse zu tun?"

„Ja, gelegentlich", Stertmann streckte die Beine aus. „Bei zwei, drei meiner Bauten war er beteiligt."

„Wie war Ihr Verhältnis?"

Holger Stertmann lächelte. „Hilfe! Gleich fragen Sie mich noch, wo ich dann und dann war."

Max lächelte zurück. „Wenn Sie es gerne loswerden möchten: Wo waren Sie am Sonntagabend zwischen zehn und zwölf?"

Holger Stertmann hob die Augenbrauen und lächelte verschmitzt. „Andrea, der meint das ernst. Hilf mir, Schatz, wo waren wir da?"

Andrea Stertmann stand nach wie vor an ihrem Kochtopf, oder besser, sie stand mit dem Rücken zum Kochtopf und blickte zum Küchentisch herüber.

„Garskis waren da. Quatsch, nein, das war am Samstag. Sonntagabend? Ich weiß, ich habe gebügelt und dabei *Tatort* geschaut, und du warst im Büro."

„Stimmt", Stertmann nickte bestätigend. „Wir haben noch zusammen gegessen, so um sieben. Und dann bin ich noch einmal ins Büro gefahren, um eine Besprechung vorzubereiten, die am Montagmorgen stattfinden sollte – bis etwa – was meinst du, Schatz, wann bin ich nach Hause gekommen?"

„Halb zwölf, zwölf Uhr. Du hast noch mal angerufen. Um halb elf, glaube ich, wegen der Probleme mit dem neuen Programm. Gegen zwölf warst du dann hier."

„Wegen welchen Programms?"

„Ein neues Computerprogramm zur Rechnungserstellung", antwortete Stertmann. „Meine Frau kennt sich damit besser aus als ich. Mir bleibt kaum Zeit, mich da hinein zu vertiefen." Stertmann wandte sich jetzt an seine Frau. „Ehrlich gesagt habe ich an dem Abend sogar noch bei der Raschke angerufen. Das ist meine Mitarbeiterin", erklärte er Max.

„Am Sonntag um halb elf?" Andrea Stertmann runzelte die Stirn.

Ihr Mann verzog verlegen den Mund. „Ich war wirklich verzweifelt. Erst habe ich es hier versucht. So gegen zehn. Da hat sich niemand gemeldet. Wahrscheinlich hattest du wieder den Fernseher zu laut und das Telefon zu leise. Deshalb habe ich bei der Raschke angerufen, die mir aber auch nicht weiterhelfen konnte. Daher war ich froh, dass ich dich später noch erreicht habe, damit ich die Sache endlich abschließen konnte."

„War sie sauer, die Raschke?"

„Du kennst sie ja. Sie ist sowieso ständig sauer. Warum, ist eigentlich egal." Stertmann wandte sich jetzt wieder an Max. „Aber mal im Ernst. Sie werden nicht gekommen sein, um Anekdoten über die Wochenendplanung der Familie Stertmann zu hören. Womit können wir Ihnen helfen?"

„Wie ich schon sagte, mich interessiert Ihr Verhältnis zu Gierse."

„Und wie ich schon sagte", nahm Stertmann den Ball auf, „dieses Verhältnis war rein beruflicher Natur. Gierse war ein solider, verlässlicher Bauunternehmer, mit dem man gut zusammenarbeiten konnte."

„Und er hat Sie in Sachen Kirchenrenovierung heftig unterstützt."

Holger Stertmann zögerte einen Moment. „Ja, das kann ich nicht leugnen. Nachdem er zunächst Ignaz Köster die Stange gehalten hatte, ließ er sich doch irgendwann von meinem Entwurf überzeugen."

„Einfach so?"

Holger Stertmanns Kopf zuckte. „Wie meinen Sie denn das? Denken Sie, ich habe Manfred Gierse bestochen?" Von seiner Nase aus zogen sich jetzt Falten rechts und links zum Mund. Stertmann ärgerte sich. Ganz offensichtlich.

„Nun, Bestechung ist in Baukreisen ja nicht unüblich."

„Mit Verlaub, diese Unterstellung finde ich ziemlich unverschämt."

„Manfred Gierse sollte im von Ihnen zu planenden Baugebiet in Gerlingsen als Bauunternehmer tätig werden – haben Sie im Gegenzug die Kirchenrenovierung gekriegt?"

„Wie bitte?" Stertmanns Halsschlagader schwoll an. „Wie kommen Sie denn darauf, dass Gierse diese Aufträge bekommen sollte?"

„Er hat es seiner Tochter erzählt."

„Moment mal", Stertmann zwang sich zu einem sachlichen Ton. „Wenn Gierse seiner Tochter in unsicheren Zeiten erzählt, dass er sich Hoffnungen auf bestimmte Aufträge macht, dann ist das seine Sache. Ich jedenfalls habe Gierse nichts dergleichen zugesagt."

„Gierse hat sich also bei der Kirchenausschreibung plötzlich und unerwartet von Ihrem Entwurf überzeugen lassen."

„Nein, anders." Stertmanns Ton wurde schroffer. „Gierse hat sich von dem Verfahren überzeugen lassen. Von der Ausschreibung. Er hätte gern Köster um jeden Preis durchgedrückt, ganz ohne Ausschreibung. Er wollte ihn als Kirchenarchitekten beibehalten. Warum, darüber möchte ich mir kein Urteil erlauben. Als dann die Ausschreibung im Kirchenvorstand durch war, haben alle meinen Entwurf unterstützt. Nicht nur Manfred Gierse." Der letzte Satz von Stertmann war mit einer Mischung aus Giftigkeit und Trotz unterlegt.

„Wie war Ihr Verhältnis zu Köster?"

Stertmann schaute überrascht. „Wir hatten keinen Kontakt."

„Aha. Wissen Sie denn, wie sich Gierses Verhältnis zu Köster entwickelt hat?"

„Himmelherrgott. Ich besuche keine Männergruppe mit ihm. Ich habe nie mit Gierse darüber gesprochen. Andrea hat mal im Dorf gehört, dass die beiden sich seit der Auftragsvergabe spinnefeind sind, und Stephan hat Ähnliches angedeutet. Aber ehrlich gesagt ist das nicht mein Problem. Und für die Probleme anderer Leute habe ich leider keine Zeit."

„Herr Stertmann, haben Sie eigentlich einen Schlüssel zur Kirche?"

Auch diese Frage schien Stertmann zu überraschen.

„Nein, ich habe keinen", sagte er dann. „Wenn ich einen brauchte, um meinen Entwurf vorzubereiten, habe ich ihn mir immer bei Stephan geliehen. Als klar war, dass mein Büro den Auftrag bekommt, sollte ich einen eigenen Schlüssel erhalten. Aber daraus ist bislang nichts geworden. Die Küsterin hat mir einmal gesagt, Ignaz Köster habe noch einen aus früheren Tagen. Den wolle sie beizeiten zurückfordern und den könne ich dann kriegen."

„Aha." Max stand auf. „Na, dann danke ich Ihnen fürs Erste."

Als er durch den Flur ging, nahm er ein gerahmtes Foto wahr, das neben dem Garderobenspiegel hing. Ein lachender Holger Stertmann. Auf einem Chopper. Max musste sehr genau hinsehen, um die Marke erkennen zu können. Eine Kawasaki. Der smarte Holger Stertmann wirkte darauf ein bisschen deplaziert.

Immerhin lenkte das Foto Max derart ab, dass er etwas Wichtiges vergaß. Es fiel ihm erst wieder ein, als es längst zu spät war. Er hatte ein Versprechen gebrochen. Der Kleine würde nie wieder einem Erwachsenen glauben. Erst recht nicht, wenn er von der Polizei war.

## 36

Hartwig Bongard trug auch im Ruhestand Krawatte. Sogar an einem schnöden Mittwoch. Seine Frau hatte ihn aus seinem Arbeitszimmer geholt, das er offenbar auch als Pensionär fleißig nutzte. „Wenn Sie einen kleinen Moment warten wollen", hatte seine Frau gesagt. Sie war etwas verhuscht, wie mir schien. Dass eine andere Konstellation auch kaum möglich war, wurde mir klar, als ich mit Hartwig Bongard ins Gespräch kam.

„Ja bitte", sagte er, als er zur Haustür durchgedrungen war, vor der ich mit Walter gewartet hatte.

„Vincent Jakobs", stellte ich mich vor. „Der Schwiegersohn von Schnittlers hier aus dem Ort. Entschuldigen Sie bitte die Störung, aber ich habe mir sagen lassen, Sie seien ein Kenner der hiesigen Sakralkultur, und deshalb –"

„Wer genau hat diese Äußerung getätigt?" Der Ton war scharf. So, als hätte ich Hartwig Bongard mit einer Beleidigung konfrontiert. Ich war auf die Frage nicht vorbereitet. „Die Großmutter meiner Frau", fiel es mir dann ein. „Wie ich hörte, arbeiten Sie an einer wissenschaftlichen Arbeit über christliche Gebräuche im Sauerland, und da ich –"

„Ist das auch Ihr Arbeitsthema?" Bongard hob die linke Augenbraue. Er hatte sehr ausgeprägte Augenbrauen, was besonders auffiel, da sie einen Kontrast zu seinen an den Kopf geklatschten, fast nass wirkenden rot-braunen Haaren darstellten.

„Nein, keineswegs", beschwichtigte ich mein Gegenüber. „Es geht um eine rein private Nachforschung, ein Detail, das mich und vielmehr noch meine Schwiegergroßmutter interessiert."

Bongard wirkte beruhigt.

„Nun, wenn ich Ihnen da helfen kann. Vielleicht kommen Sie einen Augenblick herein." Er warf einen Blick auf Walter und schien seinen Entschluss bereits zu bereuen.

„Das ist ganz reizend", versicherte ich. „Am besten lasse ich den Hund so lange hier im Vorgarten. Die Sonne scheint ja, das hat er gern, er wird sich in der Zwischenzeit ein wenig sonnen."

Bongard schien meinen Vorschlag zu billigen, denn ein etwas milderer Gesichtsausdruck stellte sich ein. Ich band Walter an einem Pflock des Gartenzauns fest, befahl ihm, sich hinzulegen und trat dann erwartungsvoll in die Bongard'sche Sakralhöhle ein.

Im ersten Moment dachte ich, das Wohnzimmer sei ohne Fenster, so dunkel war es dort. Dann wurde mir klar, was diesen düsteren Eindruck vermittelte. Die Schrankwand in dunkler Eiche, ein paar in Brauntönen gehaltene Madonnenabbildungen sowie die Couchgarnitur in leblosen Herbsttönen schienen sämtliches Licht, das durch die Scheiben hereinfiel, aufzusaugen und zu neutralisieren. Gegen diese gruselige

Wohnzimmereinrichtung war das Ambiente in Ommmas vier Wänden so erfrischend, dass man es in der Zeitschrift *Schöner Wohnen* hätte verwursten können. Eine natürlich ebenfalls dunkelbraune Wanduhr tickte laut vor sich hin und verstärkte den Eindruck totaler Leblosigkeit noch.

„Darf ich Ihnen ein Glas Wasser anbieten?", fragte die Gastgeberin jetzt. Nachdem sie sich zunächst zurückgezogen hatte, war sie jetzt wieder aus irgendeinem Mauseloch gekommen und spielte das Servierfräulein.

„Danke", lehnte ich lächelnd ab. „Ich möchte Ihren Mann gar nicht lange aufhalten. Es geht wirklich nur um eine Kleinigkeit. In zwei Minuten bin ich wieder weg."

Man konnte ja hoffen.

Bongard ließ sich auf dem Herbstsessel nieder und deutete an, dass ich auf dem Sofa Platz nehmen durfte.

„Nochmals vielen Dank, dass Sie sich einen Moment Zeit nehmen", begann ich.

Bongard lehnte sich selbstgefällig zurück. „Nun, zwar habe ich just eben eine neue Entdeckung zum Brauch des „Roggen pälmens" in Lennestadt gewonnen, wobei es sich um die traditionelle Feldersegnung handelt, aber ich denke, eine kleine Pause kann vielleicht gar nicht schaden."

Ich nickte dankbar. „Es geht um eine Statue", kam ich jetzt schnell zur Sache, bevor Bongard in sein Lieblingsthema eintauchen konnte, „eine Darstellung der Anna Selbdritt. Sie soll in den fünfziger Jahren in der alten Dorfkirche gestanden haben, möglicherweise mitgebracht von schlesischen Flüchtlingen. Wissen Sie irgendetwas darüber?"

„Ob ich etwas darüber weiß? Nun, das sollte man wohl meinen", Bongard lächelte arrogant. Eine Frechheit, es für möglich zu halten, dass er nicht Bescheid wüsste!

„Wie Sie ja eingangs richtig festzustellen wussten, arbeite ich seit Jahren auf dem Gebiet der christlichen Brauchtumsforschung und darf mich gleichzeitig wohl als einzigen wirklichen Kenner der heimischen Sakralkunst bezeichnen. Dabei betrachte ich es als höchst bedauerlich, wie wenig Interesse gerade unsere Hauptamtlichen diesem Thema entgegenbringen." Bongards Mund wurde von einem säuerlichen Zug umspielt. Ich überhörte den Seitenhieb auf Olbrecht und steuerte stattdessen mein eigentliches Anliegen an.

„Umso mehr freut es mich, dass Sie mir zur Anna Selbdritt Auskunft geben können, der mein besonderes Augenmerk gilt."

„Um darüber zu forschen?", fragte Bongard erneut mit dem Ausdruck größten Misstrauens. Die Möglichkeit, dass jemand anderes sein Forschungsgebiet mitbeackern wollte, schien zu seinen persönlichen Albträumen zu gehören.

„Aber nicht doch", beeilte ich mich zu sagen. „Wie ich schon sagte. Ein rein privates Interesse. Die Großmutter meiner Frau würde sich gern mit der Selbdritt-Skulptur fotografieren lassen, und für mich wäre es wichtig zu wissen, ob es diese Figur überhaupt noch gibt."

„Aber warum denn nicht?" Bongard war ehrlich überrascht. „Die Anna Selbdritt hat in den Jahren 1946 bis 1952, also exakt bis zum Abbruch der alten Dorfkirche, im linken Seitenflügel gestanden, anschließend wurde sie für einige Zeit in der Marienkapelle auf dem Kreuzberg ausgestellt, bevor sie endgültig eingemottet wurde und seitdem ein trostloses Dasein im Archiv der Kirchengemeinde fristet."

„Welches sich wo befindet?"

„Auf dem Dachboden des Kirchturms. In zwei Räumen werden dort in unwürdiger Atmosphäre die Schätze unserer werten Gemeinde verwahrt – ein haltloser Zustand, der jedoch trotz mehrerer Eingaben meinerseits von Pfarrer Olbrecht überhaupt nicht wahrgenommen wird."

„Und Sie sind sicher, dass die Selbdritt-Figur im Kirchturm lagert?", vergewisserte ich mich erneut, um gleichzeitig die Olbrecht-Schiene abzubiegen.

„Ich wüsste nicht, warum sie nicht dort liegen sollte. Schließlich plant unser hiesiger Seelsorger nicht, das Stück an die Öffentlichkeit zu holen. Und das, obwohl ich schon vor Jahren anregte, einige der alten Schätze restaurieren zu lassen."

„Manfred Gierse hat sich bei der Großmutter meiner Frau nach der Anna Selbdritt erkundigt – offenbar, weil er die Figur auf dem Dachboden nicht auffinden konnte."

„Wie bitte?" Hartwig Bongard ruckte auf seinem Sessel vor. „Manfred Gierse – er hat sich erkundigt? – Moment, Moment, wonach genau hat er sich erkundigt?" Sowohl Hartwig Bongards Gesichtsausdruck als auch seine Körperhaltung verrieten allergrößte Anspannung.

„Nun", ich überlegte schnell, ob ich mich zurückhalten sollte, entschied mich dann aber dagegen. „Manfred Gierse hat meine Schwiegeroma gefragt, ob sie sich noch an die Skulptur erinnern könne, ob sie wisse, wo sie wann gestanden habe und so weiter und so fort. Er interessierte sich dafür, da er eine Art Bestandsaufnahme plante."

„Na, das ist ja köstlich", Bongard presste ein künstliches Lachen hervor. „Gleich mehrmals habe ich unserem Kirchenvorstandsvorsitzenden meine Mithilfe angeboten, als es um die Inventur unserer sakralen Ausstattung ging. Ich bin nicht müde geworden, darauf hinzuweisen, dass dies eine Gelegenheit sei, die sakralen Schätze zu katalogisieren und den einen oder anderen wieder in das Kirchengesicht einfließen zu lassen. Aber nicht ein einziges Mal hat Manfred Gierse – der immerhin gewählt worden ist, um das Wohl dieser unserer Pfarrgemeinde im Auge zu haben – nicht ein einziges Mal hat er meine fachkundige Hilfe in Anspruch genommen."

Vor meinem inneren Auge spielte sich ab, wie sich die Sache wahrscheinlich zugetragen hatte: Natürlich hatte man versucht, Bongard herauszuhalten. Die Zusammenarbeit mit einem eitlen Besserwisser wie ihm war sicher nicht angenehm.

„Ich sage Ihnen eins", Bongards Stimme war inzwischen zu einer Schimpfdusche angeschwollen, „Gierse hat sich instrumentalisieren lassen. Von einem Pfarrer, der die Erfahrung eines Gemeindepraktikanten hat. Von einem oberflächlichen Hans-Dampf-in-allen-Gassen, dem die Einhaltung seines freien Tages wichtiger ist als das Wohl seiner Gemeindemitglieder. Von einem Theologen mit dem Geschichtsbewusstsein eines

Kanarienvogels. Von einem Pfarrer, der die Fähigkeiten und Talente seiner Anbefohlenen aber auch nicht im Geringsten zu schätzen und einzubinden weiß."

„Nach allem, was ich gehört habe, war Manfred Gierse keineswegs ein Mensch, der sich leicht instrumentalisieren ließ", unterbrach ich den Strom meines Gastgebers. „Mir scheint, er wusste sehr wohl, was er wollte und was nicht."

„Dass ich nicht lache!" Wieder stieß Bongard sein künstliches, lautes Gackern hervor. „Herr Jakobs, was Sie nicht wissen: Ich habe meine wissenschaftliche Arbeit – ein umfassendes, bahnbrechendes Werk – dem Renkhausener Pfarrgemeinderat kostenlos zur Verfügung gestellt, ohne auch nur im Geringsten meine eigenen finanziellen Interessen im Auge zu haben. Dieser hat sich wiederum, da er über finanzielle Projekte eigenständig nicht entscheiden kann, an den Kirchenvorstand gewandt – Manfred Gierse in persona." Bongard sah mich über seine Brillengläser hinweg an. „Manfred Gierse hat mich zunächst über einige Wochen hingehalten mit der Begründung, mir ohne einen Kirchenvorstandsbeschluss nichts sagen zu können. Aber vielleicht können Sie sich denken, wer dort immer und zu jeder Zeit das Recht hat, die anderen zu überstimmen? Der leitende Pfarrer. Und jetzt hören Sie mir genau zu, Herr Jakobs: Wenn man die Gelegenheit hat, ein derartiges Opus zu veröffentlichen, sich dann aber nach Beratung mit unserem Herrn Pfarrer dagegen entscheidet, dann halte ich das sehr wohl für eine Form der Instrumentalisierung. Gierse hat dem Olbrecht die Füße geküsst. Anstatt in seiner Funktion die Gemeinde zu vertreten, hat er sich von ihm auf seine Seite ziehen lassen und ihm kritiklos das Feld überlassen."

„Ich wusste gar nicht, dass Sie und Manfred Gierse so uneins waren", fuhr ich Bongard dazwischen. Der Heimatforscher holte tief Luft, wollte wohl etwas sagen, aber ich kam ihm zuvor.

„Aber ob die Anna Selbdritt jetzt tatsächlich auf dem Dachboden schlummert, wissen Sie nicht?"

„Herr Jakobs, wie ich bereits erläuterte, ist meine Mitarbeit trotz meiner historischen wie kunsthistorischen Kompetenz in dieser Gemeinde nicht gefragt. Kurz: Es ist nicht erwünscht, dass ich –"

„Sie wissen es also nicht?", kürzte ich das Ganze ab.

„Natürlich weiß ich es nicht", herrschte mich Bongard an, „aber ich hielte es für einen Skandal, wenn auch nur der Verdacht bestünde, dass die Figur nicht auffindbar ist. Damit wäre eine neue Form der Unorganisiertheit erreicht, die nicht länger folgenlos bleiben kann. Ich werde mich unverzüglich in dieser Sache erkundigen, denn es geht nicht an, dass aufgrund –"

„Danke, Herr Bongard", unterbrach ich ein weiteres Mal. „Vielen Dank für Ihre Hilfe."

Ich erhob mich und ergriff umgehend die Flucht. „Ich werde Ihre wissenschaftliche Arbeit weiter mit Aufmerksamkeit verfolgen." Im Flur riss ich selbstständig die Tür auf und blickte mich ein letztes Mal, Dankbarkeit vortäuschend, um. Bongard nickte mir halb verunsichert, halb gönnerhaft zu. Ich winkte und verschwand dann nach draußen, wo mich allerdings eine böse Überraschung erwartete. Walter hatte dort, wo ich ihn angebunden hatte, ein Loch in die Erde gebuddelt. Zwei Blumenzwiebeln lagen an der Oberfläche, außerdem hatte er einen Teil der braunen, lockeren Erde durch den Jägerzaun auf den Bürgersteig gefegt.

Etwas hilflos versuchte ich ein bisschen davon zusammenzuschieben. Als das nicht klappte, machte ich mich eilig auf den Weg. Eine Diskussion über Hundeerziehung fehlte mir noch.

## 37

„Olbrecht ist nicht da!" Ich hatte tatsächlich schon beste Nachbarschaftsqualitäten angenommen. Aber schließlich stand da ja auch mein Freund beim Pastor vor der Tür.

„Vincent!" Max kam langsam auf mich zu. „Du warst mit dem Hund unterwegs?"

„Oh ja. Ich habe einen hiesigen Heimatforscher besucht in der Hoffnung, dort etwas über den Verbleib der Anna Selbdritt zu erfahren."

„Anna Selbdritt? Wer ist denn das?"

„Eine Statue, an der Alexas Ommma interessiert ist. Du weißt ja, dass ich dem Projekt ihrer Beerdigung täglich zahlreiche Stunden widmen muss."

„Und trotzdem bleibt dir noch reichlich Zeit, deinen Nachbarn im Auge zu behalten." Max deutete auf Pastors Haustür.

„Ich habe nur zufällig gesehen, wie er weggefahren ist", verteidigte ich mich. „Er hat eine Messe in Oldeck."

„Alles klar." Max grinste. Dann wurde er wieder ernst. „Ich brauche dringend eine Aufstellung von ihm, nämlich darüber, wer alles einen Schlüssel zur Kirche hat."

„Na, mir fallen da gleich ein paar Leute ein", erklärte ich. „Isolde Buschhaus zum Beispiel."

„Genau wie die Familie Gierse", ergänzte Max, „was dann sowohl Frau Gierse als auch ihren beiden Töchtern den Zugang ermöglicht hätte. Und zumindest die Frau Mutter hatte für den Mord ein herausragendes Motiv, falls sich aus der Vaterschaftsgeschichte etwas ergibt."

„Die ja übrigens ich aufgedeckt habe", gestattete ich mir dezent zu erwähnen. „Aber vergessen wir die Küsterin nicht, die hat auch einen Schlüssel, genau wie der Pastor oder die Gemeindereferentin."

„Und Ignaz Köster", ergänzte Max.

„Ignaz Köster?"

„Der alte Architekt. Zumindest behauptet das sein junger Kollege, Holger Stertmann."

„Köster – das ist interessant", sinnierte ich. Dann schwenkte ich um. „Was hältst du denn von diesem Stertmann? Ich habe ihn nach dem Totengebet kennengelernt. Ist ja nicht so mein Typ."

„Es könnte sein, dass er sich seinen Auftrag zur Kirchenrenovierung erkungelt hat. Außerdem scheint er Motorrad zu fahren. Allerdings das falsche Modell. Auf einem Foto habe ich ihn auf einem Chopper von Kawasaki gesehen, geblitzt wurde jedoch eine schwarze BMW. Außerdem war er am Abend des Mordes zum Arbeiten in seinem Büro."

„Schade", grummelte ich. „Dann hätte ich nur noch meinen Heimatforscher zu bieten. Er hat Ärger mit Gierse gehabt, da er sich vom Kirchenvorstand zu wenig gewürdigt fühlte."

„Hatte er einen Schlüssel?"

Ich zuckte mit den Achseln. „Nun, man wundert sich ja sowieso, wer alles einen hat. Denk nur an die gute Isolde." Plötzlich fiel mir etwas ein. „Hast du ihr eigentlich gestern ihren Schlüssel abgenommen?"

„Klar", sagte Max, „ich hab ihn sogar dabei." Er fasste an seine Jackentasche.

„Wollen wir noch einmal hineingehen? Ich würde gern schauen, ob man die Anna Selbdritt dort findet."

„Eigentlich müsste ich zwar dringend telefonieren", Max zögerte, „aber Marlene ist eh nicht zu erreichen. Von mir aus, lass uns mal schauen!"

Es war ein komisches Gefühl, erneut die Kirche zu betreten. Nicht ganz so gruselig wie am Vorabend, als wir Isolde Buschhaus im Beichtstuhl aufgespürt hatten, doch herrschte auch jetzt eine seltsame Atmosphäre, von der ich nicht sicher sagen konnte, ob ich sie als friedlich oder unheimlich beschreiben würde.

Max schloss mit seinem Generalschlüssel die Tür zum Kirchturm auf und suchte nach dem Lichtschalter.

„Am Tag, als Manfred Gierse hier tot aufgefunden wurde, habe ich den auch schon gesucht", erklärte ich. Ich ging einen Schritt zurück. Etwa zwei Meter von der Tür entfernt gab es einen Lichtschalter. Ich probierte ihn aus, und tatsächlich, Max rief herüber, das Licht sei jetzt an.

Die Blutspuren waren immer noch da. Max und ich bemühten uns, die roten Flecken mit möglichst großem Abstand zu umgehen. Oben auf dem Treppenabsatz blieb mein Kumpel stehen und warf einen Blick nach unten. Da er offensichtlich nachdachte, wollte ich diesen Akt kriminalistischer Kopfarbeit ungern unterbrechen und verharrte still und unauffällig wie sein Assistent. Endlich regte er sich wieder und wies auf die vor uns liegende Tür. „Hier ist doch der Gruppenraum, oder?"

Ich zuckte mit den Achseln. In diese Etage war ich bislang gar nicht vorgedrungen. Max öffnete die Tür. Ein bestimmt dreißig Quadratmeter großer Raum tat sich vor uns auf. Er war mit schmucklosen weißen Tischen und schwarzen Kunststoffstühlen möbliert. An der Wand hingen ein paar Bilder, unter anderem ein Foto vom Papst. Allerdings vom vorherigen. Papst Johannes Paul II.

„Gemütlich", sagte Max ironisch. „Aber asketische Raumausstattung regt den Geist ja auch ungemein an."

Im Geschoss darüber erwartete uns ein Abstellraum mit übereinandergestapelten Holzstühlen, Fahnenstangen und anderem eingestaubten Krempel.

„Haben das eure Leute alles durchsucht?", fragte ich Max und deutete auf die Kartons, die im hinteren Teil des Raumes übereinandergestapelt standen.

„Angeblich schon", antwortete Max, aber er klang selbst nicht recht überzeugt.

Noch eine Etage höher waren die Wände nur noch verputzt. Neben ein paar massigen Schränken türmten sich hier Holzkisten und noch weitere Kartons. Einige waren beschriftet, die meisten allerdings nicht.

„Schön übersichtlich", murmelte ich und versuchte ein paar Aufschriften zu lesen.

„Sursum corda", stand auf zwei Kisten, in denen sich offenbar die alten Gesangbücher befanden, „Alte Krippe" auf einer anderen.

„Glaubst du, die Anna Selbdritt könnte hier irgendwo versteckt sein?", wandte ich mich an Max.

„Wieso?" Maxens Stimme hörte sich abwesend an.

„Gierse hat sich bei Alexas Ommma nach dieser Statue erkundigt, weil er sie nicht auffinden konnte. Vielleicht hat sie sich jemand unter den Nagel gerissen. Gierse ist ihm auf die Spur gekommen und wurde deshalb zum Opfer." Ich nahm mir mal probehalber einen Karton vor. Kerzenhalter waren darin. Ich nahm an, dass man sie an den Kirchenbänken befestigen konnte.

„Weißt du, was ich mich allerdings frage", wandte ich mich an Max. „Wie vertickt man so etwas? Solch eine Heiligenstatue wird man doch nicht beim nächsten Autohehler los." Ich öffnete derweil den nächsten Karton. Kleine Fähnchen, die wahrscheinlich an Fronleichnam eingesetzt wurden. „Es muss einen ganz speziellen Markt für diese Dinge geben", fuhr ich fort. „Und daneben einen noch spezielleren – die Grauzone, die Illegalität. Aber wie kommt man dahin, als unbescholtener Renkhauser Bürger?"

„Übers Internet", murmelte Max. „Oder über einen Experten, wie Ludger Stark einer ist. Das ist ein Klassenkamerad von Stertmann und Olbrecht."

Frustriert schloss ich die bislang geöffneten Kartons. Hier nach der Anna Selbdritt zu suchen, war ähnlich aussichtsreich wie die Sache mit der Nadel im Heuhaufen.

„Internet also", fasste ich zusammen. „Oder ein Experte." Als ich aufblickte, musste ich feststellen, dass Max mir nicht mehr richtig zuhörte. Er hatte sich inzwischen der leiterähnlichen Holztreppe genähert, die in der Mitte des Raumes zu einer Bodenklappe führte. „Der Glockenturm", murmelte mein Kumpel. Dann war er verschwunden.

Wenige Sekunden später stand ich neben ihm und betrachtete die drei Glocken, die über uns hingen. Die größte der drei musste für das Totenläuten zuständig sein. Max stand an einem der Schallöcher und blickte hinaus. Ich trat neben ihn. Der Ausblick war bombastisch. Über die Dächer Renkhausens hinweg erstreckte sich die sauerländische Landschaft als wunderschönes Panorama, mit einem Streif von Nebel, der die Berge zu küssen schien. Mitten in einem Waldstück entdeckte ich die kleine Kapelle, an der ich manchmal auf meinen Hundespaziergängen vorbeikam.

Max sah in eine ganz andere Richtung. „Ist das dahinten Gerlingsen?"

„Ich glaube schon."

„Da liegt ein Baugebiet, das Stertmann vermarkten möchte."

„Ich weiß." Dann kam mir in den Sinn, dass Max noch nichts von Claudia Wagner wissen konnte. Ich begann gerade zu erzählen, was ich gehört hatte, als ich es plötzlich in Maxens Brusttasche summen hörte. Mein Freund zog blitzschnell sein Handy heraus und nahm an.

„Christian", begann er das Gespräch. „Nein, ich erreiche sie auch nicht. Ja, ich weiß, dass das unmöglich ist."

Dann hörte er eine Weile lang zu.

„Ein Gespenst?", fragte er irgendwann irritiert nach. „Pass auf, ich übernehme das. Dann könnt ihr den Burschen mit ins Präsidium nehmen. Auf die Wache, meine ich. Ich vergesse immer, wo wir ermitteln. Und wenn du dort Marlene triffst, sag ihr verdammt noch mal, dass sie ihr Handy nicht anhat. Ja, ich melde mich dann. Ciao." Max drückte sein Handy aus und sah mich nachdenklich an. „Jemand hat ausgesagt, er habe in der Mordnacht einen Schatten in der Nähe der Kirche gesehen – genauer ein Gespenst mit langen Haaren."

„Isolde Buschhaus", murmelte ich. Max nickte.

Für die Erzieherin blieb mal wieder keine Zeit. Und für die andere Frau, Anna Selbdritt, erst recht nicht.

◇

*Ich hab nichts gesagt, Stephan. Ich hab gar nichts richtig gesagt. Aber immer diese Fragen. Immer dieselben. Über die Mordnacht. Ob ich da unterwegs gewesen sei. Man habe mich gesehen, habe man mich. Und deswegen könne man mich jetzt in Untersuchungshaft nehmen. Aber ich hab nichts gesagt. Ich hab nur gesagt, ich sei's nicht gewesen. Ich nicht. Und man solle uns in Ruhe lassen, dich und mich!*

*Ich weiß trotzdem nicht, ob ich alles richtig gemacht habe. Dieser Mann hat mir richtig Angst gemacht. Ich hätte Glück, dass ich überhaupt noch auf freiem Fuß sei, denn ein Mann aus dem Dorf habe mich gesehen, und das solle ich jetzt mal erklären. Schließlich sei das die Mordnacht gewesen und ich unterwegs. Stephan, ich hab wirklich fast gar nichts gesagt, aber er hat immer weiter gefragt, ob ich niemandem begegnet sei, und das wäre doch seltsam, dass ich gesehen worden sei, aber selbst niemanden wahrgenommen hätte. Das wäre doch seltsam und man müsse mich jetzt in Untersuchungshaft nehmen. Und da habe ich gesagt, ich sei's nicht gewesen und dich sollte man auch in Ruhe lassen. Das wär doch ganz normal, dass du so reagierst, wo man uns derart in die Enge treiben würde. Und unsere Liebe würde siegen, und das wär erst der Anfang, das hab ich gesagt.*

*Ach, Stephan, du darfst mir das nicht übelnehmen, aber dann wollte der Mann wissen, wie ich das denn meinen würde, das sei erst der Anfang, und ich sollte einfach erzählen, was ich beobachtet habe. Und da hab ich gesagt, ich hätte dich zum Pfarrhaus laufen sehen, in Windeseile, von der Kirche aus über den Kirchplatz und dann in die Einfahrt und ins Haus. Aber ich hab auch gesagt, dass du gar nichts dafür kannst, dass das ganze Dorf daran schuld ist, weil die uns nicht lassen, weil die uns verbieten wollen, was ganz offensichtlich ist. Dass wir uns lieben, Stephan, und füreinander bestimmt sind. Hoffentlich bist du nicht böse, weil ich das gesagt hab. Aber ich dachte, wir gehen sowieso weg. Weg von hier, denn dann können die uns nichts. Aber jetzt frage ich mich, ob die das vielleicht gegen dich auslegen, ob die vielleicht zu dir gehen. Ob die vielleicht …*

*Denn als ich das gesagt hatte, ging plötzlich alles ganz furchtbar schnell. Der Mann hat telefoniert, oder besser, er wollte telefonieren, aber es hat nicht geklappt. Vielleicht war etwas an seinem Handy kaputt, denn er hat furchtbar geflucht. Und dann hat er gesagt, ich müsse jetzt mitkommen und auf der Wache erzählen, was ich gerade gesagt hätt. Aber das wollte ich nicht. Er hat mich sogar anfassen und mitnehmen wollen, aber ich hab geschrien, was das Zeug hielt. Und dann hat er schließlich abgelassen von mir, und hat gesagt, er käme noch mal wieder und dann würden wir das mit der Aussage machen. Und ich hab genickt. Ich war so froh, dass er wegging. Dass ich nicht mitmusste mit ihm.*

*Stephan, du verstehst das doch? Dass ich etwas sagen musste. Weil er mich so unter Druck gesetzt hat. Du verstehst das doch. Auf jeden Fall hab ich mir überlegt, wir müssen jetzt weg. Woanders unser Glück machen. Hier klappt das nicht mehr. Wir müssen hier weg. Am liebsten auf eine einsame Insel. Wo uns niemand findet, wo wir ganz für uns sein können, ohne die Leute. Ich mache das schon, Stephan, mach dir nur keine Sorgen. Ich mache das schon, ich weiß ja, dass du im Moment sehr angespannt bist. Du kannst voll und ganz auf mich zählen, Stephan. Wirklich, verlass dich auf mich!*

## 38

„Verdammt noch mal, was ist das hier für ein Kindergarten?"

Max' Stimme war vermutlich im ganzen Gebäude zu hören. Aber das war ihm egal. Er schäumte vor Wut, und es war ihm vollkommen schnurz, was Marlene darüber dachte.

„Es tut mir leid, Max, aber ich war hier mit einem Verhör beschäftigt."

„Und trotzdem geht es nicht, dass man dich nicht erreicht!"

„Ich habe mich entschuldigt. Reicht das jetzt?"

„Nein!" Max funkelte Marlene an. „Du sagst mir, um die Professionalität unserer Arbeit nicht zu gefährden, dürften wir kein privates Wort miteinander wechseln. Aber was hier abläuft, ist ein Feuerwerk an Dilettantismus. Warum gibt es kein ordentliches Dienstgespräch? Warum haben wir zu wenige Leute? Warum habe ich den Eindruck, dass die Spurensicherung nicht ordentlich gearbeitet hat?"

„Herrgott, ich habe es verstanden", auch Marlenes Stimme steigerte sich. „Meinst du, ich merke nicht, dass mir die Dinge entgleiten? Und rate mal, womit das zusammenhängt. Damit, dass ich nicht konzentriert bin."

Marlene sah Max einen Moment lang durchdringend an. „Dienstbesprechung", sagte sie dann mit ernster Stimme. „Wir treffen uns in einer halben Stunde."

Es kamen tatsächlich alle zusammen. Jan, Christian, wie immer mit Schal, Ina, die Kollegen aus der Region, nur die Staatsanwaltschaft fehlte mal wieder.

Offenbar hatten sich auch Christian und Ina mächtig aufgeregt, jedenfalls hielt Marlene eingangs eine kleine Entschuldigungsrede. „Trotz aller Unzulänglichkeiten", schloss sie diesen Part, „habe ich das Gefühl, dass wir nah dran sind. Es hat sich viel getan in den letzten Stunden. Lasst uns sortieren, damit wir schnell die nächsten Schritte einleiten können!" Marlene spielte mit einem silbernen Kugelschreiber herum. „Vielleicht fange ich selbst an." Sie berichtete kurz von der Vaterschaftsgeschichte. „Drei Stunden lang haben wir Hildegard Gierse intensiv verhört, aber die Dame bestreitet, mit dem Mord zu tun zu haben. Die jüngere Tochter beteuert zudem, dass die Mutter das Haus nicht verlassen habe – wobei sie selbst auf ihrem Zimmer laute Musik gehört hat."

„Was mich interessieren würde", Christian lehnte sich zurück. „Hat die Gierse immer noch etwas mit dem Architekten?"

Marlene schüttelte den Kopf. „Nein, das wohl nicht. Und in diesem Fall glaube ich ihr sogar. Wie einige wissen, hat sie dennoch am Tag des Mordes mit Köster telefoniert. Sie ist zwei Tage zuvor sogar bei ihm im Büro gewesen, hat ihn dort aber nach eigenen Angaben nicht angetroffen. Deshalb hat sie es am Sonntag noch einmal telefonisch versucht und ihm mitgeteilt, dass ihr Mann der Sache auf der Spur war."

„Das heißt, Köster kommt als Täter genauso gut in Frage", schlussfolgerte Ina.

„Allerdings", Marlene legte den Kugelschreiber endlich beiseite. „Wir hätten ihn längst auseinandergenommen, aber er ist heute den ganzen Tag unterwegs."

„Hast du eine Fahndung ausgeschrieben?" Max sah Marlene herausfordernd an.

„Noch nicht. Ich habe mir selbst ein zeitliches Limit gesetzt. Sollte er sich heute bis achtzehn Uhr nicht gemeldet haben, kommt die Maschine ins Rollen. Jan wird sich darum kümmern."

Max verkniff den Mund. Marlene beachtete ihn nicht.

„Ist das nicht verrückt", sagte plötzlich Ina. „Köster hat eine Tochter, wohnt im selben Ort, aber hat sich die ganze Zeit keinen Deut dafür interessiert. Im Gegenteil: Er wird erst zu Rate gezogen, als die Sache nach fast zwanzig Jahren herauszukommen droht."

„Köster hat in Hildegard Gierse wahrscheinlich nie mehr als eine folgenschwere Affäre gesehen. Die Vorstellung, dass er durch eine Offenlegung seine Ehefrau verlieren würde, die ihm noch dazu eine fette Erbschaft beschert hat, hat ihm offenbar gar nicht behagt."

„Männer sind seltsam", murmelte Ina. Niemand widersprach ihr.

„So, das war unsere Geschichte", schloss Marlene ihren Teil ab. „Aber ich weiß, dass ihr euch in der Zwischenzeit auch nicht gerade gelangweilt habt." Die Chefin sah auffordernd in die Runde.

Es waren Christian und Ina, die sich anschlossen und von ihrem Besuch bei Karl-Heinz Lesser berichteten.

„Ich denke, wir können Lesser aus dem Kreis der Verdächtigen ausschließen", sagte Ina zum Abschluss, „wir haben weder Hinweise in seiner Wohnung gefunden, die auf seine Täterschaft hinweisen, noch hatte Lesser Zugang zu einem Schlüssel. Da Gierse erwiesenermaßen seinen Schlüssel auch nicht dabeihatte, hätte die Kirche zufällig offen sein müssen, um die Tat überhaupt möglich zu machen."

„Ein zu großer Zufall", erläuterte Christian, „umso interessanter ist, was Lesser über diese Gestalt gesagt hat, die angeblich in der Mordnacht in der Nähe der Kirche herumgehuscht ist."

„Isolde Buschhaus", sagte Max knapp. Er hatte Marlene bereits in wenigen Worten von seiner Befragung erzählt, wiederholte das Ganze aber jetzt noch einmal für alle. „Ich weiß nicht, ob euch klar ist, was es bedeutet, wenn ihre Aussage stimmt", sagte Max mit Nachdruck. „Wenn der Pastor tatsächlich gegen halb elf von der Kirche zum Pfarrhaus gerannt ist, dann hat er gelogen. Dann war er nicht, wie behauptet, bei einem Freund in Meschede, sondern in Renkhausen. Am Tatort."

„Aber so, wie du diese Buschhaus beschrieben hast, ist sie ziemlich durchgeknallt. Ich halte es für fraglich, ob man ihre Aussage ernst nehmen sollte."

„Sie sollte zumindest überprüft werden", erregte sich Max. „Was können wir denn zum Alibi des Pastors sagen? Hat das jemand gecheckt?"

Max sah in die Runde und blieb bei Marlene hängen. „Nicht?", fragte er nach und gab sich keine Mühe, seinen Unmut zu verbergen.

„Punkt eins auf unserer To-do-Liste", überging Marlene die Kritik. „Ich sehe nur eins nicht, und das ist ein Motiv. Warum sollte der Pfarrer Gierse umgebracht haben?"

Max verschränkte die Arme. „Vielleicht hat Gierse etwas über den Pfarrer gewusst, das nicht an die Öffentlichkeit sollte."

„Eine Liebschaft, meinst du?" Inas Augen blitzten. „Phantastisch. Ich habe schon als Kind gerne die *Dornenvögel* gesehen."

„Vielleicht hatte der Pastor etwas mit Gierses Frau", spekulierte Christian ins Blaue hinein. „Oder mit einer seiner Töchter, was beim Vater nicht so wirklich gut kam."

„Oder aber Olbrecht hat mit Gierse selbst etwas gehabt", Ina legte die Hand an die Stirn. „Ein Beziehungsdrama auf der Kirchturmtreppe."

„Moment, Leute", setzte Marlene schließlich einen Schlussstrich. „Wir führen hier eine Ermittlung durch und schreiben kein Drehbuch für eine klerikale Seifenoper. Bitte die Fakten im Auge behalten, wenn ich bitten darf."

„Ich hätte da vielleicht etwas", sagte plötzlich Jan. Er hatte einen Ordner vor sich liegen und blätterte darin. „Mir oblag ja die segensvolle Aufgabe, Gierses Unterlagen zu checken. Dabei habe ich nicht nur Formulare gefunden, mit denen man einen

Vaterschaftstest beantragen kann, sondern noch etwas anderes. Gierse hat sich ausgiebig mit den Kunstschätzen seiner Pfarrgemeinde befasst. Er musste wohl eine Art Inventur vorbereiten, die die Erzdiözese angekündigt hat. Dabei hat er das Fehlen einer Skulptur bemerkt. Ich schau mal eben nach, wie sie heißt."

„Anna Selbdritt", sagte Max.

„Genau", Jan sah ihn erstaunt an. „Gierse hat Beschreibungen gesammelt von Figuren dieser Art inklusive einer Schätzung."

„Um welche Summen geht es da?", erkundigte sich Ina.

„Es gibt welche für 30.000, aber auch welche für 200.000 Euro. Wie viel die wert war, die Gierse vermisste, geht aus den Unterlagen leider nicht hervor."

„Aber sie wurde definitiv vermisst?", erkundigte sich Max.

„Ja, auf der letztendlichen Inventurliste kommt die Anna Selbdritt nicht vor. Zudem hat Gierse die Aussagen zweier Dorfbewohner gesammelt, die über die Skulptur Bescheid wussten. Ich glaube, wir können davon ausgehen, dass Gierse einem Diebstahl auf der Spur war."

„Wir waren ja eigentlich beim Pfarrer und einem möglichen Motiv", Ina streckte ihre Beine aus. „Meinst du, er hat sich die Skulptur unter den Nagel gerissen, um sich zu Hause in der Besenkammer seine ganz private Lourdesgrotte einzurichten?"

„Lourdesgrotte?", fragte Christian nach. Ina winkte ab.

„Zum Pfarrer Olbrecht", sagte einer der Streifenbeamten jetzt. „Ich meine, er ist immerhin Priester. Ich kann mir nicht vorstellen, dass der einen Menschen umbringen würde."

Ina und Christian murmelten etwas.

„Außerdem kenne ich Isolde Buschhaus", verteidigte sich der Kollege, „und ich bezweifle ehrlich gesagt, dass sie glaubwürdig ist. Ich meine, vielleicht hatte sie ja allen Grund, die Aufmerksamkeit auf Pfarrer Olbrecht zu lenken. Sie war schließlich selbst in der Nähe des Tatorts."

„Und sie hatte einen Schlüssel, wie Max gestern herausgefunden hat", ergänzte Marlene. „Aber hatte sie auch ein Motiv?"

„Nun", Max zögerte mit seiner Antwort, „sie hat die wahnhafte Vorstellung, allein die Leute im Dorf verhinderten eine Liebesbeziehung zu Olbrecht." Die anderen in der Runde reagierten. Es war eine Mischung aus Erstaunen und Belustigung, die den Raum erfüllte.

„Gierse nahm dabei eine Schlüsselposition ein", fuhr Max fort. „Er hat als Mitglied des Kirchenvorstands ein Gespräch mit Isolde Buschhaus gesucht. Man könnte sagen, er hat sie verwarnt und ihr mit Hausverbot gedroht, falls sie den Pastor weiter bedränge."

„Moment mal, warum ist sie dann nicht hier?" Ina sah Max fragend an.

„Weil sie – " Max wand sich, „weil sie nicht ernst zu nehmen ist."

„Hey, mal langsam", Ina bohrte sofort nach. „Du möchtest, dass wir ihr glauben, wenn es darum geht, dass der Pastor zur Tatzeit in der Kirche war. Andererseits sagst du, sie sei nicht ernst zu nehmen."

„Ich verstehe einfach nicht, warum du sie nicht mit auf die Wache gebracht hast", beschwerte sich Christian.

Max merkte, wie ihm das Blut in den Kopf schoss. Er konnte sich nicht länger zurückhalten. „Verdammt, ich war alleine dort. Und ich hatte keinen Kontakt zu einem von euch. Die Frau hat gebrüllt wie am Spieß, als ich sie mitnehmen wollte. Hätte ich sie in Handschellen legen und knebeln sollen?"

„Ist ja schon gut", Christian hob die Hände. „Ich meine nur, wir sollten sie hier vor Ort noch einmal befragen. Ich denke fast, sie ist für uns noch heißer als dieser Ignaz Köster oder die Ehefrau vom Gierse – oder als der Pastor."

Hier und da nickte jemand mit dem Kopf. Max machte sich nicht die Mühe, weiter darauf einzugehen.

„Gut, dann machen wir uns jetzt daran, die Aufgaben zu verteilen", Marlene lächelte. Sie schien damit eine gewisse Aufmunterung an ihre Kollegen richten zu wollen. Max ließ die Schultern hängen. Er wurde das Gefühl nicht los, dass einiges schräglief.

# 39

Der Hund hatte mindestens fünf Rassen in sich. Und die passten irgendwie überhaupt nicht zusammen. Was da vor uns stand und aufgeregt bellte, war ein winziges Wollknäuel mit viel zu großen Tatzen. Walter starrte den Wuschel mit einer Mischung aus Belustigung und Unglauben an. Dass sich dieser Pimpf gebärdete, als hätte er ihm irgendetwas zu sagen, schien Walter fassungslos zu machen. Allerdings hatte ich ihm auch bislang die Geschichte von David und Goliath verschwiegen. Ich erwog, ob ich Walter losmachen sollte. Dann konnten die beiden ungehindert spielen, und daraus ergab sich vielleicht ein Gespräch mit den Haltern. Wir waren schließlich nicht zum Spaß hier – Walter und ich. Wir standen am Grundstück von Claudia Wagner mitten im Gerlingser Neubaugebiet.

„Leo!"

Na endlich. Ich hatte schon befürchtet, der Wuschel müsse sich die Zunge aus dem Hals bellen, bevor jemand aufmerksam wurde. Eine Frau kam jetzt aus dem Holzhaus. Und sofort fragte ich mich, ob das tatsächlich Claudia Wagner sein konnte, die immerhin im Kindergarten gearbeitet hatte. Diese Frau hatte nichts Weiches, nichts Mütterliches an sich, sondern wirkte unglaublich taff. Raspelkurzes, strohblondes Haar, eine überaus sportliche Figur, energische Gesichtszüge in ihrem sonnengebräunten Gesicht. Diese Frau würde auch als Judolehrerin durchgehen.

„Hallo!", sagte die Judolehrerin jetzt und lachte sehr gewinnend. So konnte ich sie mir schon eher in einem katholischen Singekreis vorstellen.

„Ich glaube, die beiden verstehen sich ganz gut", faselte ich. Durch nichts in der Welt ließ sich diese Schwachsinnsbemerkung belegen. Das Wollknäuel bellte immer noch wie verrückt vor sich hin, Walter stand nach wie vor völlig ungerührt da. Leos Besitzerin ging jetzt in die Hocke und kraulte den Kleinen. Immerhin hörte dadurch endlich das Gebell auf.

„Leo ist immer ganz aus dem Häuschen, wenn ein Kollege vorbeikommt. Noch ist ja hier nicht allzu viel los."

Ich sah mich um. Was in diesem Neubaugebiet fehlte, waren tatsächlich vor allem die Neubauten. Ein einzelnes Haus stand etwa achtzig Meter entfernt, ansonsten war tote Hose. Claudia Wagner, wenn sie es denn war, schien meine Gedanken zu erraten.

„Hier sollte eigentlich schon viel früher alles zugebaut sein. Die Baugesellschaft Stertmann vermarktet den Grund. Aber offenbar geht es nicht so schnell, wie man sich das vorgestellt hat. Dabei sind die Grundstücke komplett erschlossen."

„Stertmann ist doch der Architekt, der auch die Renkhauser Kirche plant, oder?"

„Kann schon sein!" Ein unbeteiligter Gesichtsausdruck. Zu unbeteiligt. Dies war Claudia Wagner. Und sie wirkte sehr gekränkt. „Ich hatte mal mehr mit Renkhausen zu tun", sagte sie jetzt, als wolle sie gerade diese Kränkung verdrängen, „aber mittlerweile kriege ich von dort nicht mehr allzu viel mit." Sie hob den Kopf. „Wohnen Sie in Renkhausen?" Mit einem Mal hatte sie etwas sehr Mädchenhaftes an sich, eine Verletzlichkeit, die am Anfang nicht sichtbar gewesen war.

„Nein, nein, nur meine Frau kommt von dort."

„Haben Sie schon gehört, dass dort ein Mord passiert ist?" Die Frage kam so abrupt, dass sie mich irritierte. „Ich bin erst heute Nacht aus dem Urlaub gekommen. Mein Freund und ich waren auf Kreta. Und dann höre ich heute Morgen, dass Manfred Gierse umgebracht wurde. Das ist wirklich unglaublich."

„Ja, das ist es", bestätigte ich. „Ich hab's auch schon gehört." In meinem Inneren stellte sich Erleichterung ein. Claudia Wagner war auf Kreta gewesen. Sie war einfach nicht da, als Manfred Gierse ermordet worden war.

„Aber ein wirklich tolles Holzhaus!", sagte ich in fast euphorischem Tonfall. „Die sind ja nach wie vor selten."

Claudia Wagner hatte bis jetzt in einer Tour den Hund gekrault. Jetzt ließ sie endlich von ihm ab.

„Stimmt. Und das, obwohl es im Sauerland Holz ohne Ende gibt. Aber hier liebt man, was man kennt. Schauen Sie sich doch um in der Region! Alles verputzt, alles auf die gleiche Weise gebaut. Selbst Klinker sind ja hier schon exotisch. Ist doch langweilig, finden Sie nicht?"

„Wie sind denn Sie darauf gekommen, ein Holzhaus zu bauen?"

„Ich hab es gar nicht mitgebaut, um ehrlich zu sein. Das war mein Partner, als er noch mit seiner Frau zusammen war. Dann hat sie sich einen anderen gesucht, und Rainer saß hier in seinem fertigen Haus. Mir ist es mit meinem Mann ähnlich gegangen, nur dass kein Haus mit im Spiel war." Claudia Wagner lachte gezwungen. „Hätte ich auch nicht gedacht, dass mein Leben mal derart kurvenreich verläuft."

„Wer weiß das schon vorher?"

Claudia Wagner kraulte jetzt wieder ihren Hund. „Nun, manche Menschen scheinen immer zu wissen, was geht und was nicht." Sie hatte Tränen in den Augen. Ich sah es genau.

„Obwohl – ", plötzlich blickte sie mich sehr herausfordernd an, „selbst Manfred Gierse wird nicht gewusst haben, dass sein Leben einmal auf einer Kirchturmtreppe endet."

Da war sie wieder, die Judolehrerin. Claudia Wagner hatte wirklich zwei Facetten. Wie gut, dachte ich noch einmal, wie gut, dass sie auf Kreta Urlaub gemacht hatte.

## 40

Elisabeth Vollmer sah Stephan noch eine Weile nach. Betrachtete seinen Hinterkopf mit dem schwarzen Baskenkäppi, das er so gerne trug. Beobachtete, wie er sein Auto aufschloss und sich in den Sitz fallen ließ. Ein wenig musste sie lächeln bei dem Gedanken, dass er sich nicht von seinem Auto trennen mochte. Er pfefferte – wie er es immer tat – seine schwarze Aktentasche in den hinteren Teil des Wagens und fuhr dann los, um sich erst anschließend und sehr umständlich während der Fahrt anzuschnallen. Die Gemeindereferentin ließ sich in ihren Bürostuhl sinken und starrte gedankenverloren auf die Stelle, wo noch vor ein paar Sekunden Stephans Auto gestanden hatte.

Das Problem war vielleicht, dass sie ihm nicht ernstlich böse sein konnte.

Nicht mal dafür, dass er sie nicht liebte.

Seit einer Weile redete sie sich ein, dass sie die schlimmste Zeit längst hinter sich hatte. Die Monate, in denen die Tagträume sie fest im Griff gehabt hatten. In denen sie keinen Gedanken hatte fassen können, in dem er nicht irgendwie vorkam. In denen sie die Stunden gezählt hatte, bis sie ihn wiedersehen würde – auch wenn es nur beim Weggottesdienst für die Kommunionkinder war oder beim Seniorenfrühstück oder bei der Vorbesprechung der Jugendfreizeit. In der sie vor Eifersucht beinahe umgekommen war, wenn Stephan sich anderen Frauen mit derselben Herzlichkeit zugewandt hatte wie eben noch ihr.

Eine gemeinsame Zukunft! Es hatte eine Zeit gegeben, da hatte sie daran geglaubt. Schließlich kannte sie andere Fälle. Einen ehemaligen Priester aus Brilon, der jetzt mit seiner Familie im Ruhrgebiet lebte. Und einen laisierten Jesuitenpater aus Bad Godesberg, der mit seiner Frau einen Neuanfang in Süddeutschland wagte. Sie hatte daran geglaubt, dass sie und Stephan diese Möglichkeit auch haben würden. Auch wenn ihr die Probleme einer solchen Beziehung durchaus bewusst waren. Die stete Frage, ob es die richtige Entscheidung gewesen war. Ob der Mann ohne sein Priesteramt glücklich werden konnte. Und ob man als Frau den Anfeindungen von außen gewachsen war. Schließlich galt man für viele als praktizierende Eva, wenn man einen katholischen Priester abtrünnig gemacht hatte. Wenn man sich trotzdem dafür entschied, tat man gut daran, sein Glück in weiter Ferne zu suchen. Elisabeth wäre dazu bereit gewesen. Aber Stephan war bislang nicht einmal der Gedanke gekommen.

Elisabeth hatte es verstanden, als Stephan vor ein paar Wochen mit ein paar Jugendlichen darüber gesprochen hatte.

Gerade die Mädchen hatten ihn ganz unverhohlen gefragt. Wie das denn so sei – ohne Beziehung. Und warum er sich das überhaupt antue.

„Ich tu mir das nicht an", hatte Stephan mit einer Ernsthaftigkeit gesagt, die Elisabeth auch jetzt noch in guter Erinnerung war. „Für mich ist das so der einzig richtige Weg."

„Das begreif ich nicht", hatte daraufhin Judith, ein ziemlich forsches Mädchen, gesagt. „Sehnen Sie sich denn nicht manchmal nach … nach – na, Sie wissen schon."

„Geborgenheit und so", hatte Olli gefeixt.

„Natürlich", hatte Stephan lächelnd gesagt. „Ich würde lügen, würde ich etwas anderes behaupten. Aber wenn ich eine Familie hätte, würde mich das natürlich verändern. Dann wäre meine Familie das Wichtigste für mich. Das Wichtigste in meinem Leben."

„Und jetzt ist das Gott?" hatte Ingo gefragt, und sein Gesichtsausdruck hatte keinen Zweifel daran gelassen, dass er das für die schlechtere Alternative hielt.

„Jetzt ist das Gott."

„Ich fass es nicht", hatte daraufhin Ingo zu seinem Kumpel gesagt. „Der meint es ernst, Alter. Der meint das echt ernst."

Und dann hatten sie zusammen Cola getrunken.

An diesem Abend hatte Elisabeth viel zu verdauen gehabt. Nur das Schlimme war: Obwohl sie jetzt über Klarheit verfügte, hatte ihr das die Sache nicht leichter gemacht. Auch wenn sie Stephans Position akzeptierte – ihre Tagträume waren immer noch da. Und ihre Eifersucht hatte sich leider noch mehr gesteigert. Sie hatte schon genug damit zu tun, Stephan in seiner Rolle als Priester zu sehen – wie er, wenn er irgendwo eintrat, sämtliche Aufmerksamkeit auf sich zog, während man sie, neben ihm, glatt übersah. Wie es ihm gelang, tausend Hände zu schütteln und doch das Gefühl zu vermitteln, er sei für alle ganz persönlich da. Wie er es schaffte, einen Witz an der richtigen Stelle zu positionieren und kurze Zeit später ernste Worte zu finden, wenn es angebracht war. Wie er sich anhimmeln ließ und gleichzeitig den Kumpeltyp mimte. All das konnte Elisabeth – unter Mühen zwar – noch irgendwie schlucken. Was sie aber nicht im Geringsten ertrug, war sein Umgang mit Andrea Stertmann. Andreas Fröhlichkeit und ihre Vertrautheit mit Stephan bereiteten ihr körperlichen Schmerz. Daher konnte sie nicht anders, als Andrea Stertmann für ihr Dasein zu hassen.

Bei Stephan war das anders. Ihm konnte sie nicht ernstlich böse sein.

Nicht mal dafür, dass er sie nicht liebte.

Zumindest nicht so, wie sie es sich gewünscht hätte.

## 41

„Herr Köster, dürfen wir Sie auf die Polizeiwache bitten?" Jan hatte den Porsche schon von weitem kommen sehen und war direkt aus dem Auto gesprungen. Noch vor den Kollegen aus der Streife. Jan hatte dafür plädiert, mit der Fahndung eine weitere Stunde zu warten. Und er hatte recht behalten. Kurz vor sieben, und der Vogel war ins Nest zurückgekommen. Die Ehefrau saß neben dem Architekten. Es sah tatsächlich nach Tagesausflug aus.

„Darf ich mal fragen, was Sie hier machen?" Kösters Stimme war ungehalten. Und sein Atem roch nach Alkohol. Wein, dachte Jan. Und zwar eine ordentliche Menge.

„Herr Köster, es haben sich im Fall Gierse neue Zusammenhänge ergeben. Wären Sie jetzt bitte so freundlich, uns zur Wache zu begleiten?"

„Was fällt Ihnen überhaupt ein?" Frau Kösters Stimme überschlug sich beinahe. „Wie können Sie es wagen, meinen Mann –"

„Herr Köster, wenn Sie verhindern möchten, dass ich mich über Details auslasse, dann folgen Sie mir jetzt!" Jans Stimme war entschlossen. „Ich sage nur eins. Frau Gierse befindet sich in Untersuchungshaft. Reicht Ihnen das?"

Der Architekt warf einen fahrigen Blick hinüber zu seiner Frau.

„Geh schon mal rein, Schatz", sagte er dann. „Sicher nur eine Formalie. Ich kläre das eben. Bin gleich wieder da."

Die Frau des Architekten stand immer noch wortlos auf dem Hof, als der Polizeiwagen mit ihrem Mann schließlich das Grundstück verließ.

## 42

Ich schreckte hoch. Ommma rief durchs ganze Haus meinen Namen. Sie hatte sich schon tagsüber nicht wohl gefühlt, angeblich war ihr der Wetterumschwung überhaupt nicht bekommen. Nach einigen angenehm warmen Tagen war es heute plötzlich kühl und neblig geworden. Ein Umstand, auf den Ommma nicht nur mit heftigen Knieschmerzen reagierte, sondern auch mit Unwohlsein. Sie hatte sich schon frühzeitig schlafen gelegt und ließ sich nun von mir ein Glas Wasser ans Bett bringen.

„Kann ich sonst noch etwas tun?" fragte ich, nachdem ich eine Weile am Bett gesessen hatte. „Den Arzt anrufen zum Beispiel?"

„Unsinn!", antwortete Ommma in einer Klarheit, die ich so sehr an ihr schätzte. „Der kommt doch auch nicht umsonst."

„Ich bin sicher, es macht dem Arzt nichts aus, auch um diese Uhrzeit zu kommen", versuchte ich Ommma zu erklären, „um genau zu sein, ist das ein Teil seines Jobs."

„Aber warum denn?" Ommma machte wieder den Sahnespritzenmund, womit sie signalisierte, dass sie Diskussionen für gänzlich überflüssig hielt. „Einmal richtig schlafen, dann geht's mir wieder gut. Aber was mir viel mehr am Herzen liegt", Ommma legte mir die Hand auf den Unterarm, was in ihrem Raster eine ungewöhnliche Zärtlichkeit ausdrückte, „hast du dich mal um die Anna Selbdritt gekümmert?"

„Wahrscheinlich ist sie wirklich im Kirchturm", erklärte ich. „Doch würde ich sie da alleine nie finden. Bei nächster Gelegenheit frage ich mal den Pastor. Er erlaubt mir bestimmt, sie zu fotografieren."

„Wenn sie denn da ist", sagte Ommma und sah mich mit Stirnrunzeln an. „Wenn Manfred sagt, er findet sie nicht, dann ist sie doch wahrscheinlich wirklich nicht da." Ich antwortete nicht. „Weißt du was?" Ommma hatte immer noch die Hand auf meinem Arm. „Ich werde das Gefühl nicht los, dass diese Figur mit seinem Tod zu tun hat."

„Meinst du?"

Ommma nickte. „Sag das mal deinem Freund. Du weißt schon, der bei der Polizei arbeitet."

„Mach ich." Ich lächelte Ommma beruhigend an. „Und den Pastor frag ich auch."

„Gut." Ommma entspannte sich.

„Ich lasse die Tür auf", erklärte ich ihr. „Und wenn etwas ist, rufst du mich bitte."

Ommma nickte und lächelte sanft, was mich zusätzlich beunruhigte. Ich streichelte ihr den Arm, und schon bald schloss sie die Augen. Ein paar Minuten später verließ ich leise den Raum.

## 43

Ich hatte gerade den Laptop gestartet, als es an der Haustür klingelte. Während ich die Stufen hinuntereilte, sah ich auf die Uhr. Fast neun. Später Besuch! Vor der Tür standen Max und seine Kollegin.

„Hi!", sagte Max. Er sah fertig aus. Seine Kollegin nicht minder.

„Hallo", erwiderte ich erstaunt. „Kommt rein!"

„Wir wollten zum Pastor", erklärte Max. „Aber der ist nicht da. Und Isolde Buschhaus auch nicht. Bei der waren wir zuerst."

„Und jetzt möchtet ihr wissen, ob ich den beiden gerade ein Candlelight-Diner serviere."

„Das weniger. Aber wir müssen warten", erklärte Max. „Und da waren Ina und ich uns einig, dass es sich hier bei dir gemütlicher wartet als draußen im Auto."

„Sehr richtig", bekräftigte ich. „Möchtet ihr etwas trinken?"

Beide bejahten. Max wollte ein Bier, seine Kollegin ein Wasser.

„Du arbeitest noch?" Während ich für die Getränke sorgte, warf Max einen Blick auf meinen Laptop mit der Internetseite.

„Nicht wirklich", schränkte ich ein. „Ehrlich gesagt bin ich gerade Anna Selbdritt auf der Spur."

„Anna Selbdritt?" Max' Kollegin sah mich überrascht an. „Die hatten wir doch eben, oder?"

Ihr Blick wanderte zu Max. Der nickte. „Die Skulptur, mit der sich Manfred Gierse beschäftigt hat." Er wandte sich an mich. „Und? Etwas herausgefunden?"

„Ich bin nicht weit gekommen. Aber von Ommma soll ich dir ausrichten, diese Anna-Figur habe garantiert mit Gierses Tod zu tun."

„Genau", feixte Ina. „Anna hat den Gierse umgebracht und sich anschließend heimlich aus dem Staube gemacht."

„Im Moment sind wir eher hinter Köster her", erklärte Max ungeachtet Inas Bemerkung. „Der Kerl ist tatsächlich der Vater von Gierses jüngster Tochter."

„Ines?" Die Nachricht haute mich um. Auch wenn ich die Sache weitergeleitet hatte, haute sie mich um, jetzt, wo sie bestätigt war. „Ines ist die Tochter vom Köster?" Ich hatte plötzlich das Bild vor Augen. Das Bild von Ines, wie sie im Kirchturm gestanden und gebrüllt hatte.

„Ines und Ignaz", murmelte ich. Das Mädchen tat mir unendlich leid.

Abwesend nahm ich wahr, dass Max seiner Kollegin Mineralwasser nachschenkte. Er selbst schien trotz Dienst über eine zweite Flasche Bier nachzudenken.

„Aber wenn ihr Köster am Haken habt, warum sucht ihr dann den Pastor?", kam ich endlich in die Welt zurück. „Und warum Isolde Buschhaus?"

„Nun, auch da sind noch einige Dinge ungeklärt", sagte Max dunkel. „Die Buschhaus ist in der fraglichen Nacht durchs Dorf gegeistert. Sie hatte einen Brass auf Gierse, und sie verfügte, wie wir beide wissen, über einen Schlüssel zur Kirche."

„Aber was ist jetzt mit Anna?", kam Ina auf die leidige Heiligenstatue zurück. „Die Gute passt in keine unserer Spuren so richtig hinein."

„Stimmt." Max rutschte auf der Couch immer weiter nach unten.

„Machen wir doch mal fröhliches Brainstorming", versuchte ich die Arbeitsmoral ein wenig zu heben. „Vermuten wir einfach, die Anna Selbdritt ist weg. Und Manfred Gierse war auf der Suche nach ihr. Wer hätte dann einen Grund, unser Kirchenvorstandsmitglied zu töten?"

„Natürlich der, der für ihr Verschwinden verantwortlich ist", spielte Ina mit. Sie war schon deutlich munterer geworden.

„Genau", bestätigte ich, „aber gehen wir noch einen Schritt zurück: Warum stiehlt man eine Heiligenstatue?"

„Na, um sie zu Kohle zu machen!", brummte Max aus dem Sofa heraus.

„Oder um sie einfach zu haben", fügte Ina hinzu. „Es gibt bestimmt Liebhaber, die ganz scharf darauf sind, solch eine Kostbarkeit im Hause zu haben."

„Aber war es eine Kostbarkeit?" Auch Max schien endlich wacher zu werden. „Ich nehme an, wenn es eine Kostbarkeit gewesen wäre, hätte sie nicht über Jahre auf irgendeinem Dachboden geruht."

„Es sei denn, es hat niemand von ihrem echten Wert gewusst", wandte Ina mit erhobener Augenbraue ein.

Ich selbst war an einer anderen Stelle hängengeblieben. *Oder um sie einfach zu haben.* Es fiel mir nur eine Person ein, auf die Inas Kommentar passte. Diese Person lebte in einem begehbaren Eichensarg, kannte sich mit Sakralkostbarkeiten hervorragend aus und hieß Hartwig Bongard.

Ich legte meine Gedanken dar.

„Nehmen wir an, Gierse hat tatsächlich herausgefunden, dass Bongard die Statue hat mitgehen lassen, warum hat er das nicht öffentlich gemacht?"

„Man weiß doch, wie das sauerländische Bergvolk so etwas regelt", Ina schüttelte den Kopf, „unter sich und ohne großes Hallo."

Max war schon weiter. „Liebhabergründe, ich weiß nicht. Lasst uns lieber überlegen, wer die Statue des Geldes wegen genommen haben könnte."

„Da müsste man erst einmal wissen, was sie denn wert war", warf ich ein.

„Nun, Kollege Vedder hat in Gierses Unterlagen zur Anna Selbdritt recherchiert. Dort waren Figuren im Wert von 30.000 bis 200.000 Euro angegeben."

„Tatsächlich?" Ich war ehrlich überrascht. „Andererseits muss das nicht heißen, dass es nicht auch Kopien oder Billigprodukte für ein paar Hunderter gibt."

„Na, wollen wir jetzt spinnen oder nicht?", beschwerte sich Max.

„Okay", gab ich nach. „Wer hatte an einer 100.000 Euro-Anna Interesse?"

Ina gähnte. „Interesse hat jeder, aber wer geht das Risiko ein?"

„Das Risiko war relativ gering", steuerte ich bei. „Die Figur lag über Jahre auf dem Dachboden herum. Wenn nicht zufällig diese Paderborner Inventur angestanden hätte, hätte kein Mensch ihr Fehlen bemerkt."

„Vielleicht ist das ein Weg", sagte Max. „Wer hatte Zugang zum Dachboden und konnte unbemerkt die Statue entwenden?"

„Der Pastor", sagte Ina und grinste.

„Ignaz Köster", ergänzte Max, „da er einen Schlüssel hatte. Vielleicht hat er die Statue schon vor Jahren entdeckt."

„Was ist mit dem neuen Architekten?", erkundigte sich Ina.

„Hat keinen eigenen Schlüssel", winkte Max ab. „Wenn er hineinmusste, hat er sich den Schlüssel vom Olbrecht geliehen."

„Ist doch das Gleiche", sagte Ina zu Recht.

Eine Bemerkung der Gemeindereferentin kam mir plötzlich in den Sinn. „Zumal seine Frau einen Schlüssel zu Olbrechts Wohnung hatte."

„Und er hätte das Geld gebrauchen können“, setzte Ina hinzu.. „Den Architekten geht es nicht gut.“

„Mehr noch“, setzte ich hinzu. „Stertmann hat sich mit seinem Wohngebiet in Gerlingsen enorm verkalkuliert.“

„Brauchte Isolde Buschhaus eigentlich auch Geld?“, fragte plötzlich Max. „Immerhin hatte auch sie einen Schlüssel zur Kirche.“

„Natürlich!“, warf ich ein. „Und zwar für ein Leben mit Olbrecht. Der Neuanfang auf einer Südseeinsel scheitert schließlich nur an ein paar Euro.“

Max sah mich ernst an. „Ich glaube, wir fahren da noch mal hin“, sagte er schließlich. „Vielleicht ist sie inzwischen zu Hause.“

Ina nickte zustimmend. „Können Sie uns anrufen, wenn nebenan das Licht angeht?“, wandte sie sich an mich. „Haben Sie Max’ Nummer?“

Ich nickte, war in Gedanken aber kilometerweit weg. Da war etwas, was ich klären wollte. Ein Verdacht, der unausgesprochen immer dagewesen war.

Egal, wie spät es jetzt war. Ich musste noch einmal weg.

## 44

Etwas rüttelte an ihm. Das war komisch, da er sich doch in einer Tropfsteinhöhle befand. Kalt war es hier und feucht und vor allem unglaublich dunkel. Und dann plötzlich wieder das Rütteln. Jemand durchsuchte ihn. Seine Jacke. Warum wurde in einer Tropfsteinhöhle seine Jacke durchsucht? Sein Kopf tat weh, ein unangenehmer, sporadischer Schmerz. Als würden alle Gedanken, von denen jetzt immer mehr zu entstehen begannen, seinen Kopf von innen anstechen. Auf einmal merkte er, dass er die Augen geschlossen hatte. Die Tropfsteinhöhle gab es nur in seinem Kopf. Aber kalt war es trotzdem. Er versuchte die Augen zu öffnen, aber das schien nicht zu gehen. Es war ihm, als hätte man Gewichte auf seine Lider gelegt.

Gewichte, die es ihm unmöglich machten, die Augen zu öffnen. Jetzt wurde die andere Jackentasche durchsucht. Er spürte es ganz deutlich.

„Na, da bist du ja." Eine Stimme. Eine Stimme, die er kannte. Wie Dartpfeile schossen die Gedanken in ihm herum. Und trotzdem versuchte er erneut, die Augen zu öffnen. Und es gelang ihm. Aber was er sah, versetzte ihm solch einen Schock, dass er auf Anhieb furchtbar zu zittern begann. Isolde Buschhaus stand über ihn gebeugt. Als sie bemerkte, dass er sie ansah, begann sie zu lächeln.

„Bist du wach?" Sie strich ihm über die Wange. Stephan wollte sie abhalten, doch bemerkte er erst jetzt, dass er sich überhaupt nicht bewegen konnte. Er war gefesselt – an den Handgelenken, an den Füßen und sogar die Knie waren zusammengebunden. Was hatte sie mit ihm gemacht? Er wollte etwas sagen, aber auch sein Mund gehorchte ihm nicht. Zugeklebt. Sie hatte seinen Mund zugeklebt. Zwar konnte er darunter seine Lippen minimal bewegen, aber es reichte bei weitem nicht, um damit Worte zu formen.

„Schön, dass es dir gutgeht." Die Buschhaus streichelte ihm immer noch über die Wange. Stephan zerbarst beinah an seinem inneren Widerstand und der Unfähigkeit, diesen in Bewegungen umzusetzen.

„Hast du gut geschlafen?" Was redete die Frau? Sie war ja vollkommen irre. Was zum Teufel hatte sie mit ihm gemacht?

„Ich bringe uns hier weg. Ich will ja nicht, dass du ins Gefängnis kommst. Dann könnten wir gar nicht mehr beisammen sein." Warum sprach sie von Gefängnis? Sie musste Wahnvorstellungen haben. Er hatte ihren Zustand völlig unterschätzt. Diese Frau war nicht ein wenig sonderbar, sie war gemeingefährlich.

„Wir haben lang genug darauf gewartet", die Buschhaus lächelte wieder ihr entrücktes Lächeln. „Den ersten Schritt hast du gemacht. Ich mache den zweiten. Das wird uns für immer verbinden. Ist das nicht schön?"

„Phü." Er hatte eine Art Laut zustande gekriegt.

„Ich wusste, dass du mir zustimmst. Aber wir haben nicht viel Zeit. Ich fürchte, sie werden uns hier irgendwann suchen, daher ist es besser, wenn wir von hier verschwinden."

Was hieß *von hier?* Stephan versuchte sich zu konzentrieren. Isolde Buschhaus. Wie war er ... da! Er sah es. Nein, vielmehr, er hörte es. Sie hatte angerufen. Irgendwann abends. Als er endlich heim war nach der Besprechung mit Elisabeth. Sie hatte angerufen, und er hatte gleich gesagt, sie wisse doch, dass das nicht ginge. Und sie wollten doch jetzt nicht wieder von vorne anfangen. Aber sie hatte ihn unterbrochen.

„Herr Pfarrer", hatte sie mit zittriger Stimme gesagt, „hören Sie mir zu. Das ist Ihre Pflicht! Ich brauche Ihre Hilfe. Ihre Hilfe als Pastor. Lange habe ich nämlich nicht mehr zu leben. Aber vorher möchte ich mein Herz noch erleichtern, indem ich die Beichte ablege."

„Frau Buschhaus, Sie wissen, dass wir regelmäßige Beichtzeiten haben", hatte Stephan mit fester Stimme gesagt, „nächsten Samstag können Sie ..."

„Nächsten Samstag geht es nicht mehr", hatte Frau Buschhaus ihn unterbrochen, und Stephan hatte vermutet, dass sie einen Selbstmordversuch plante.

„Wie kommen Sie denn darauf, Sie hätten nicht mehr lange zu leben?", hatte er misstrauisch gefragt.

„Ich habe Krebs. Ein Gehirntumor, wie meine Mutter."

„Ein Tumor?"

„Herr Pastor, ich brauche unbedingt Ihre Hilfe. Man kann mir nicht mehr viel geben im Leben, aber Erleichterung sei mir zumindest gegönnt."

„Natürlich kann ich Ihnen die Sakramente spenden", hatte er zugestimmt, „aber nicht heute Abend."

„Warum nicht? Kommen Sie einfach vorbei!"

„Frau Buschhaus, ich habe genug Erfahrungen mit Ihnen, um zu wissen, dass das nicht geschickt wäre."

„Sie wollen mir nicht die Beichte abnehmen?"

„Nicht bei Ihnen zu Hause."

„Aber ich kann nicht kommen, und ich – " Dann hatte sie geweint. Ganz fürchterlich geweint. Und Stephan hatte gedacht, wenn er jetzt auflegen würde, dann brächte sie sich um.

„In Ordnung", hatte er schließlich gesagt. „Ich komme vorbei."

„Bis gleich!" Ein Klicken in der Leitung. Sie hatte sofort aufgelegt.

Einen Moment hatte er noch gezögert. Er hatte sogar bei Elisabeth angerufen, um zu fragen, ob sie mitkomme. Aber dort war nur der Anrufbeantworter gelaufen. Dann hatte er nicht länger gewartet und war losgefahren. Allein.

„Das klappt schon mit dem Auto", sagte jetzt Isolde Buschhaus. Sie hatte auch zwischendurch gesprochen. Aber Stephan hatte ihr nicht folgen können. Zu sehr war sein lädierter Kopf damit beschäftigt gewesen, seine Erinnerung zu wecken.

„Ich bin zwar dreißig Jahre nicht mehr gefahren, aber das klappt schon!"

Wovon sprach sie? Wollte sie etwa mit dem Auto los? Womöglich mit ihm?

Der Tee! Er hätte nichts anrühren sollen, als er schließlich bei ihr angekommen war. Aber sie hatte darauf bestanden, er sei schließlich selbst gebraut aus eigens gepflückten Kamilleblüten, und er hatte auch nur ein paar Schluck ... Sie hatten sich noch über ihre Mutter unterhalten. Dann erinnerte er sich an nichts mehr. Sie musste dem Gebräu etwas zugesetzt haben. Aber was konnte man oral verabreichen, um eine derartige Wirkung zu erzielen? Gift? Stephan wurde von einer Woge der Panik erfasst. War das erst der Anfang vom Ende? Würde er gleich sterben? Würde er ...

„Ich denke, wir sollten nicht länger warten", Stephan wurde aus seiner Attacke herausgerissen. Seine Augen fokussierten die Person, die immer noch an seiner Seite stand. Sie streichelte ihn nicht mehr, denn sie war jetzt mit etwas anderem beschäftigt. Sie fuckelte an etwas herum. Dann plötzlich wandte sie sich wieder ihm zu. Sie knibbelte den Klebestreifen ab, der über seinem Mund klebte. Doch kaum war sein Mund auch nur halbwegs frei, schob sie ihm etwas hinein. Etwas Kleines, Hartes. Wahrscheinlich eine Tablette. Nein, zwei. Oder drei. Blitzschnell drückte die Buschhaus ihm auch noch einen Becher an den Mund. Wasser lief hinein. Stephan versuchte zu spucken, doch sie drückte ihm den Mund zusammen und verfügte dabei über eine beachtliche Kraft. Er verschluckte sich, hustete, röchelte, aber sie ließ nicht nach. Schließlich war da nichts Hartes mehr. Er hatte es verschluckt oder es hatte sich zersetzt. Panik überkam ihn. Vielleicht wollte sie ihn auf ganze andere Art wegschaffen. Er schloss die Augen. So fühlt sich das an, dachte Stephan noch. So fühlt sich der Tod an. Schon bald spürte er nichts mehr.

# 45

Als ich nach Hause kam, war ich noch immer erregt. Einen Moment blieb ich deshalb noch im Auto sitzen, um zur Ruhe zu kommen. Die Puzzlestücke passten jetzt perfekt ineinander, und was sich ergab, war ein verdammt guter Plan. Aus großer Not heraus entwickelt, aber dennoch gut geplant. Nur an eins hatte der Hauptakteur nicht gedacht: an seinen Nachbarn. Seinen Nachbarn, der abends bis spät in die Nacht einem seltsamen Hobby frönte. Er baute an Bobbycars herum, um damit an Rennen teilzunehmen. Ich war nicht darum herumgekommen, sie mir anzusehen. Mehr als zehn rote Plastikautos, so wie meine Kinder sie gefahren waren, hatten in seiner Werksatt gestanden. „Seit neuestem gibt es auch Rennen mit Motor", hatte Nils Keil mir erklärt und eines der getunten Gefährte in die Höhe gehalten. „Diese Motoren machen 19.000 Umdrehungen pro Minute – damit kriegt man bis zu 70 Stundenkilometer drauf. Der Klassiker ist aber immer noch das Fahren ohne Motor. Jetzt beginnt die Saison. Da gibt es fast an jedem Wochenende ein Rennen. Beim großen Preis der Eifel habe ich sogar mal den Zweiten gemacht. Aber auch hier im Sauerland wird überall gefahren. In Silberg bei Olpe, in

Winterberg, in Sundern ... Wenn Sie Interesse haben, nehm ich Sie mal mit."

Irgendwie war es mir doch noch gelungen, auf den Sonntagabend zurückzukommen. Ja, Stertmann war dagewesen, im Büro, hatte Nils Keil mir erzählt. Er war oft da sonntagabends. Selbstständige kannten da ja kein Pardon. Aber dann habe er ihn weggehen sehen, so gegen zehn, nicht vorn durch die Haupttür, sondern hinten raus, wo Nils Keil in der Hinterbebauung seine Werkstatt hat. Er sei an seiner Werkstatt vorbeigegangen, als Nils gerade eine Pause gemacht habe, um den Kleber aushärten zu lassen. Dabei hatte Nils ihn durchs Fenster beobachten können. Die fünfzig Meter hinüber zu seiner Garage, wo er die Winterreifen stehen hatte und auch das Motorrad. Zu Hause hatte er ja keine Garage, hatte er ihm früher einmal erzählt. Deshalb stand die Karre jetzt hier. Früher ein Chopper von Kawasaki und jetzt die schwere BMW.

Die Straße hinunter hatte er das Motorrad geschoben. Sehr rücksichtsvoll, hatte Nils Keil noch gedacht, der will uns Nachbarn nicht wecken. Dann war er wieder an die Arbeit gegangen, weil der Kleber inzwischen ausgehärtet war. Wann das Motorrad zurückgekommen war, wusste er nicht.

Ich musste Max erreichen. Lieber früher als später. Doch noch während ich die Haustür aufschloss, hörte ich Ommmas Stimme.

„Hallo?"

Ich hastete die Treppen nach oben. Als ich in ihrem Schlafzimmer das Licht anknipste, wirkte Ommma einen Moment lang geblendet. Aber viel schlimmer: Sie sah unendlich blass aus, und ihre Augen waren glasig.

„Was ist los?" Ich hockte mich vor ihr Bett. Aber sie schien durch mich hindurchzuschauen.

„Tut dir etwas weh?" Ich merkte, wie mich Panik überkam. Bislang war mit Ommma alles so glatt gegangen. Aber das hier war nicht glatt. Das hier war ernst.

Ich nahm das Glas vom Nachtschränkchen und versuchte vorsichtig, Ommma zu trinken zu geben. Doch sie ließ es nicht zu.

„Hast du Schmerzen?", fragte ich, während ich neben ihr hockte.

Sie antwortete nicht, sondern drehte erschöpft den Kopf zur Seite. In meinem Gehirn arbeitete es. Was musste ich tun?

„Ich rufe jetzt den Arzt an", sagte ich.

„Aber ..."

„Er soll nur mal nach dir schauen."

„Vincent?" Ommma flüsterte fast. Ich rückte noch näher an sie heran. „Versprichst du mir etwas?"

Ich zögerte einen Augenblick. „Ja", sagte ich dann.

„Ich möchte hier zu Hause bleiben."

In dem Moment wusste ich es.

„Natürlich", sagte ich und hatte plötzlich mit Tränen zu kämpfen. Ich griff nach Ommmas Hand. „Du bleibst hier zu Hause."

Ommma legte sich zurück.

Nichts war mehr wichtig. Nur eins: Dass es ihr gutging.

## 46

Er war sich nicht sicher, ob er noch lebte. Es war so dunkel. Und das, was nach dem Tod passierte, war doch nicht dunkel. So hatte er jedenfalls immer geglaubt. Er versuchte sich zu bewegen. Es kostete ihn Kraft, aber er konnte tatsächlich seinen Kopf zur Seite drehen. Sowohl nach rechts wie auch nach links. Einen Moment war er unsicher, ob er überhaupt die Augen aufhatte. Er testete es und kam dann zu dem Schluss, dass das der Fall sein musste. Und trotzdem war alles um ihn herum in undurchdringlichem Schwarz. Als Nächstes versuchte er, seine Hände zu bewegen. Sie lagen gefaltet auf seinem Bauch, so wie man Leichen aufbahrte. Die Finger gehorchten ein bisschen, aber mehr ging leider nicht. Dann fiel ihm ein, dass er gefesselt war. Ein Gefangener in den Händen einer psychisch kranken Frau. Stephan versuchte ruhig zu atmen. Er konnte sich nicht recht freuen, dass er noch lebte. Vielleicht wäre die Alternative besser gewesen. Dann durchfuhr ihn plötzlich ein Ruck. Wenn er noch lebte, dann hatte das einen Sinn. Dann war das so gewollt. Ein unbändiger Kampfeswille erfüllte ihn auf einmal. Er lag hier. Verschnürt wie ein Paket und damit zur Hilflosigkeit verdammt. Aber er würde nicht aufgeben! Er lebte schließlich noch, und das hatte seinen Sinn.

Er versuchte nachzudenken. Wo war er hier? Er war sicher, dass er sich nicht mehr in Isolde Buschhaus' Wohnhaus befand. Sie hatte ihn weggebracht. Mit seinem Auto. Aber wohin?

Stephan spähte weiter in die Dunkelheit. Doch so sehr er sich auch anstrengte, waren doch keine Umrisse zu erkennen. Es musste mitten in der Nacht sein – oder aber er befand sich in einem Raum, in dem jede Ritze zugeklebt war. Stephan atmete tief durch. Es riecht anders, dachte er plötzlich. Trotz des Klebestreifens, der immer noch über seinen Lippen klebte und einen künstlichen, plastikmäßigen Geruch verströmte, roch es noch nach etwas anderem. Muffig. Modrig. Und es gab noch andere Nuancen. Holz. Vielleicht Kerzenwachs. Eine Kirche, dachte Stephan. Vielleicht eine Kirche.

Er versuchte sich weiter zu konzentrieren. Wo war Isolde Buschhaus? Nicht, dass sie ihm gefehlt hätte, aber wenn sie nicht da war, war das auch nicht unbedingt gut. Denn so, wie er hier lag, konnte er sich niemals selber befreien. Ob man ihn suchte? Er versuchte zu schreien. Unmöglich! Zwar war der Klebestreifen – wohl, weil er zwischendurch einmal gelöst worden war – etwas loser als zuvor, aber dennoch konnte Stephan nicht ordentlich sprechen. Lediglich unverständliche Zischgeräusche entwichen seinem Mund. Er versuchte den Klebestreifen mit den Lippen zu lockern. Ein wenig gelang es, aber an Schreien war trotzdem nicht zu denken.

Er machte eine Pause und versuchte stattdessen zu erspüren, worauf er lag. Es war ein harter Untergrund, schien ihm, auf den eine dünne Decke gelegt worden war, die die Härte jedoch keineswegs abfangen konnte. Eine Kirchenbank vielleicht, dachte Stephan, oder eine Pritsche. Plötzlich konnte er noch etwas fühlen. Nicht unter ihm, sondern an seinem

Schenkel. Er hatte etwas Hartes in der rechten Hosentasche. Sein Handy!

Stephan wurde aufgeregt. Das war ein Zeichen. Ihm wurde geholfen. Stephan durfte nur nicht aufgeben. Er musste kämpfen. So war das gedacht. Er testete aus, wie weit er seine gefesselten Hände nach rechts bewegen konnte. Es gelang ihm problemlos, sie über seine Tasche zu schieben. Stephan wurde noch aufgeregter, auch wenn er erkannte, dass die eigentliche Schwierigkeit jetzt noch bevorstand. Er trug eine Jeans. Eine Jeans, an der die Taschen enganliegend waren. Damit war es verdammt schwer, das Handy in gefesseltem Zustand überhaupt zu fassen zu kriegen. Noch dazu mit solch klammen Fingern. Schon nach wenigen Minuten vergeblicher Anstrengung hatte Stephan das Gefühl, sein Kopf würde platzen. Er pausierte eine Weile. Gib mir Kraft, dachte er. Du hast mich überleben lassen. Dann gib mir jetzt auch Kraft!

Er versuchte es ein weiteres Mal. Diesmal gelang es ihm, die Hand so weit in die Tasche zu schieben, dass er den unteren Rand des Handys erreichte. Das war eine Chance. So musste er das Handy nicht wirklich greifen, er konnte es schieben. Vorsichtig drückte er das kleine Telefon Zentimeter um Zentimeter hoch, und je höher er kam, desto leichter wurde die Aufgabe. Als er es fast ganz aus der Tasche herausgeschoben hatte, stoppte er. Er atmete durch. Er durfte sich jetzt nicht von seinem Glücksgefühl treiben lassen, er musste Ruhe bewahren. Wo sollte das Telefon hin? Zum Ohr. Auf dem Weg dorthin – wobei ihm dieser Weg mit gefesselten Händen sowieso unmöglich erschien – würde das Gerät garantiert abrutschen und in dem schwarzen Nichts verschwinden, das ihn umgab. Stephan dachte krankhaft nach. Er konnte sowieso nichts sehen, und sprechen auch kaum. Er musste versuchen das Handy in der Position zu bedienen, in der es sich derzeit befand. Vorsichtig versuchte er deshalb seine steifen Finger um den kleinen Plastikkörper zu legen. Sie waren so steif und ungelenk, dass er das Gefühl hatte, mit einer Grillzange zu hantieren.

Nichts überstürzen, dachte er immer wieder, es bloß nicht abrutschen lassen.

Er hatte das Handy jetzt ganz aus der Hosentasche herausgedrückt und umfasste es mit krampfigen Fingern. Der Daumen war wichtig. Stephan ließ ihn im Schneckentempo über die Tastatur gleiten und versuchte zu erspüren, was dort lag. Rechts oben fühlte er die etwas größere Taste, mit der das Handy anzuschalten war. Er presste seinen Daumen darauf. Zunächst tat sich nichts, endlich aber hatte er den richtigen Kontakt. Als Stephan das Geräusch hörte, mit dem sich das Handy anschaltete, stieß er einen innerlichen Lobpreis aus. Fast hektisch erspürte er die Nummerntasten. Er drückte zweimal die 1 und einmal die 0, den Notruf. Beinahe atemlos horchte er dann in die Stille hinein. Er konnte leise das Wählen vernehmen. Dann eine Stimme. Stephan versuchte etwas zu sagen. Es klappte nicht. Er war so aufgeregt, dass er sich beinahe verschluckte.

„Hallo?", hörte er jetzt aus dem Handy. Wieder versuchte er, eine Antwort zu geben. Hilflos klopfte er dann das Handy an die Jeans. Dann vernahm er ein Klicken, die Leitung war unterbrochen. Entweder hatte er das selber verursacht oder die Stimme in der Notrufzentrale hatte den Anruf für einen schlechten Scherz gehalten. Stephan versuchte sich zu entspannen und schloss die Augen. Dennoch hielt er weiter das Handy umklammert. Vielleicht konnte er eine SMS schicken, durchfuhr es ihn auf einmal. Oder jemanden anrufen, den er kannte und der auf dem Display seine Nummer identifizierte. Mit neuem Mut ließ er seine Daumen zu der Taste rutschen, mit der sich das Menü verband. Er drückte sie und versuchte sich zu erinnern, was dort üblicherweise erschien. Stephan war sich nicht hundertprozentig sicher, glaubte aber, dass dort jetzt *Nachrichten* stand. Sein Finger rutschte auf die Taste, die den Cursor nach unten führte. Er drückte einmal. Wenn alles gutging, stand dort jetzt *Telefonbuch*. Er musste jetzt auf die linke Taste wandern, um die Auswahl anzuklicken. Stephan versuchte sich zu erinnern, wer dort als Erstes aufgeführt war.

Unter A fiel *Axner, Peter,* sein evangelischer Kollege. Aber davor kam noch Andrea, die er nicht unter *Stertmann,* sondern unter ihrem Vornamen eingegeben hatte. Stephan fuhr ein Schauer über den Rücken. Er spürte, dass dies kein Zufall war. Dass dies Fügung war – wie schon so oft in seinem Leben etwas gefügt worden war. Vor allem damals, als es ihn erwischt hatte. Kurz nach seinem Umzug nach Renkhausen. Als er sich derartig in Andrea verliebt hatte, dass er am liebsten alles hingeschmissen hätte. Und als Andrea ihm klargemacht hatte, dass dies für sie beide kein Weg sei. Dass sie unglücklich werden würden – und dass sie, ganz nebenbei, nur Freundschaft für Stephan empfände. Natürlich war er beinahe verzweifelt. Vor Kränkung. Und Eifersucht. Doch irgendwann hatte er erkannt, dass dies Fügung sein musste. Dass Gott eingegriffen hatte, in einer Zeit, als er alleine nicht klarkam. Stephan riss sich aus seinen Gedanken. Die Nummer! Die Nummer war allein deshalb schon günstig, weil die Stertmanns ihr Telefon im Schlafzimmer hatten. Wenn es also immer noch Nacht war, würden sie ihn zwangsläufig hören. Er konzentrierte sich. Da er die Auswahl schon angeklickt hatte, musste der erste Name im Telefonbuch bereits gekennzeichnet sein. Er musste also nur wählen lassen. Stephan sah den kleinen grünen Hörer vor seinem inneren Auge und drückte die linke Taste. Mit angehaltenem Atem wartete er. Technisch schien alles zu laufen. Das Wählen war zu hören, dann war die Verbindung durch. Es klingelte dreimal, viermal, fünfmal, nichts tat sich. Stephan zwang sich zur Ruhe. Sie schliefen sicher fest, sie mussten erst vom Klingelgeräusch wach werden. Aber was, wenn es gar nicht Nacht war? Wenn er einfach nur in einem absolut dunklen Raum eingesperrt war. Vielleicht war es hellichter Vormittag, Holger war arbeiten und Andrea unterwegs. Stephan schluckte. Siebenmal, achtmal.

„Ja?“ Stephan war so überrascht, doch noch etwas zu hören, dass ihm beinah das Handy aus der Hand gefallen wäre.

„Hallo?“ Es war Andreas wunderbare, verschlafene Stimme.

„Ammmmo“, Stephan hatte fast ein ganzes Wort herausgekriegt. Nichts Verständliches, aber ein paar Laute.

„Wer ist denn da?"

Sein Herz machte einen Sprung. Andrea hatte ihn offensichtlich gehört, obwohl das Handy weit vom Mund entfernt war.

„Holger, bist du's?"

Verflixt, warum fragte sie nach Holger?

„Fifan", krächzte Stephan.

„Wer?"

„Fefan."

„Stephan, bist du's?"

„Laa!" Stephan überschlug sich fast vor Aufregung.

„Stephan, was ist los?"

„Führn." Er hatte *entführt* sagen wollen, aber es gelang nicht.

„Stephan, brauchst du Hilfe?" Andreas Stimme war jetzt ganz wach.

„Laaa!"

„Aber du kannst nicht richtig sprechen, stimmt das?"

„Laa."

„Mein Gott!" Andrea zögerte einen Augenblick. Sie schien zu überlegen, was zu tun war. „Okay, Stephan hör mir zu! Ich versuche jetzt herauszufinden, wo du bist. Dein *ja* kann ich verstehen, wenn du nichts sagst, heißt das *nein*. Okay?"

„Laa!"

„Bist du zu Hause?"

Stephan schwieg.

„Bist du in Renkhausen?"

Stephan schwieg verzweifelt. Das System funktionierte nicht. Er hatte keine Ahnung, wo er sich befand.

„Buscha", stammelte er.

„Was willst du sagen?"

„Buscha."

„Ich verstehe *Buscha*", sagte Andrea verzweifelt. „Soll ich die Polizei rufen?"

„Laa!"

„Gut. Pass auf, Stephan. Lass das Handy eingeschaltet. Geht das?"

„Laa!"

„Stephan, ich rufe jetzt sofort die Polizei an. Die wird schon wissen, was zu tun ist. Wahrscheinlich rufen wir dich jetzt gleich wieder an. Halt durch, Stephan, hörst du?"

„Laa."

„Und Stephan, noch etwas", Andreas Stimme hörte sich jetzt erstickt an. Sie zögerte einen Augenblick. „Ach was", sagte sie dann. „Du musst einfach nur durchhalten, Stephan. Wir finden dich. Bestimmt."

Dann war das Gespräch weg. Stephan sackte innerlich zusammen. Er hatte es geschafft. Er hatte es wirklich geschafft. Doch er wusste genau, dass er es nicht allein gemacht hatte.

„Ich bin jetzt wieder da, Stephan." Die Stimme ertönte so plötzlich, dass er vor Schreck fast umgekommen wäre. „Du bist nicht länger allein."

Das Licht einer Taschenlampe erfüllte auf einmal den Raum. Stephan war mit einem Mal so geblendet, dass er die Augen zukniff. Als er sie vorsichtig wieder öffnete, nahm er seine Umgebung erstmalig wahr. Er wusste nicht, worüber er entsetzter war. Über das Erscheinen seiner Entführerin oder über den Ort, an dem er sich befand. Hier würde man ihn niemals finden. Niemals!

## 47

Andrea brauchte, nachdem sie den Hörer aufgelegt hatte, ein paar Sekunden, um wieder zu sich zu kommen. Dann wählte sie die Nummer der Polizei. Obwohl sie furchtbar aufgeregt war, schilderte sie den Anruf so ausführlich, wie es eben ging. Sie vergaß auch nicht, Stephans Handynummer zu nennen.

„Wie ist es mit Ihnen? Sind Sie zu Hause erreichbar?", fragte die ruhige Stimme in der Zentrale.

„Natürlich!" Andrea gab ihre Telefonnummer durch. Ihre Adresse hatte sie schon am Anfang nennen müssen.

„Danke für Ihren Anruf", sagte die Stimme, „wir werden uns bald wieder melden."

Als Andrea aufgelegt hatte, versuchte sie ihre Gedanken zu ordnen. Was war zu tun? Zunächst einmal musste sie Holger hinzuziehen. Er hatte nicht neben ihr gelegen, als sie vom Telefon wach geworden war. Wahrscheinlich war er irgendwo im Haus. Saß im Keller und kritzelte vor sich hin, ohne die Welt um sich herum zu bemerken.

Im Keller war Holger nicht. Auch nicht im Wohnzimmer oder im Bad. Seine Jacke war weg, die Autos standen allerdings beide vorm Haus.

Ein seltsames Gefühl beschlich Andrea. Warum wusste sie nicht, wo Holger war? Hatte sie etwas verpasst? Die Distanziertheit, die sich zwischen ihr und Holger in den letzten Wochen breitgemacht hatte, hätte ihr zu denken geben sollen. Einmal hatte sie das Gespräch gesucht, hatte gefragt, was eigentlich los sei mit ihm. Holger hatte etwas von Stress im Büro gemurmelt, und Andrea hatte nicht weiter gefragt.

Plötzlich hörte sie ein Geräusch im Flur. Einen Moment später stand Holger in der Tür.

„Du bist wach?“, fragte er überrascht.

Sie lief ihm entgegen. „Holger, wo warst du?“

„Ich konnte nicht schlafen.“

„Stephan hat angerufen. Verdammt, er ist in Gefahr!“ Jetzt brach es aus ihr heraus. Alles. Sie fing an zu schluchzen. So, wie sie sich noch nie hatte gehenlassen.

„Stephan?“ Holger war jetzt neben ihr. Er kniete sich hin, um ihr näher zu sein. „Andrea, was ist denn passiert?“

Unter heftigem Schluchzen erzählte sie das wenige, was sie hatte verstehen können.

„Meinst du, das hat mit Gierse zu tun?“ Noch immer hatte sie sich nicht wieder beruhigt.

„Das ist zu befürchten“, Holger hielt sie im Arm.

„Und meinst du, wir können da etwas tun?“ Andrea wischte sich mit dem Ärmel ihres Nachthemdes die Augen.

„Was meinst du?“ Holger runzelte die Stirn.

„Wir könnten helfen, ihn zu suchen. Wir könnten andere ansprechen, die ebenfalls suchen. Holger, du hast ihn nicht gehört. Er hörte sich an, als würde er gleich sterben." Wieder schluchzte sie heftig.

„Jetzt beruhig dich erst mal", Holger streichelte ihren Kopf. „Die Polizei wird sich bald hier melden, dann können wir fragen, ob es etwas zu tun gibt. Bis dahin hilft wohl nur …"

„Beten?"

„Ruhe bewahren", flüsterte Holger.

„In Ordnung", Andrea ließ sich noch tiefer in Holgers Arme sinken. Nach langer Zeit konnte sie es erstmalig wieder genießen, Holger nahe zu sein.

## 48

Während ich an Ommmas Bett saß und ihre Hand hielt, überlegte ich, ob ich an alles gedacht hatte. Der Arzt war dagewesen, und er hatte bestätigt, was ich befürchtet hatte.

„Ich könnte sie ins Krankenhaus bringen lassen", hatte er gesagt, nachdem er sein Stethoskop weggepackt hatte und mit mir vor die Tür gegangen war.

„Nein", hatte ich sofort gesagt. „Ich habe es ihr anders versprochen."

„Das ist gut", der Arzt hatte mir auf die Schulter geklopft. Dann hatte er mir die Einnahme einiger Medikamente erklärt, die vielleicht hilfreich sein würden. „Sie können mich jederzeit anrufen", hatte er zum Abschied gemeint. Das war ein sehr beruhigendes Gefühl.

Inzwischen hatte ich Tante Klara verständigt, die Schwester meines Schwiegervaters. Sie hatte versprochen, so schnell wie möglich zu kommen. Außerdem nahm es mir ihr Mann ab, die anderen Geschwister ebenfalls zu verständigen. Alexa und ihre Eltern hatte ich selbst schon erreicht. Alexa hatte versehentlich das Handy angelassen, und so hatte ich sie aus dem Schlaf holen können.

„Wir fahren morgen in aller Frühe los", hatte sie im Namen ihrer Eltern gesagt. „Vincent, es tut mir leid, dass du jetzt …"

„Hier gibt es nichts, was einem leidtun müsste. Es ist ein ganz natürlicher Prozess. Ich tue es gern."

Der Einzige, den ich noch immer nicht erreicht hatte, war Stephan Olbrecht. Gerade jetzt, wo es darauf ankam, trieb sich der Bursche wer weiß wo herum.

Ommma war inzwischen sehr unruhig geworden. Sie sprach nicht mehr deutlich, schlief immer wieder kurz und unruhig ein, um anschließend verwirrt die Augen zu öffnen und etwas zu murmeln. Ich hielt ihr die Hand und versuchte ihr Ruhe zu vermitteln. Anfangs hatte ich leise auf sie eingeredet, dann war ich verstummt. Ich wusste nicht, was gut war. Im Grunde hatte ich mit Sterbenden überhaupt keine Erfahrung. Olbrecht kam mir immer wieder in den Sinn, und dann wusste ich plötzlich, was zu tun war. Ich betete das *Vater unser* mit Ommma.

## 49

Max konnte nicht beschreiben, wie er sich fühlte. So schlecht, dass man es mit Worten gar nicht ausdrücken konnte. Der Notruf des Pastors an Andrea Stertmann hatte eine Welle ausgelöst. In der Wache wimmelte es wie in einem Ameisenhaufen. Es war viel zu eng für die vielen Leute, und es fehlte an allem.

„Aus Dortmund ist eine Hundertschaft unterwegs", erklärte Marlene in möglichst sachlichem Ton. „Außerdem ist ein Hubschrauber im Anflug, um unsere Suche aus der Luft zu unterstützen Das Sondereinsatzkommando ist bereits da und wartet auf seinen Einsatz, falls wir Olbrecht aufgespürt haben. Wir müssen davon ausgehen, dass Isolde Buschhaus bewaffnet ist. Ihr Vater war Landwirt, und es kann sein, dass sie noch ein Jagdgewehr führt, von dem kein Mensch etwas weiß. Aus einem früheren Fall habe ich mit so etwas Erfahrung." Marlene sah sich im Kreis der Anwesenden um. „In spätestens zwei, drei Stunden müsste es hell sein. Dann wird die Suche im großen

Rahmen anlaufen. Bis dahin möchte ich folgende Dinge geklärt haben: Christian und Jan, ihr fahrt zusammen mit vier weiteren Leuten zu Isolde Buschhaus. Ihr nehmt das ganze Haus auseinander, schmeißt die Nachbarn aus den Betten."

„Sie hat keine", fuhr Ina dazwischen. „Das Haus steht einen Kilometer von der nächsten Behausung entfernt."

„Dann wohnen die Nachbarn halt einen Kilometer entfernt", sagte Marlene gereizt. „Wir müssen so viel wie möglich über diese Frau erfahren. Wo hält sie sich vorwiegend auf? Wo streift sie herum? Hat sie Freunde oder Bekannte? Gibt es in ihrem Haus Hinweise auf den möglichen Aufenthaltsort? Ich will alles wissen – alles." Marlene drehte sich um. „Die andere Kiste ist der Pastor. Wann genau hat er das Haus verlassen? Hat er vorher mit jemandem gesprochen? Max und Ina, ihr übernehmt das. Jan und ich bleiben hier, um die Suche zu koordinieren. Wir bleiben alle in Kontakt. Die Beschreibung des Autos ist klar. Gibt es sonst noch Fragen?"

„Was ist, wenn wir mit der Buschhaus falsch liegen?" Es war Christian, der fragte.

„Es gibt hundert Hinweise auf sie. Sie ist genauso verschwunden wie Olbrecht. Sie fühlt sich unter Druck, weil sie den Pastor verpfiffen hat. Die Zeugin Andrea Stertmann hat ein Wort verstanden, das wie *Buscha* klang. Damit war vermutlich *Buschhaus* gemeint. Die Dame ist extrem durchgeknallt. Und sie hat nicht viel zu verlieren."

Keiner sagte mehr etwas.

„Okay. Ihr wisst, wie ernst die Lage ist. Da Olbrechts Handy gegen die Absprache ausgestellt ist, müssen wir davon ausgehen, dass die Täterin von seinem Telefongespräch weiß. Das bringt sie in noch größeren Druck. Und das wiederum bringt ihn in Gefahr. Daher viel Glück uns allen. Gnade uns Gott, wenn wir diesen Priester nicht lebend zurückholen."

Max sah zu Boden. Er hatte das Gefühl, sich übergeben zu müssen.

# 50

Es war ein gutes Gefühl, als Tante Klara kam. Eine Erleichterung, nicht mehr ganz allein davorzustehen. Eine halbe Stunde später klingelte außerdem Inge, eine weitere Schwester.

„Wir sollten uns ablösen", schlug Klara vor, nachdem wir zunächst eine Weile gemeinsam vorm Bett verbracht hatten. „Leg du dich mal schlafen, Vincent. Sonst hältst du nicht durch."

Der gute Vorschlag wurde jäh unterwandert, als es wieder klingelte. Ich vermutete ein weiteres Familienmitglied und war überrascht, als Max vor der Tür stand.

„Max, gut, dass du kommst", stieß ich hervor. „Ich muss mit dir sprechen. Allerdings geht es Alexas Oma nicht gut – "

„Ich brauche deine Hilfe." Es war Max' Gesichtsausdruck, der mich zum Schweigen brachte. „Der Pastor ist verschwunden", erklärte er mit roten Augen.

„Verschwunden?"

„Vermutlich wurde er von Isolde Buschhaus entführt. Ich war nachmittags bei dieser Buschhaus. Ich hätte sie festnehmen müssen. Du weißt, was das heißt: Die ganze Sache geht auf mich."

„Oh Gott!"

„Du wohnst ihm gegenüber. Hast du irgendetwas gesehen?"

„Er war hier", erklärte ich. „So gegen zwanzig nach sieben. Ich hatte vor, ihn anzusprechen. Aber kurz vor acht war er dann schon wieder weg. Seitdem habe ich nichts mehr gesehen. Du warst ja selbst hier und hast es mitgekriegt."

„Zwischen sieben und acht also. Okay, das hilft uns schon mal. Ist er mit dem Auto weggefahren?"

„Ich hab ihn nicht wegfahren sehen, aber ich nehme es an, wenn es nicht mehr dort steht. Denn zwischendurch war es ja da."

„Okay, okay", Max wirkte fahrig. „Dann noch etwas. Olbrecht hat angerufen, von seinem Versteck aus. Die Frau, mit der er gesprochen hat, sagt, es habe ein wenig hallend geklungen. Fällt dir dazu etwas ein?"

„Eine Kirche!", rief ich.

„Da waren wir natürlich schon. Nicht nur hier in Renkhausen, sondern auch in den Nachbarorten."

Max verabschiedete sich nicht, sondern ging einfach los.

„Max, ich war vorhin noch unterwegs", brüllte ich ihm hinterher, „wegen des Motorrads –"

Aber Max war schon weg. Ich sah auf die Uhr. Die Nacht war bald vorüber.

## 51

Die Idee kam mir eine halbe Stunde später. Ich hatte mich hingelegt, aber an Einschlafen war nicht wirklich zu denken. So vieles ging in meinem Kopf herum. Das Motorrad. Stephan Olbrecht, der sich in der Gewalt von Isolde Buschhaus befand. Ommma, die nur zwei Zimmer weiter mit dem Tod rang. Ob ich die Anna Selbdritt noch für sie würde fotografieren können? Ob man die Statue in Renkhausen überhaupt noch einmal wiedersehen würde, nachdem sie jahrelang auf dem Dachboden gelegen hatte und vorher in der Kapelle – die Kapelle! Ich war blitzschnell auf den Beinen. Vielleicht konnte ich Max helfen. Mit der Kapelle!

Im Pfarrhaus musste ich an erst an einem uniformierten Polizisten vorbei. Ich versuchte ihm zu erklären, dass ich dringend Max Schneidt sprechen musste. Genau genommen stauchte ich ihn ziemlich zusammen, bis er mich endlich hineinließ.

Im Flur wäre ich beinahe mit Elisabeth Vollmer zusammengestoßen. Die Gemeindereferentin rannte mit roten Augen an mir vorbei und stürzte nach draußen. Ich nahm mir nicht die Zeit, länger darüber nachzugrübeln, sondern suchte im Innern weiter nach Max.

Mein Kumpel hielt sich in einer Art Versammlungsraum auf. Er war nicht allein. Außer Ina waren noch die Stertmanns im Zimmer sowie Ludger Stark. Ich schreckte zurück, riss mich aber zusammen.

„Mir ist da etwas eingefallen", sagte ich, ohne mich mit langen Begrüßungen aufzuhalten, „was den Aufenthaltsort von Stephan Olbrecht betrifft."

Niemand reagierte. Erst jetzt spürte ich, dass die Atmosphäre zum Schneiden dick war. Ich war mir nicht sicher, ob überhaupt jemand meine Äußerung wahrgenommen hatte.

„Die Kapelle", sagte ich trotzdem. „Vielleicht ist er ja in der Kapelle."

Wieder nichts. Keine Reaktion.

„Die Kapelle", hörte ich gefühlte Stunden später Andrea Stertmann flüstern. „Natürlich! Die Kapelle! Warum sind wir darauf nicht schon früher gekommen?"

# 52

„Jetzt rechts", dirigierte ich von hinten. Ich war gebeten worden mitzukommen, weil Ina und Max den Weg zur Kapelle nicht kannten. Zumindest wussten sie nicht, wie man mit dem Auto dorthinkam. Inzwischen hoppelten wir einen Schotterweg entlang. „Ich muss noch etwas mit euch besprechen", versuchte ich zum wiederholten Male mein Glück. „Wegen des Motorrads." Der Polizeifunk ging los. Schwer verständlich wurde nach Inas und Maxens Standort gefragt. Max versuchte zu antworten. Der Empfang war jedoch nicht besonders gut. Als er fertig war, begann ich noch einmal.

„Das Motorrad. Ich bin vorhin noch einmal unterwegs gewesen – "

„Tut mir leid, Vinc!" Max' Stimme war genervt. „Wir haben es hier mit einer Entführung zu tun. Eins nach dem anderen."

Ich resignierte. Und dachte an Ommma. Ich hätte nicht in diesem Auto sitzen sollen, sondern an ihrem Bett.

„Ist das die Kapelle?" Ich schaute nach vorn. Ina hatte recht. Vor uns tat sich die Miniaturkirche auf. In der Morgendämmerung lag sie friedlich und verschlafen hinter drei alten Eichen versteckt.

Ina parkte etwa hundert Meter entfernt an der Seite. Dann verließen Max und Ina praktisch lautlos den Wagen. Schon bald waren sie aus meinem Sichtfeld verschwunden. Nach einer Weile stieg ich ebenfalls aus, lehnte mich an den Wagen und inhalierte die kühle Morgenluft. Plötzlich hörte ich ein Knacken. Max und Ina kamen zurück.

„Wir haben das Auto gefunden", flüsterte Max. „Hinter der Kapelle versteckt. Aller Wahrscheinlichkeit nach sind Olbrecht und Buschhaus also wirklich da drin." Seine Stimme schwappte fast über vor Aufregung. Ina hatte sich bereits, im Auto sitzend, ihr Handy gegriffen.

„Das SEK wird gleich kommen", erklärte Max, „dann wird es ungemütlich. Es ist also besser, wenn du von hier verschwindest."

„Da!" Ich zeigte auf die Kapelle. „Da drinnen ist ein Licht."

Max folgte meinem Blick. Ein gedämpfter Schein drang durch die hinteren Kirchenfenster nach draußen. Max beugte sich zu Ina hinunter. Sie sah es sofort.

„Verdammt!", sagte sie, halb zu sich selbst, halb in ihr Handy hinein. „Hier tut sich irgendwas!" Sie hörte noch einen Augenblick zu, sagte schließlich „Okay" und beendete dann die Verbindung.

„Warten?", fragte Max.

„Natürlich warten", sagte Ina, „oder meinst du, wir sollten zu zweit die Bude stürmen?"

Max sah sie ernst an. „Ich weiß nicht, wie schlecht es ihm geht."

Ina schwieg. „Lass uns noch mal näher herangehen", schlug sie nach einer Weile vor. „Bevor die Brachialtruppe kommt."

Max und Ina machten sich erneut auf den Weg.

# 53

„Dass du aber auch so ungezogen sein musstest!"

Stephan versuchte nicht zuzuhören, die Ohren auf Durchzug zu schalten.

„Einfach telefonieren – das gehört sich doch nicht!"

Er fror. Vor Angst. Vor Kälte. Er wusste es nicht. Noch nie hatte er sich so alleine gefühlt wie in diesem Moment. Er musste wieder an Andrea denken. An ihr Lachen. Wie sie ihren Kopf nach hinten warf, wenn sie sich vor Lachen nicht mehr halten konnte. Ihm fiel ein, wie sie gemeinsam auf dem Schützenfest gewesen waren. Als beim Tanzen ihre Hand auf seiner Schulter gelegen hatte. Wie schön es war, ihre Taille zu spüren. Er hatte all diese Gedanken schon lange nicht mehr gehabt. Sie waren überwunden, vorbei, erledigt. Warum kamen sie jetzt wieder an die Oberfläche, da er sich gefesselt und geknebelt in der Gewalt einer Verrückten befand? Er hörte die Buschhaus irgendetwas brummeln. Sie fing wohl wieder mit der Verschwörungstheorie an. „Sie werden dich ins Gefängnis stecken, glaub mir, nichts anderes haben die vor." Gern hätte Stephan gesagt, dass er freiwillig ins Gefängnis gehen würde, wenn er nur nicht in ihrer Nähe bleiben müsse.

„Ich weiß ja, dass du das für uns getan hast, aber es war etwas unüberlegt." Die Buschhaus sagte das nicht zum ersten Mal. Offenbar glaubte sie, Stephan habe Manfred Gierse erledigt, um mit ihr freie Bahn zu haben. Die Theorie war so abstrus, dass Stephan auch ohne Klebestreifen über dem Mund nicht die richtigen Worte gefunden hätte, um dem zu begegnen. Er blickte sich um. Sein Blick fiel auf den Rollstuhl, der einige Meter entfernt stand. Der klappbare Rollstuhl ihrer Mutter. Damit musste sie ihn im bewusstlosen Zustand transportiert haben. Von ihrem Wohnhaus zum Auto, vom Auto hierher. Er hatte sie unterschätzt, maßlos unterschätzt.

„Was war das?" Isolde Buschhaus schreckte auf. „Ein Geräusch!" Stephan hatte selbst gar nichts gehört, aber die Vorstellung, dass da ein Geräusch gewesen sein konnte, machte ihm Mut.

„Da wird doch keiner ...die werden doch nicht ..." Isolde Buschhaus war in helle Aufregung versetzt. Sie griff nach der Taschenlampe, die sie neben ihn gelegt hatte. Einen Moment lang knipste sie sie aus, allerdings nur, um sie direkt wieder anzuschalten und damit wild umherzuleuchten. „Die kriegen uns nicht", sagte die Buschhaus, während sie nun in einer Tasche herumkramte. „Das lass ich nicht zu." Offenbar hatte sie jetzt gefunden, wonach sie gesucht hatte, denn ein zufriedenes Lächeln überzog ihr Gesicht.

Es durchfuhr Stephan wie ein Blitz, als er sah, was sie da aus der Tasche zog. Es war ein Revolver. Ein mordsmäßig großer Revolver.

## 54

„Sind Sie der Einsatzleiter?" Zwei Krankenwagen waren inzwischen aufgelaufen. Darin einige überaus eifrige Sanitäter.

„Um Gottes willen. Ich bin nur ..." Ich zeigte vage in Richtung Kapelle, wohin Max und Ina vor einigen Minuten abgedampft waren. Der Sani folgte meinem Blick, war damit aber nicht wirklich zufrieden.

„Das heißt, wir sollen auf *standby* bleiben?"

„*Standby*, genau!" *Standby* klang gut, sollten die erst mal auf *standby* bleiben.

„Dahinten kommt die Verstärkung", hörte ich jetzt eine andere Stimme sagen. „Wir müssten jetzt schon genauere Anweisungen haben."

„Ich schau mal!", versprach ich.

Vorsichtig ging ich ein paar Schritte auf die Kapelle zu. Von Max und Ina war weit und breit nichts zu sehen. Sie mussten wieder um die Kapelle herumgegangen sein. Lautlos bog auch ich nach rechts ab und schlich um das Gebäude herum. Zwischendurch warf ich einen Blick auf die Fenster. Von dem

Lichtstrahl, den wir eben ausgemacht hatten, war jetzt nichts mehr zu sehen. Als plötzlich ein Ast unter meinem Schuh knackte, blieb ich unvermittelt stehen. Hatte mich jemand gehört? Unwahrscheinlich, wenn sich die Buschhaus immer noch in der Kapelle befand. Es erwischte mich drei Schritte danach. Ein kaltes Stück Metall wurde mir von hinten an die Schläfe gepresst. Mir stockte der Atem.

„Keine Bewegung!", hörte ich eine Stimme zischen. „Und keinen Laut, sonst bist du tot!"

Zwei Gefühle bestimmten mich, als ich schließlich auf einer Bank der Kapelle lag, Kopf an Kopf mit dem Pastor. Zum einen war es Angst. Nackte Angst, dass diese Psychopathin dahinten irgendwann ihre Nerven verlor. Das andere Gefühl war pures Schuldbewusstsein. Wenn es möglich war, Max auf irgendeinem Wege noch weiter ins Unglück zu reiten, dann war mir das soeben gelungen.

„Sie leben noch, das ist ja auch was", raunte ich zum Pastor hinüber. Er konnte nicht antworten. Er hatte einen Klebestreifen über dem Mund. Meine Geiselnehmerin kramte derweil mit einer Hand in ihrer Tasche herum. Ob sie nach etwas suchte, womit sie auch mich fesseln könnte? Ihre Waffe in der Rechten, ließ mich Isolde Buschhaus bei ihrer Kramerei nicht aus den Augen.

„Achtung! Achtung! Hier spricht die Polizei!" Die Stimme von Maxens Chefin. Durch ein Megaphon. Es war genau wie im Film.

„Frau Buschhaus, wir wissen genau, dass Sie dort drin sind", sagte die Stimme. „Die Kapelle ist umstellt. Sie haben keine Fluchtmöglichkeit. Ergeben Sie sich!"

„Ergeben", die Buschhaus keckerte. „Dass ich nicht lache."

„Frau Buschhaus, kommen Sie mit erhobenen Händen nach draußen! Dann wird Ihnen nichts weiter geschehen."

„Halten Sie den Mund! Ansonsten wird bald hier etwas geschehen!"

Es dauerte einen Moment, bis die Stimme der Hauptkommissarin wieder zu hören war. „Frau Buschhaus, wir verstehen Sie nicht. Würden Sie bitte herauskommen, damit wir uns besser unterhalten können?"

„Für wie blöd haltet ihr mich eigentlich?" Die Buschhaus hatte eigentlich ein ganz ordentliches Organ.

„Vielleicht können wir zumindest die Tür ein wenig öffnen, damit wir Sie besser verstehen. Frau Buschhaus, hören Sie? Wir öffnen jetzt vorsichtig die Tür, damit wir Sie besser verstehen."

„Wer die Kapelle betritt, wird erschossen – oder ich erschieße den Mann mit dem Hund."

Es dauerte einen Augenblick, bis ich realisiert hatte, dass von mir gesprochen wurde – und erst jetzt wurde mir das ganze Ausmaß meiner Entführung klar. Die Buschhaus würde ihren Pastor niemals umbringen wollen. Gerade deshalb hatte sie mich hier hineingezwungen.

„Frau Buschhaus, niemand will Ihnen etwas. Wir öffnen jetzt lediglich die Tür, damit wir Sie besser verstehen können."

Isolde Buschhaus war angespannt, unsicher, wusste nicht, was zu tun war. Ihr Blick hetzte hin und her zwischen mir und der Tür, die sich jetzt tatsächlich langsam öffnete. Ich hielt die Luft an.

„Niemand kommt herein!", brüllte die Buschhaus. „Sonst ist er tot – der mit dem Hund!"

Die Tür öffnete sich weiter – fast wie von Geisterhand. Jemand musste dahinter stehen und sie aufziehen, ohne dass man ihn sah.

„Niemand kommt herein!", brüllte die Buschhaus wieder. „Sonst ist gleich jemand tot."

„Niemand kommt herein", hörte man Marlene Oberstes Stimme beruhigend wiederholen. „Wir möchten Sie nur besser verstehen können, Frau Buschhaus, und das ist jetzt der Fall."

Ich sah einen Schatten. Hinter einem der Fenster in etwa zwei Metern Höhe. Da stellte sich eine Spezialmannschaft auf. Scharfschützen wahrscheinlich, die diesem Albtraum ein Ende bereiten sollten.

„Frau Buschhaus, Sie haben den Pastor in Ihrer Gewalt –"

„Den kriegt ihr nicht", fuhr die Buschhaus dazwischen. „Der hat das nur für mich getan. Der ist sonst gar kein Mörder."

„Frau Buschhaus, Sie meinen, Pastor Olbrecht hätte Herrn Gierse umgebracht?"

„Ich hab ihn ja selber gesehen, wie er an dem Abend von der Kirche zum Pfarrhaus gehuscht ist. Aber er konnte ja nicht anders. Gierse wollte unseren Kontakt verbieten." Ich merkte, wie Olbrecht reagierte. Er grunzte leise. Aber er konnte nicht sprechen.

„Frau Buschhaus, Sie haben eine Gestalt zum Pfarrhaus laufen sehen. Haben Sie den Pastor tatsächlich erkannt?"

„Natürlich, er hatte ja – er hatte ja ganz schwarze Sachen an und seine Baskenmütze hatte er auch auf."

„Sie haben eine schwarze Gestalt mit einer Baskenmütze gesehen – was aber war mit dem Gesicht?"

„Der Stephan hat das nur für uns getan, damit wir endlich …"

„Haben Sie sein Gesicht gesehen, Frau Buschhaus?"

„Es war ja dunkel." Die Stimme der Buschhaus wirkte verunsichert.

„Eine Gestalt ist also zum Pfarrhaus gerannt und darin verschwunden. Frau Buschhaus, um ehrlich zu sein, Pastor Olbrecht war zur Tatzeit bei einem Freund in Meschede. Zwei Leute können das bezeugen. Sie müssen ihn nicht schützen. Der Pastor ist gar nicht in Gefahr!"

Frau Buschhaus war irritiert. Nein, mehr als das. Sie war geschockt. Sie war ganz aus dem Häuschen.

„Verschwinden Sie jetzt!", brüllte sie plötzlich. „Lassen Sie uns endlich in Ruh!"

„Fragen wir doch einfach Herrn Olbrecht selbst", schlug Marlene Oberste vor. „Fragen wir ihn, ob er bei Ihnen bleiben möchte. Er kann sich frei entscheiden. Fragen wir ihn!"

„Sie fragen hier gar nichts!" Isolde Buschhaus' Stimme wurde hysterisch.

Ich hielt den Atem an. Diese Überzeugungsversuche führten doch zu nichts. Sie trieben sie nur in die Enge!

„Wir möchten unsere Ruhe haben, Stephan und ich. Verschwinden Sie endlich! Sonst bringe ich den anderen um, den mit dem Hund."

Wie um ihr Vorhaben zu unterstreichen, kam die Dame jetzt auf mich zu und fuckelte mit ihrem Revolver herum. Er war sehr groß. Vielleicht war er ja nicht echt.

„Wenn Sie uns jetzt nicht in Ruhe lassen", wiederholte die Buschhaus, „dann bring ich den um!" Ich sah, dass Olbrecht sie angsterfüllt anstarrte. Ich selbst wagte nicht zu atmen. Die Buschhaus stand jetzt nur noch zwei Meter entfernt, und sie hatte ihren Revolver auf mich gerichtet. Genauer gesagt – auf meinen Kopf. Ich kam mir vor wie in einem Film. Wie im Theater.

„Ich mach das!", sagte die Buschhaus. Ich war vor Angst wie gelähmt.

„Wenn ihr jetzt nicht geht", sagte die Buschhaus, mittlerweile völlig monoton, „dann erschieße ich ihn jetzt."

Ich nahm aus den Augenwinkeln wieder den Schatten wahr. Die würden gleich abdrücken. Die würden gleich – und plötzlich wusste ich es.

„Sie schießen nicht!", sagte ich. „Weil Sie nicht können. Mit einem Theaterrevolver bringt man niemanden um."

Isolde Buschhaus starrte mich an. Ich stand langsam auf.

„Sie haben diese Waffe von Ihrer Mutter geerbt, nicht wahr? Schönes Stück. Aber zum richtigen Schießen nicht wirklich geeignet." Ich ging auf sie zu und griff nach der Waffe. Erst jetzt war ich sicher, dass ich mich nicht getäuscht hatte. Ein Stein so groß wie ein Felsbrocken fiel mir vom Herzen.

## 55

„Vincent, wir können jetzt nicht – " Max wand sich. Isolde Buschhaus war schon weggebracht worden. Wir standen in der Nähe der Autos, aber doch einige Meter vom Gewusel entfernt.

„Doch", widersprach ich, „wir können. Zu Hause liegt Alexas Großmutter im Sterben, und ich müsste längst woanders sein.

Aber ich will das jetzt klären – ein für allemal. Es ist eine schwarze BMW K 100, die in der Mordnacht geblitzt wurde, nicht wahr?"

Max sah mich mit großen Augen an. „Woher weißt du das? Hab ich dir das erzählt?"

„Ich weiß, wo die Maschine steht. Und jetzt hörst du mir ein kleines Weilchen zu. In Ordnung?"

Max nickte. Da hörte ich plötzlich ein Auto. Ein Golf mit Düsseldorfer Kennzeichen. Ludger Stark war im Anmarsch – zusammen mit den Stertmanns – als Beistand für den Pastor. Ich atmete tief durch, bevor ich begann.

„Rohypnol", hörten wir den Notarzt sagen, als wir nach einigen Minuten zum Krankenwagen hinübergingen. Olbrecht hatte es abgelehnt, sich auf die Trage zu legen. Stattdessen hatte er sich auf die Ladekante des Krankenwagens gesetzt. „Das ist ein Schlaf- und Beruhigungsmittel, das manchmal im Pflegebereich eingesetzt wird. Allerdings wirkt es deutlich stärker als Valium."

„Wahrscheinlich Restbestände von der lieben Frau Mutter", Marlene Oberste rieb sich die Schläfe, „genau wie der Revolver."

„Sie sind bald wieder auf dem Damm", erklärte der Notarzt weiter an Olbrecht gewandt. „Dennoch wäre es mir lieber, wenn wir Sie mitnehmen dürften."

„Wenn's recht ist, bleibe ich erst mal hier sitzen." Olbrechts Stimme war angegriffen. Heiser, irgendwie schwammig. Der Mann hatte einiges mitgemacht in den letzten Stunden. Trotzdem wirkte er sehr bestimmt in dem, was er wollte.

„Stephan, ich bin so froh, dass es dir gutgeht", Andrea Stertmann schluchzte immer noch leise vor sich hin. Sie hatte sich neben Olbrecht gesetzt und stand offenbar gewaltig unter Schock.

„Ich will vor allem eines wissen", Olbrecht wirkte ein bisschen apathisch. „Wer ist in der Tatnacht zu meinem Haus hinübergerannt?"

Er warf mit seinen rotgeränderten Augen einen Blick in die Runde, streifte Max und Ina, seinen alten Klassenkameraden Holger Stertmann, fuhr über Marlene Oberste hinweg, den

Mann vom Erkennungsdienst, nahm die beiden Streifenpolizisten wahr, streifte mich mit einem kurzen Blick und blieb dann an Ludger Stark hängen, der, die Hände tief in den Taschen vergraben, etwas abseits stand.

„Ich denke, wir lösen diese illustre Runde erst einmal auf", sagte Marlene, „für die Mordermittlungen sind wir zuständig, Herr Olbrecht. Sie müssen zunächst medizinisch versorgt werden und –"

„Jemand muss einen Schlüssel gehabt haben – zu meinem Haus."

„Stephan, du musst dich ausruhen", Andrea Stertmann strich dem Pastor über den Arm. Der sah sie eine Weile an. „Derjenige muss meine Baskenmütze an sich genommen haben", sagte er dann. „Das heißt, er hat ganz bewusst mein Aussehen angenommen, um mögliche Beobachter damit zu täuschen." Olbrechts Tonfall war jetzt nicht mehr schwammig. Er war messerscharf. „Jetzt frage ich mich, wer hatte ein Interesse am Tod von Manfred Gierse – und wer hätte sogar in Kauf genommen, dass man mich statt seiner verdächtigt?"

Niemand sagte etwas.

„Hartwig Bongard?", flüsterte schließlich Andrea Stertmann. „Denkst du an ihn?"

Olbrecht sah sie stirnrunzelnd an. „Er hat keinen Schlüssel zum Haus", sagte er dann. „Und er ist deutlich kleiner als ich. Das hätte sogar die Buschhaus gemerkt."

Wieder schwiegen alle.

„Wer hat Manfred Gierse umbringen wollen? Was steckt dahinter?"

„Die Anna Selbdritt", sagte Max. „Vermutlich hat Manfred Gierse ihr Verschwinden bemerkt, und wusste, wer dafür verantwortlich war."

„Die Anna Selbdritt?" Olbrecht sah Max verständnislos an.

„Eine Heiligenfigur, die im zweiten Weltkrieg von Schlesiern mit hierhergebracht worden ist", erklärte ich. „Über Jahre hat sie auf dem Dachboden gelegen, bis sie von jemandem entdeckt wurde, der ihren Wert einzuschätzen wusste."

„Ihren Wert?" Olbrecht schien ehrlich überrascht. „Aber warum hat Gierse sich nicht an mich gewandt? Warum weiß ich gar nicht, dass sie vermisst wurde – warum ..."

„Ich denke, Gierse wollte die Dinge ohne großes Aufsehen klären, offenbar hat er sogar aus seinem Wissen Profit schlagen wollen."

„Sie meinen, er hat den Dieb erpresst?" Andrea Stertmann sah mich mit großen Augen an.

„So ähnlich. Nach unseren Überlegungen hatte der Dieb etwas zu bieten, worauf Manfred Gierse angewiesen war."

Alle sahen mich erwartungsvoll an.

„Aufträge", erklärte jetzt Max. „Bauaufträge im neuen Baugebiet in Gerlingsen. Gierse hat seiner Tochter gegenüber geäußert, er habe diese Aufträge so gut wie in der Tasche."

Keiner sagte etwas. Sowohl Max als auch ich wussten, dass unsere Ausführungen kühn waren. Umso gespannter waren wir beide, was jetzt passierte.

„Ich verstehe nicht recht", fand schließlich Stephan Olbrecht die Sprache wieder. „Es ist Holger, der das Baugebiet vermarktet. Sie glauben doch nicht ...?"

„Die spinnen doch!" Stertmann war krebsrot angelaufen. Zornig starrte er uns an. „Wissen Sie überhaupt, was Sie da sagen? Was habe ich mit einer Heiligenstatue zu tun? Das muss ich mir nicht gefallen lassen. Rufmord ist das!"

„Die Baugrundstücke verkaufen sich nur schleppend", führte ich aus. „Herr Stertmann ist durch den Grunderwerb offenbar in akute Geldnot geraten. Als er dann bei einer Besichtigung der Kirche auf die Anna Selbdritt stieß, war das wie ein Geschenk. Unglücklich nur, dass kurz darauf Manfred Gierse eine Bestandsaufnahme durchführen musste. Und noch unglücklicher, dass allein Manfred Gierse wusste, wer zuvor in den Kisten herumgekramt hatte."

„Dem Mann geht die Phantasie durch", schimpfte Stertmann, „es kann nicht angehen, dass ihm überhaupt zugehört wird."

„Gierse hat Sie zur Rede gestellt, nicht wahr? Und er hat die Figur für die Gemeinde zurückgefordert. Er hat zugesagt, über den ganzen Fall zu schweigen, wenn die Anna ohne großes Bohei an ihren Platz zurückkehrt, und er hat gefordert, dass Sie sich in anderer Hinsicht erkenntlich zeigen. Nämlich in Form von gut bezahlten Bauaufträgen."

„Schwachsinn!", schimpfte Stertmann.

„Ich nehme an, am Sonntagabend war die Übergabe in der Kirche geplant. Ich schätze allerdings, Sie hatten gar keinen Zugriff mehr auf die Figur. Sie war längst verkauft – und Sie hatten nicht die Möglichkeit oder das Geld, um sie zurückzuerstehen. Folglich mussten Sie zu einer anderen Lösung greifen, wenn Sie nicht Gefahr laufen wollten, dass die ganze Sache herauskommt."

„Und dann habe ich mir Stephans Käppi geschnappt und bin zur Kirche hinüber?"

„Danke, Sie nehmen uns die Erklärung aus dem Mund. Sie und Ihre Frau haben einen Schlüssel zum Pfarrhaus. Und Sie wussten genau, wo dort der Kirchenschlüssel hing. Schließlich hatten Sie ihn sich oft genug ausgeliehen. Zusätzlich haben Sie auch noch die Mütze des Pastors aufgesetzt, um sich besser zu tarnen."

„Aber Holger war im Büro!" Es war Andrea Stertmann, die das sagte, und ihre Stimme trug den Ton der Verzweiflung.

„Sie haben recht", erwiderte ich „Er war im Büro. Und mehr noch, ich habe mit einem Nachbarn gesprochen: Sein Auto stand die ganze Zeit vor dem Gebäude. Das Licht brannte in seinem Büro. Für jeden war ersichtlich, dass Holger Stertmann – wie so oft am Sonntagabend – arbeiten musste."

„Geschickt auch, dass er von unterwegs noch ein paar Telefonate führte", übernahm Max übergangslos, „mit seiner Sekretärin – mit seiner Frau. Unser Architekt hat wirklich glaubhaft den Eindruck vermittelt, er sitze vor dem Rechner und habe mit Programmierungsproblemen zu kämpfen."

Alle starrten uns erwartungsvoll an. Stertmanns Blick dagegen war voller Wut.

„Holger Stertmann war jedoch keineswegs bei der Arbeit", erklärte ich, „er war mit dem Motorrad unterwegs. Wo, brauche ich wohl nicht zu erläutern."

Es gab einen kleinen Tumult. Andrea Stertmann schrie entsetzt auf, einige der Polizisten murmelten etwas, Stertmann stieß einen Fluch in meine Richtung aus.

„Holger Stertmann hatte sein Motorrad drei Häuser vom Bürogebäude entfernt in einer Garage stehen. Er konnte das Büro durch eine Hintertür verlassen, über ein fremdes Grundstück unbemerkt dahin gelangen und unerkannt abrauschen."

„Sie haben eine rege Phantasie", ereiferte sich Stertmann, „aber nichts von dem, was Sie hier zusammenzaubern, können Sie auch nur annähernd beweisen."

„Ihr Nachbar Nils Keil hat sie am Sonntagabend mit dem Motorrad wegfahren sehen. So gegen zehn."

„Herr Stertmann, kurz vor Hesperde ist in der Mordnacht ein Motorrad geblitzt worden." Zu meiner Überraschung mischte sich jetzt Marlene Oberste ein. „Wenn das Ihres war, dann werden wir es identifizieren können, auch wenn Sie ein gefälschtes Kennzeichen benutzt haben. Fahren Sie eine K 100 von BMW?"

Stertmann schwieg. Seine Gesichtsfarbe hatte sich geändert. Er war nicht mehr rot. Er war jetzt kalkbleich.

„Holger!" Andrea Stertmann schluckte. Sie stand nach wie vor unter Schock. Aber jetzt unter einem deutlich größeren. „Holger, sag, dass das nicht stimmt!"

Ihr Mann antwortete nicht. Er stand nur da. Mit roten Augen. Er konnte seine Frau nicht ansehen. Ihr nicht in die Augen blicken.

„Holger!" Olbrechts Stimme schwankte. „Warum hast du nicht mit mir gesprochen? Warum hast du mich nicht um Hilfe gebeten? Ich bin doch dein Freund!"

Stertmanns Blick fuhr zu Olbrecht hinüber. Er barg Erstaunen.

„Du bist mein Freund? Stephan, wo lebst du? Du hast dich doch nie dafür interessiert, wie es mir geht. Du hast immer nur dich selber gesehen. Wie schwer du es hast. Wie allein du doch bist. Mit welchen Widerständen du zu kämpfen hast. Aber vom wahren Leben hast du überhaupt keine Ahnung!"

„Vom wahren Leben habe ich keine Ahnung? Holger, ich habe jeden Tag mit dem wahren Leben zu tun. Menschen sterben. Menschen verlieren ihre Kinder. Menschen trennen sich – und die stehen alle bei mir vor der Tür."

„Wo du sie dann mit christlich-warmen Worte empfängst und sie nach einer Viertelstunde mit deinem Segen entlässt. Stephan, hast du dir ein einziges Mal Sorgen um eine Familie gemacht? Hast du ein einziges Mal um dein Einkommen gebangt? Weißt du, wie es ist, wenn man seine Angestellten nicht bezahlen kann? Wenn die Bank die Kreditkarte sperrt? Oder hast du jemals gefürchtet, deine Frau könnte dich deshalb verlassen? Nein, im Gegenteil. Du sitzt wie die Made im Speck, lässt dich von schönen Frauen betuddeln und pflegst deine Eitelkeit. So sieht es aus."

„Holger, du kannst nicht –"

„Aber warum – ", es war Andrea Stertmann, die sprach, mit tränenerstickter Stimme, so dass sie kaum zu verstehen war, „warum hast du nicht mit *mir* gesprochen, Holger?"

„Warum?" Auch ihr Mann hatte nun mit Tränen zu kämpfen. „Meinst du, ich weiß nicht, was hier passiert? Dass Stephan dich umgarnt? Dass du ganz woanders bist – mit deinen Gedanken, deinen Träumen, deiner ganzen Person? Meinst du, da will ich als Versager dastehen?"

Eine peinliche Stille entstand. Ich spürte, dass Marlene Oberste sich regte. Jetzt würde es passieren. Sie würden ihn festnehmen. Plötzlich kam mir in den Sinn, was Andrea Stertmann einmal gesagt hatte. „Glauben Sie, ich würde irgendetwas tun, was die heile Welt meiner Kinder zerstören könnte?" Jetzt war alles zerstört. Es gab keine heile Welt mehr. Nicht bei den Stertmanns. Nicht bei den Gierses. Es gab sie nicht mehr.

„Die Anna Selbdritt", hörte ich plötzlich Stephan Olbrecht ganz leise sagen. „Hast du sie selber verkauft? Ich meine, hast du allein …?"

Ein paar Sekunden verstrichen in einem Schweigen, das man nicht beschreiben kann.

„Oh nein“, Holger Stertmann sprach leise, trotzdem konnte ihn jeder verstehen. „Wie hätte ich das hinkriegen sollen?“ Er schluckte, nahm sich Zeit. „Als ich die Figur fand – durch Zufall – weil ich ein paar Kisten da weggeräumt habe – da hatte ich sofort das Gefühl, dass das etwas ist. Keine Kopie. Kein Billigkram. Sondern etwas richtig Gutes. Ein wertvolles Original.“ Stertmann holte tief Luft. „Und ich hab gedacht, das liegt hier auf dem Dachboden herum, und es interessiert keinen Menschen. Und ich selbst brauchte Geld. Ich konnte kaum mehr meine Zinsen bezahlen. Alles ist gepumpt. Selbst mit der Miete fürs Büro bin ich im Rückstand.“

„Aber warum hast du denn nicht – ?“ Andrea Stertmann sah ihren Mann mit tränenvollen Augen an. Er sah kurz zu ihr hinüber, dann fuhr er fort.

„Ich wartete auf das Geld für ein Mehrfamilienhaus in Dortmund, aber es kam einfach nicht, und die Bank wollte nicht länger warten. Ich wusste wirklich nicht mehr ein noch aus. Und als ich dann diese Figur in den Händen hielt, da habe ich gedacht, das schadet doch niemandem, frag doch erst einmal einen Experten, wie viel sie so wert ist. Ich habe Ludger gefragt, und er hat sie auf 120.000 geschätzt. Für 80.000 hat er sie verkauft. 10.000 hat er davon selber gekriegt.“

Holger Stertmann blickte zu seinem Schulfreund hinüber, und ich nahm wahr, dass auch Olbrecht in einer unendlichen Langsamkeit Ludger den Blick zuwandte. Seine Enttäuschung hätte nicht größer sein können.

„Gehen wir!“ sagte Holger Stertmann zu der Hauptkommissarin. Die nickte den beiden Streifenpolizisten zu. Diese nahmen Holger Stertmann in die Mitte und zogen mit ihm ab. Andrea schien einen Moment zu zögern. Dann ging sie hinter den dreien her. Olbrecht sah ihr noch lange nach.

„Kommst du nach der Vernehmung noch mit zu mir nach Hause?“ Marlene fragte wie beiläufig, und ich nahm wahr, dass sie Max dabei nicht ansah. Ich ging hinter den beiden und wurde unfreiwillig Zeuge ihres Gesprächs. Von hinten spürte ich, wie Max mit sich rang.

„Nein", sagte er schließlich. Er blieb stehen und sah Marlene fest in die Augen. „Ich kann das so nicht. Ich bin nicht aus Stein."

Dann ging er, und Marlene rief auch nicht hinter ihm her.

Gern hätte ich natürlich mit Max über alles gesprochen. Er brachte mich nach Hause. Mit im Auto war aber auch der Pastor. Wir alle hingen unseren Gedanken nach, bis schließlich Olbrecht die ersten Worte sprach.

„Ich wusste gar nicht, dass man so viel verträgt. Holger. Ludger. Ich kann es einfach nicht glauben."

„Es gibt andere", sagte ich hilflos.

„Andere! Wen meinen Sie? Meine Gemeinde? Die mir anonyme Briefe schreibt?"

Ich bemerkte, wie Max' Kopf herumfuhr.

„Der Brief", sagte er schließlich. „Meine Kollegin hat ihn eben im Pfarrhaus gefunden. Aber ich glaube fast, der ist gar nicht aus Ihrer Gemeinde."

„Wie meinen Sie das?" Olbrecht war plötzlich hellwach.

„Ich glaube – ach, ist auch egal."

„Es ist nicht egal."

Max sah in den Rückspiegel. Er suchte ganz offenbar meinen Blick. „Eben im Pfarrhaus", murmelte er schließlich, „da haben wir über den Brief gesprochen. Andrea Stertmann meinte, er sei garantiert von der Buschhaus. Doch Elisabeth Vollmer widersprach und sagte, das könne nicht sein. Das sei nicht ihr Stil. Wenn man so auf sich selbst fixiert sei wie diese Buschhaus, dann würde man solche Briefe nicht schreiben."

„Und weiter?"

„Es ging hin und her. Und irgendwann sagte Elisabeth Vollmer, wir könnten so lange diskutieren, wie wir wollten. *Er sei nicht von Buschhaus*." Max machte eine Pause. „Vielleicht ist es nur ein Gefühl, aber ich meine, es gibt nur eine Person, die das mit solch einer Bestimmtheit sagen kann. Und das ist die Verfasserin."

Es dauerte einen Moment, bis die Botschaft ankam. Dann sah ich, wie Stephan Olbrecht sein Gesicht in den Händen vergrub.

# 56

Wir kamen gerade noch rechtzeitig, Stephan Olbrecht und ich. Zehn Minuten lang war er allein mit Ommma im Zimmer. Dann kam er heraus.

„Gehen Sie noch einmal hinein?", fragte er an mich gewandt. „Sie ist erstaunlich klar und sie möchte Sie sehen."

Mir zitterten die Beine, als ich das Zimmer betrat. Dann setzte ich mich auf den Bettrand und hielt ihr die Hand. Es dauerte eine Weile, bis sie die Augen noch einmal öffnete.

„Vincent", flüsterte sie. Sie hatte kaum mehr Kraft. „Der Pastor ist wirklich gekommen. Heißt das nicht, dass es da oben wirklich jemanden gibt? Was meinst du?"

Während ich sie drückte und mir die Tränen über das Gesicht liefen, wusste ich, dass es kein Ausweichen mehr gab.

„Natürlich", sagte ich. „Ich glaube daran. Es gibt ihn. Ich bin mir ganz sicher."

„Dann brauchst du auch nicht zu weinen." Sie lächelte noch. Dann schloss sie die Augen.

Sie hatte recht, ich musste nicht weinen. Aber ich tat es trotzdem. Und manchmal, wenn ich an sie denke, dann weine ich noch jetzt.

Besonders dann, wenn ich ein Totenläuten höre.

*Kathrin Heinrichs im Blatt-Verlag:*

Vincent Jakobs' 1. Fall:

## Ausflug ins Grüne

ISBN 978-3-934327-00-9 9,20 EURO

Es ist schon verrückt. Zunächst bekommt Kölschtrinker Vincent Jakobs diese Stelle als Lehrer. An einer katholischen Privatschule. In einer sauerländischen Kleinstadt. Und gerade beginnt er, das gemütliche Städtchen und seine illustren Gestalten zu schätzen, da muss er feststellen, dass sein Vorgänger auf nicht ganz undramatische Art und Weise zu Tode gekommen ist …

Vincent Jakobs' 2. Fall:

## Der König geht tot

ISBN 978-3-934327-01-6 9,20 EURO

Sauerländische Schützenfeste sind mordsgefährlich! Diese Erfahrung muss auch Junglehrer Vincent Jakobs machen, als er einen Blick hinter die Kulissen wirft. Das Festmotto „Glaube, Sitte, Heimat" haben sich offensichtlich nicht alle Grünröcke auf ihre Schützenfahne geschrieben …

*Kathrin Heinrichs im Blatt-Verlag:*

Vincent Jakobs' 3. Fall:

## Bauernsalat

ISBN 978-934327-02-3 9,20 EURO

Ex-Kölner Vincent Jakobs entdeckt das Landleben der besonderen Art: Bauer Schulte-Vielhaber wurde von der Leiter gestürzt. Natürlich kann Vincent seine Nase nicht aus Schweinestall und Heuschober heraushalten und muss feststellen, dass die Lösung des Falls tief unter dem Misthaufen der Vergangenheit verborgen liegt ...

Vincent Jakobs' 4. Fall:

## Krank für zwei

ISBN 978-934327-04-7 9,20 EURO

Vincent Jakobs ist krank. So krank, dass er in einem sauerländischen Provinz-Krankenhaus operiert werden soll. Dumm nur, dass am Tage seiner OP der Chefarzt der Chirurgie tot aufgefunden wird. Zwischen Insulinflaschen und Urinproben entpuppt sich die Mördersuche als gar nicht so einfach. Am Ende ist Vincent zwar seinen Blinddarm los, aber um eine Erkenntnis reicher: Nicht hinter jedem weißen Kittel verbirgt sich auch ein reines Gewissen ...